王泉根 著

中国当代儿童文学理论文库

现代儿童文学的先驱

论文学研究会的“儿童文学运动”

方卫平 主编

河北出版传媒集团
河北少年儿童出版社

图书在版编目（CIP）数据

现代儿童文学的先驱：论文学研究会的"儿童文学
运动" / 王泉根著. — 石家庄：河北少年儿童出版社，
2023.11
　（中国当代儿童文学理论文库 / 方卫平主编）
　ISBN 978-7-5595-3937-3

　Ⅰ . ①现… Ⅱ . ①王… Ⅲ . ①儿童文学 – 文研究 – 中
国 – 现代 Ⅳ . ① I207.8

中国版本图书馆 CIP 数据核字（2022）第 247546 号

中国当代儿童文学理论文库

现代儿童文学的先驱　论文学研究会的"儿童文学运动"

XIANDAI ERTONG WENXUE DE XIANQU

方卫平　主编

王泉根　著

选题策划：段建军　孙卓然　　　责任编辑：吴　倩　武国林
美术编辑：季　宁　孟恬然　　　特约编辑：高　瞻
装帧设计：陈泽新等

出　　版　河北出版传媒集团　河北少年儿童出版社
地　　址　石家庄市桥西区普惠路 6 号　邮编　050020
　　　　　电话　010-87653015（发行部）
发　　行　全国新华书店
印　　刷　河北新华第一印刷有限责任公司
开　　本　720 毫米 × 1020 毫米　1/16
印　　张　14.75　彩插 0.25
版　　次　2023 年 11 月第 1 版
印　　次　2023 年 11 月第 1 次印刷
书　　号　ISBN 978-7-5595-3937-3
定　　价　68.00 元

王泉根　学者、散文家。浙江绍兴市上虞区人。陕西师范大学人文社会科学高等研究院特聘研究员、文学院博士生导师，北京师范大学文学院二级教授。国家社科基金重大项目首席专家。近年出版有《中国儿童文学史》《百年中国儿童文学编年史》《青少年文化产品研究》《吴宓研究与文化论丛》等，散文集《往昔皆为序曲》《村小读书记》《那年那月的游戏》等。

方卫平　鲁东大学儿童文学研究院名誉院长，近年出版个人著作《童年观与中国当代儿童文学》《中国儿童文学四十年》《儿童文学的难度》《方卫平儿童文学随笔》《方卫平儿童文化答问录》《方卫平学术文存》（10卷）等。

目录

"儿童文学"这名称，始于"五四"时代。

——茅盾

作为中国现代文学一个独立组成部分的现代儿童文学，发端于五四运动时期，而以鸦片战争后的近代儿童文学为其先导，在整整 30 多年的新民主主义历程中，走过了一条漫长曲折的道路。

在这 30 多年里，它究竟是怎样一步一步地走过来的？它为我们留下了一些什么样的经验和教训？——可惜，国内至今还没有一部《中国现代儿童文学史》来回答这些问题。也许儿童文学是"小狗叫、小猫跳"的"小儿科"，没有什么高深的学问吧，于是在现代文学的研究中，出现了这样的现象：成人文学的探讨课题层出不穷，连篇累牍；而儿童文学始终是一大空白，极少有人问津。先驱者们在儿童文学领域倾注的心血，取得的实绩，一直得不到认真的整理与研究，随着岁月流逝，正在逐渐被人们遗忘。文学研究会对现代儿童文学的贡献，即是明显的例子。

实际上，20世纪20年代，以茅盾、郑振铎、叶圣陶、冰心等为代表的文学研究会诸作家发起的"儿童文学运动"，是现代中国的重要文化事件与文学现象，自然更是中国儿童文学史上的重大事件。

文学研究会（以下简称"文研会"）是中国现代文学史上出现最早、存在较久、影响很大的新文学社团。这个社团不仅对现代文学的主要部分——成人文学做出过重大贡献，而且在现代文学的独立组成部分——儿童文学领域也同样取得了卓越成就。早在1929年，朱自清先生（文研会成员）在清华大学执教时编写《中国新文学研究纲要》，就独具慧眼，在文研会的栏目里，特别标明"儿童文学运动"。这份《纲要》虽只是一个纲目性的章节提要，尚未形成完整的文字，但从中我们却可以看出一个五四新文化运动的参加者和早期学者，对文研会发起的"儿童文学运动"的特别关注和高度评价——可惜，由于儿童文学一向不被重视，半个多世纪过去了，朱自清先生提出的这一课题一直无人继续，致使文研会发起的"儿童文学运动"这一重要史实，从未被写入任何一部《中国现代文学史》，这是一个令人遗憾的缺失！有鉴于此，笔者决心不揣谫陋，尝试探索朱自清先生留下的这一课题，充作引玉之砖，以期引起现代文学和儿童文学研究者的注意。

因之，本书面临的任务是：从历史演进的角度着眼，本着实事求是的精神，探讨文研会的儿童文学活动及其历史贡献；探讨文研会之所以能对儿童文学做出贡献的原因及其在现代儿童文学史上的地位与影响。笔者认为，这一工作具有以下意义：第一，可以比较全面地评价与总结文研会对新文学运动的历史功绩，以弥补以往的研究只注重这个社团在成人文学方面的实绩而忽视了它对儿童文学的贡献之不足；第二，可以实事求是地探讨现代儿童文学尤其是在它早期阶段的发展轨迹，以助于儿童文学史的研究；第三，通过总结文研会从事儿童文学创作的经验，亦可供当代儿童文学创作者参考与借鉴，以促进新时期儿童文学的繁荣。

全文分为四个部分。第一部分略述文研会发起"儿童文学运动"的历史背景以及文研会团结的儿童文学队伍的素质与力量。第二部分从四个方面全面探讨文研会的儿童文学活动及其实绩：一是论述文研会的儿童文学理论；二是从童话、儿童诗、儿童小说、儿童散文、儿童戏剧、幼儿文学等六个方面探讨文研会的儿童文学创作及其特色，这是全文的重点；三是分析文研会翻译介绍外国儿童文学的情况；四是评介文研会编辑儿童文学的工作。本文最后一章论述文研会热心儿童文学并取得巨大成就的主客观原因，及其对中国现代儿童文学的历史贡献与影响。

应当说明的是：文研会筹备于 1920 年 11 月，正式成立于 1921 年1 月，但就其成员个人来说，在文研会成立之前，沈雁冰（茅盾）、郑振铎、叶圣陶、周作人[①] 等均已开始从事儿童文学活动，他们的工作正是以后文研会发起"儿童文学运动"的重要思想基础与文学准备。但儿童文学得到真正重视与发展，并形成一个"运动"，取得多方面

---

① 周作人（1885—1967），作家、翻译家。五四时期积极提倡新文学运动，发表重要理论文章《人的文学》。时任北京大学等校教授，并从事诗歌创作和理论写作，介绍外国文学，提倡"美文"。在新文学运动中有较大影响。全国性抗战时期曾任伪华北政务委员会教育总署督办。抗战结束后被捕入狱，1949 年获释，晚年主要从事翻译工作。周作人是文学研究会（1921—1932）的发起人和组织者之一，本书本着理论研究的目的，仅对周作人在文学研究会期间的理论观点和创作做客观陈述，不涉及其在全国性抗战时期担任伪职时的观点和创作。

的卓越成就，则是在文研会作为一个文学社团，组成一支创作力量以后的事。世界上没有无缘无故的事件，正如新文学不可能从某天早晨突然产生一样，文研会的"儿童文学运动"也不可能突然从某天早晨开始发生。为了正确探讨中国现代儿童文学的发展轨迹，探讨文研会"儿童文学运动"的来龙去脉，凡是文研会成立之前，其成员个人所从事的有影响的儿童文学活动均属于本书涉及的范畴。当然，20世纪20年代中期文研会全盛时期所开展的"儿童文学运动"无疑是本文立论的依据与论述的主体。

第一节 关于文学研究会

文学研究会筹备于 1920 年 11 月,正式成立于 1921 年 1 月。但就其成员个人来说,在文研会成立之前,茅盾、郑振铎、叶圣陶、周作人等均已开始从事儿童文学工作,他们的工作正是以后文研会发起"儿童文学运动"的重要思想基础与文学准备。但儿童文学得到真正重视与发展,并形成一个"运动",取得多方面的卓越成就,则是在文研会作为一个文学社团、组成一支创作力量以后的事。

文学研究会发起者为茅盾、郑振铎、叶圣陶、周作人、许地山、王统照、郭绍虞、耿济之等 12 人。1921 年 1 月 4 日,该会在北京中央公园正式宣告成立,推举郑振铎为书记干事,确定由茅盾在上海主编的经过革新的《小说月报》作为代用会刊。文学革命的主将鲁迅虽没正式加入文研会,但他与该会观点接近,关系密切,并给予了很大的支持。在《文学研究会会员录》上先后登记过的有 172 人，主要成员包括朱自清、冰心、庐隐、王鲁彦、俞平伯、徐玉诺、赵景深、谢六逸、夏丏尊、胡愈之、丰子恺等一大批有影响力的作家、诗人、理论家和翻译家。他们有组织，有纲领，有自己的阵地——《小说月报》、《文学旬刊》(后改名《文学周报》)、《诗》月刊，并出版了"文学研究会丛书"125 种；有自己的代表性作家与理论家——茅盾与郑振铎是该会实际上的理论指导者与特别能战斗的两大台柱，叶圣陶、冰心、庐隐、王统照、朱自清、许地山、王鲁彦等则被视为最能体现文研会文艺思想与创作倾向的代表作家。

文研会由于主张"为人生而艺术"的文艺思想，在反对"文以载道"的封建文学的同时，也反对"鸳鸯蝴蝶派"的游戏文学和唯美主义的不良倾向，坚持文学"为人生"并要"改良这人生"[①]的方向，因而史称"人生派"。在创作方法上，文研会继承《新青年》的传统，高扬现实主义的旗帜，并把现实主义最终推动成为中国现代文学的主导思潮。文研会积极活动，日益发展壮大，1921 年到 1927 年是该会的全盛时期。大革命时期，随着社会形势的变化，该会成员逐渐走上分化的道路。1930 年"左联"成立后，中国文坛各个流派出现新的分裂与组合，文研会的活动也逐渐减少。1932 年 1 月，在上海"一·二八"事变中，作为文研会主要阵地的《小说月报》被迫停刊，该会也就在无形中解体了。

---

① 鲁迅:《我怎么做起小说来》，载鲁迅《南腔北调集》，人民文学出版社 1958 年版，第 82 页。

第二节　中国儿童文学的多个"第一"

从现代文学的发展历史考察，文研会所持的文学主张（为人生而艺术）、创作方法（现实主义）以及贡献卓著的创作实绩，曾给20世纪20年代的"中国文坛以极其深刻的影响"，在五四文学革命到30年代的左联文学之间，"实际起了一个承先启后的伟大作用"①。从现代儿童文学的发展历史考察，文研会响应了五四的时代要求，开始了儿童文学的拓荒工作，在20年代掀起了一场有声有色的"儿童文学运动"，以创作为中心，并在理论、翻译、编辑等几个方面都做出了重大的贡献，把中国的儿童文学大大地推向了前进，为30年代儿童文学的发展开拓了道路。正如五四时期新文学社团的涌现是中国新文学成熟的重要标志一样，20年代由文研会这样一个人数最多、影响很大的新文学社团掀起的"儿童文学运动"，正是中国新儿童文学成熟的一个重要标志。文研会在新文学史上活跃的时期，正是中国的儿童文学实现跨越发展的时期。历史已经为文研会在中国儿童文学史上树立起了闪光的丰碑。试看20世纪二三十年代儿童文学领域的下列史实：

中国第一部由作家创作的童话集是1923年商务印书馆出版的叶圣陶的《稻草人》，它被鲁迅誉为"给中国的童话开了一条自己创作的路"②；

中国第一部描写儿童生活的白话诗集是1925年北京朴社出版的俞

① 任访秋：《从文学流派上看文学研究会与中国现代文学》，载河南省社会科学院研究所、河南省文学学会编《文学论丛》第2辑，河南人民出版社1984年版，第116页。
② 鲁迅：《〈表〉译者的话》，《译文》1935年3月第2卷第1期。

平伯写的《忆》；

中国现代最畅销的儿童散文集是冰心在1923年至1926年写的《寄小读者》，此书自1926年出版单行本到1941年，即印行了36版；

中国第一部儿童歌舞剧是黎锦晖在1922年创作的《麻雀与小孩》，他写的12部儿童歌舞剧曾在二三十年代风行全国；

中国现代最有影响力的儿童图画故事是1922年郑振铎创作的《河马幼稚园》，后起模仿的续集数不胜数；

中国现代最受欢迎的外国儿童文学译作是1923年夏丏尊翻译的《爱的教育》，此书曾再版30余次，成为20世纪二三十年代许多中小学生的必读之书；

中国第一部由个人完成的儿童文学论文集是周作人主要写于20年代的《儿童文学小论》；

中国第一部儿童文学理论集是1924年赵景深选编的《童话评论》；

中国现代最有影响力的儿童刊物是1922年1月郑振铎创办的《儿童世界》；

中国最早设立《儿童文学》专栏的大型文学刊物是20年代文研会主编的《小说月报》；

中国第一次专为外国儿童文学作家设立专号，大张旗鼓进行介绍的是1926年文研会主编的《小说月报·安徒生号》。

试问，五四以来的中国文坛有哪一个文学社团对儿童文学做过这么多的开创性贡献？又有哪一个文学社团在20年代从创作、翻译、研究、编辑诸方面关心过年幼一代的精神食粮？除了文研会，我们再也找不到第二个了。因此，本书肯定文研会全盛时期对中国儿童文学的巨大贡献，是有充分根据的。朱自清先生在评价五四文学革命中蜂起的新文学社团的历史功绩时，唯独为文研会写下了"儿童文学运动"，肯定了他们在儿童文学这一领域的独特成就，这确是文学史家的卓越史识。

第三节　团结在文学研究会旗帜下的儿童文学队伍

文研会对中国现代儿童文学的贡献是多方面的，首先就是团结了五四前后出现的一大批热心儿童文学的作家，在文研会的旗帜下，形成了中国第一支强大而有力的儿童文学队伍。

20 世纪初，以上海商务印书馆和中华书局的儿童刊物为阵地，逐渐集合了一些儿童文学工作者，但人数不多，影响不大。1920 年 12 月，《新青年》载文发出呼吁，"希望有热心的人，结合一个小团体"①，着手从事儿童文学工作。在现代儿童文学的垦拓时期，组建这样一支热心为儿童服务的队伍，实在是非常必要、非常迫切的任务。这支队伍的结合，历史地落到了文研会身上。从文研会成员个人的经历考察，他们中的不少人，尤其是骨干作家如茅盾、郑振铎、叶圣陶等，在加入团体之前就已开始从事儿童文学的创作与研究，有的在出版机构担任儿童读物的编辑，有的在小学长期任教，有的热心翻译外国儿童文学，也有的很早就开始研究童话、儿歌。正由于他们同声相应，有着共同的爱好与追求，所以他们集合在文研会的旗帜下时，自然更能联络感情，互相促进，集中力量，推动儿童文学向前发展。例如，郑振

---

① 周作人：《儿童的文学》，《新青年》1920 年 12 月第 8 卷第 4 号。另见《周作人自编文集·儿童文学小论》，止庵校订，河北教育出版社 2002 年版，第 38 页。

铎主编的《儿童世界》，主要就是依靠文研会成员提供稿件。

文研会团结的儿童文学力量是一支非常出色而又有自己特色的队伍，他们都有童心似火烈，在建设新文学的同时，又肩负起了建设儿童文学的使命。这支队伍有这样几个特点：

第一，人数众多，阵容整齐。

据"文学研究会会员录"提供的资料，文研会会员曾从 1921 年成立时的 21 人，发展到 1926 年的 172 人。现存的这份"会员录"尚有 70 个会员没有查到——只有登记号码而无姓名。但我们仅据这份极不完整的"会员录"，就可以发现很长一串对儿童文学卓有贡献的作家名单。他们是：茅盾、郑振铎、叶圣陶、冰心、周作人、赵景深、俞平伯、王统照、夏丏尊、丰子恺、胡愈之、黎锦晖、严既澄、徐调孚、刘大白、刘半农、周建人、高君箴、耿济之等。如果我们再把曾经发表过儿童文学创作、译作和评论文章的文研会作家名单开列出来，那就更多了，诸如许地山、庐隐、朱自清、王鲁彦、徐玉诺、刘延陵、谢六逸、张近芬、顾颉刚、傅东华、顾仲彝、褚东郊、朱湘、沈泽民、胡仲持、郭绍虞、黎烈文、徐蔚南、耿式之、章锡琛等。他们或创作，或翻译，或研究，或编辑，或采风，从各个方面切切实实地培植儿童文学。可以毫不含糊地说，从五四到 20 世纪 30 年代初期，中国的儿童文学主要就是由文研会的这批作家维持着局面。

第二，骨干重视，卓有实绩。

文研会的发起人与骨干作家都非常关心儿童文学，他们不仅是儿童文学的热心倡导者，而且是卓有实绩的积极组织者与实践者，其中最突出的是茅盾、郑振铎、叶圣陶、冰心、周作人、赵景深。茅盾和郑振铎先后主编《小说月报》，他们的主要精力虽然集中在成人文学的建设上，但对儿童文学也十分关心。茅盾早年曾在商务印书馆编辑《童话》丛书，他发表的第一篇童话就是《大槐国》（1918 年）。1920年，他接手主编《小说月报》之后，仍然满腔热情地关心着儿童文学，在 30 年代先后写了十多篇有关儿童文学与儿童读物的评论文章。郑振铎在发起成立文研会后不久，就创办了《儿童世界》。他亲自动手为孩子们创作，共写了童话、故事 43 篇，低幼图画故事 46 篇，儿童诗30 首；撰写了关于儿童文学和民间文学的评论文章 21 篇；翻译了 24篇童话、两部寓言（《莱森寓言》和《印度寓言》）、一部外国民间故事（《高加索民间故事》）；此外，他还翻译了被誉为"描写儿童心理、儿童生活最好的诗歌集"的印度泰戈尔的《新月集》以及希腊神话等。郑振铎可谓是儿童文学的多面手。叶圣陶和冰心的贡献是在儿童文学创作方面，他们向来被视为中国儿童文学的泰斗。叶圣陶的童话《稻草人》、冰心的散文集《寄小读者》整整影响和感动了几代少年儿童，这是两部在中国现代儿童文学史上具有里程碑意义的作品。周作人是较早鼓吹儿童文学的作家。据笔者不完全统计，从 1913 年到 1923 年，他发表的儿童文学评论就有 25 篇。这些文章内容丰富，涉及面广，对儿童文学做了比较全面的探讨，提出了不少新鲜见解，是现代儿童文学初创时期的重要理论收获。尤其是他的童话理论，对我国的童话研究有着开创性的意义。此外，周作人还较早翻译了安徒生童话《卖火柴的小女孩》《皇帝的新衣》和王尔德童话《安乐王子》等。赵景深在20 世纪二三十年代也是一位翻译、创作、研究儿童文学的多面手。他贡献了 65 种儿童文学读物（其中图画故事 54 种）、3 种童话专著（《童话概要》《童话论集》《童话学 ABC》）、2 种儿童文学研究资料（《童话评论》《〈儿童文学小论〉参考资料》）。这在现代文坛是罕见的。作为文研会发起人的王统照、许地山、耿济之等，也曾以自己的创作或译作对儿童文学做出过贡献。正由于文研会有着这样一支极其关心儿童、热心儿童文学的核心力量，所以在他们的积极倡导与影响下，文研会作家普遍关心儿童文学，他们所主持编辑的刊物与丛书十分重视为年幼一代提供精神食粮。这种精神蔚然成风，并得到长期坚持。

第三，人才济济，实力雄厚。

文研会出现过许多大作家、大诗人、大学者，如茅盾、叶圣陶、郑振铎、冰心、俞平伯、周作人、朱自清等。由大手笔来搞"小儿科"，再加之一颗炽烈的童心，他们的作品与文论自然卓然可观，引人瞩目。考察20世纪20年代的中国儿童文学可以发现，当时的各种儿童文学建设人才几乎都集中在文研会队伍里。创作艺术童话取得卓越成绩的有叶圣陶、郑振铎，写过优秀儿童散文的有冰心、许地山、丰子恺，在儿童小说与儿童诗创作方面产生较大影响的有王统照、俞平伯，对发展儿童戏剧做出特殊贡献的有黎锦晖，在编辑儿童读物方面积累新鲜经验的有郑振铎，对建设儿童文学理论体系卓有成果的有郑振铎、茅盾、周作人、赵景深。此外，文研会不少作家精通外语，有较丰富的外国文学知识和深厚的外语修养，因此翻译外国儿童文学作品得心应手。其中成绩卓著的翻译者就有郑振铎、周作人、茅盾、夏丏尊、赵景深、胡愈之、徐调孚、傅东华、谢六逸、高君箴、耿济之、张近芬等。显然这是一批难得的儿童文学建设人才。

第四，童心不泯，始终关心。

文研会作家群热心儿童文学不是一时一事，他们把这一工作当作时代的"崇高的使命"，以真挚亲切的感情始终关心着儿童，关心着儿童文学的建设。他们即使已成为名闻遐迩的大作家，或已进入垂暮之年，依然童心不泯，一如既往。最突出的莫过于茅盾、叶圣陶、冰心。且看他们在 1932 年文研会消亡后从事儿童文学创作的情况：茅盾在 1934 年至 1936 年创作了一些儿童小说，其中《少年印刷工》是中国现代儿童文学史上的第一部中篇儿童小说；叶圣陶先后创作了童话《火车头的经历》《鸟言兽语》与儿童小说《一个练习生》《寒假的一天》《邻居》等；冰心也有新的儿童诗文问世。中华人民共和国成立后，他们在繁忙的社会工作之余，依然满怀激情地继续为孩子们写作，或从理论上指导儿童文学，这是众所周知的事实。赵景深在 1935 年以后，精力虽已集中到研究古典小说与戏曲，但还念念不忘儿童文学，翻译了华特·狄斯耐的《米老鼠救火车》《米老鼠游小人国》，还编写了几种连续图画故事，如《一粒豌豆》《爱儿历险记》等；[①]丰子恺在 40 年代创作了《伍圆的话》《明心国》等 20 多篇童话和儿童故事，还长期坚持为孩子们创作妙趣横生的儿童漫画；许地山在香港《新儿童》杂志上发表过《莹灯》《桃金娘》等童话；其他如夏丏尊、徐调孚等，也曾长期从事少年儿童读物的编辑工作。

现代儿童文学的历史证明，文研会是五四以来对现代儿童文学最为关心、在现代儿童文学建设方面最有成就的文学社团。正是它所团结的这一支童心如火的文学队伍的辛勤耕耘，促成了 20 世纪 20 年代中国儿童文学的新作为、新发展。

---

① 赵景深：《我与儿童文学》，载浙江师范学院中文系儿童文学研究室编《我与儿童文学》，浙江师范学院 1980 年，第 14 页。

第二章

茅盾、郑振铎、叶圣陶等的童话探索与开创性贡献

　　文研会始终是一个创作社团，而且始终热心儿童文学耕耘。文研会不少作家几乎在他们着手新文学创作的同时，就开始为孩子们写作了。他们对儿童文学的各种样式——童话、儿童诗、儿童小说、儿童散文、儿童戏剧、幼儿文学等，都进行了孜孜不倦的探索，取得了丰硕的成果，各种儿童文学样式都有自己的代表作家和代表作品。叶圣陶、冰心、郑振铎、王统照、俞平伯等都以不同的创作风格体现出文研会儿童文学创作的共同倾向，代表了 20 世纪 20 年代儿童文学的主导思潮。正是文研会作家群切切实实的努力，促成了中国现代儿童文学第一个十年的创作高潮。文研会的儿童文学创作具有作家多、作品多、文体多的特点，为了比较清晰地勾勒出这一史实，本书打算按照文学样式的不同，从历史的角度对重要作家的作品逐一加以探讨。而童话是文研会儿童文学创作的主要文体，也是最有成就的门类。

第一节　具有开拓性质的茅盾童话

茅盾（1896—1981）是文研会作家中创作童话的第一人，也是中国现代文坛最早从事童话创作的拓荒者之一。1916 年，21 岁的茅盾从北京大学预科毕业，来到上海商务印书馆编译所工作。在这里，他遇到了被他誉为"中国编辑儿童读物的第一人"的孙毓修。当时，孙毓修正在主持编辑《童话》丛书与"少年丛书"。茅盾的才华深受孙毓修赏识，于是孙主动邀请茅盾参与编写《童话》。从 1918 年下半年起至 1920 年，茅盾接连写了 27 篇童话①，辑为 17 册，以沈德鸿的本名先后由商务印书馆列入《童话》丛书出版。

茅盾的童话创作是他从事文学活动的最早尝试，同时如实地记录了中国艺术童话萌芽时期的基本风貌。早期的"童话"含义较广，大凡寓于幻想色彩、供给孩子们阅读的散文类作品，都属于童话范畴。1909 年，孙毓修主编的《童话》丛书初集广告就说："东西各国特编小说为童子之用，欲以启发智识，含养德性，是书以浅明之文字，叙奇诡之情节，并多附图画，以助兴趣；虽语言滑稽，然寓意所在必轨于远，童子阅之足以增长德智。"五四前后，童话几乎就是儿童文学的同义词，两者没有严格的界说。后来，才逐步把童话与民间故事、传说、儿童小说等文体区分开来，单指那些具有丰富的想象、强烈的夸张、带有神奇的幻想色彩的散文作品。茅盾在商务印书馆编辑的《童话》丛书，正是早期广义上的"童话"。当时的童话与其他儿童读物

---

① 茅盾还在 1923 年根据捷克斯洛伐克民间童话写过《十二个月》，故茅盾童话共为 28 篇。

的编写情况一样，主要是模仿外国童话与改编中国古代传统读物，几乎没有作家独创之作。茅盾的童话实践，自然也不能脱离时代的影响。他的多篇童话主要也是根据外国与古代的东西加工改写而成的。从题材内容来看，大致可分三类。

第一类是根据外国童话、寓言或民间故事加以改写的，计 12 篇，它们的来源分别是：

《驴大哥》——《格林童话·布勒门镇上的音乐家》

《蛙公主》——《格林童话·青蛙王子》

《海斯交运》——《格林童话·伶俐的罕斯》

《狮骡访猪》——《伊索寓言·驴、狐狸和狮子》

《狮受蚊欺》——《伊索寓言·蚊子和狮子》

《狐兔入井》——《伊索寓言·狐狸和山羊》

《兔娶妇》——《挪威民间故事·结了婚的野兔》

《鼠择婿》——《突尼斯民间故事·母鼠的丈夫》

《傲狐辱蟹》——《日本民间故事·猫和螃蟹》

《金龟》——《印度童话·多话的龟》

《飞行鞋》——《贝洛尔童话·小拇指》

《怪花园》——《法国童话·美妞与怪兽》

第二类是根据中国古典读物改编的，凡 5 篇，出处是：

《大槐国》——《唐人传奇·南柯太守传》

《千匹绢》——《太平广记》卷第一百六十六

《负骨报恩》——《古今小说·吴保安弃家赎友》

《树中饿》——《古今小说·羊角哀舍命全交》

《牧羊郎官》——《史记·平淮书》

第三类是茅盾的个人创作，有《书呆子》与《寻快乐》两篇。此外，尚有《一段麻》《风雪云》《学由瓜得》《和平会议》《蜂蜗之争》《鸡鳖之争》《金盏花与松树》《以镜为鉴》等8篇目前还不能确定出处。有的研究者认为，这8篇中的前3篇也是茅盾"直接取材于现实生活创作的"[①]。

茅盾童话充分体现了五四时期破土萌生的中国艺术童话的特色，以新的形式与新的内容给《童话》丛书注入了新鲜血液。

首先，茅盾童话比较注重小读者的欣赏情趣，童话的"儿童化"特色大为增强。无论是改编还是创作，他的作品大多描写儿童生活或儿童喜爱的动物王国，人物形象以儿童为主。纯粹描写成人生活的故事只有《大槐国》《千匹绢》等出自古典读物的5篇，但其中不乏丰富的幻想色彩与曲折的故事情节，依然能吸引小读者。儿童形象与幻想世界直接进入童话领域，这是童话艺术的一大进步，与晚清时期大多描写成人生活和充满说教的"儿童读物"相比，无疑是一种突破。茅盾童话善于通过拟人与对比手法来增强作品的艺术感染力，以满足小读者的阅读需求。在《寻快乐》中，作者将钱财、勤俭、玩耍、经验这些抽象概念，全都赋予了人的性格、人的行动，各有鲜明的个性，给人以深刻的印象。如对钱财的描写："钱财这人，最无恒心，今天和张三相好，明天便和李四相好。加之世人没有不喜欢他，他的交往极多，更不能长在一人身边。"寥寥数语，妙趣横生，巧妙地写出了钱币在人群中广泛的流动性，使人读之忍俊不禁。又如《一段麻》，通过罗伦、罗理两兄弟对一段细麻绳珍惜与丢弃的两种态度，与后来遇到

[①] 范奇龙：《一束报春的鲜花》，载范奇龙选编《茅盾童话选》，四川少年儿童出版社1987年版，第4页。

急事需要绳索时两种不同结果的对比描写，启迪小读者养成节约的习惯，懂得有备无患的道理。《书呆子》将用功读书的南散和贪玩好耍的万尔放在蜜蜂分房的紧张环境下进行对比描写，说明知识就是力量，激励小读者努力读书求知。

其次，茅盾童话为儿童读物的改编工作提供了新鲜经验。对于古典读物的改编，茅盾着眼于思想性，努力选取那些有益于小读者思想品行教育的材料，发掘其中民主性的精华。如《树中饿》，只取羊角哀与左伯桃生死与共的故事，删去了原作中鬼魂争墓的荒诞情节。《牧羊郎官》立意于"有益于国家，有功于社会"的主题。这些作品都是以古人的高风亮节来陶冶儿童，宣扬我们民族的报效国家（《牧羊郎官》）、舍己为人（《树中饿》）、知恩图报（《千匹绢》）等传统美德。这与当时有的儿童读物改编者只图故事热闹、不注重思想意义的状况（如中华书局出版的儿童"小小说"一百种，有《劈罗真人》《僧道斗法》《莲花化身》等）形成鲜明的对比。对于外国读物，茅盾也不是一味照搬，而是大胆地对原作进行加工改制，使作品对中国儿童产生富有时代特征的教育意义。如《驴大哥》来源于格林童话《布勒门镇上的音乐家》，故事叙述驴、狗、猫、鸡因不能讨得主人喜欢，就一起逃到布勒门镇去当音乐家。它们在一幢房子里遇到正在偷盗食物的强盗，于是全体奏乐——驴叫、猫喊、狗吠、鸡鸣，强盗被吓跑了，偶然的成功使四位音乐家得到了一座住房。经过茅盾改写的《驴大哥》，人物与内容基本没变，但却注入了完全崭新的主题：驴、狗、猫、鸡在患难中互相同情、互相帮助，由原来被损害的弱小者地位，变成"能自立、能用力气换饭吃"的独立自主者。显然，这与五四时期提倡的自强不息的时代精神是一致的，同时也表现了青年茅盾同情被损害者与弱小者的思想倾向。

　　由于五四时期的童话创作尚处在摸索、尝试阶段，没有成功的先例可以借鉴，因此，出现在茅盾笔下的作品也难免带有这种尝试的不足之处。一是还没有摆脱古代话本小说"说书人叙事"的框框，叙述方式受到起承转合等固定程式的影响，常就故事发一些议论，出现一些惯用的套语，不免给人以说教之感，如"在下也趁空说句话……""看官读至下文，便知端的"。有的评说显得太长太多，冲淡了作品的艺术效果。二是文体界限模糊。茅盾的"童话"，有的实际上是儿童小说，如《一段麻》《书呆子》；有的是寓言，如《风雪云》《以镜为鉴》；也有的是历史故事，如《树中饿》等。三是由于题材内容大多来自外国与古代的材料，还没有把眼光转移到当下现实社会生活上来，因此童话形象的典型化程度不高。五四时期尚是童话创作的萌芽时期，一切都要经过拓荒者们的尝试，后人明智，自然不应苛求先行者的劳绩。更何况这些作品在当时已超越了前人（如孙毓修）的水准，拥有广泛的小读者群。从中国现代童话创作发展史考察，茅盾的童话，正是我们认识和研究早期童话基本风貌的宝贵文献，它记录了现代儿童文学的拓荒者探索童话创作的深深脚印。它的成功与不足，为现代童话的发展积累了十分宝贵的经验，开创之功更是不可磨灭的。

　　1921 年，茅盾接手主编改革后的《小说月报》，为文研会经营这块重要的文学阵地，他的精力已不能再集中到童话创作上。就在这时，文研会的另一位重要台柱郑振铎从北京来到上海，他接替了茅盾的工作，编辑了《童话》丛书第 3 辑，次年 1 月，又创办了我国第一个纯文学的儿童周刊——《儿童世界》。这位现代儿童文学的建设者十分热心童话，并有自己的创作特色。

第二节　注重译述的郑振铎童话

郑振铎（1898—1958）"由于本性酷爱着童话"（叶圣陶语），因此，在他主编《儿童世界》期间，童话成了该刊最重要的文体。他自己也兴致勃勃地动手写作。1922年，他在《儿童世界》上发表了《竹公主》《兔子的故事》《花架之下》《行善之报》等26篇童话，之后又陆续撰写了13篇。艺术童话——这株在现代儿童文学园地破土萌生的幼苗，经郑振铎的辛勤培植，迅速成长起来。

郑振铎是从"译述"入手开始童话创作的，他的作品受到了外国童话的深刻影响。郑振铎对外国儿童文学的介绍有着自己独特的见解。他认为安徒生、王尔德等大师们的作品"具有不朽的文学的趣味"[1]，"程度较高的儿童，都很喜欢看"[2]，因此他大都采取直译的手法，以不失原著的真意与风格。但是，并非所有外国童话都适合小读者阅读。他说："童话有专为儿童而写的，也有不专为儿童而写的。最有名的童话作家安徒生之所作，便有一部分不适合儿童的。"[3]"童话为求于儿童的易于阅读计，不妨用重述的方法来移植。"[4]所谓重述，即是译述，这是一种熔翻译、创作于一炉的创造性劳动。它是译述者在通晓译著的内容、风格而又不改变原作真意的前提下，"为求于儿童易于阅读

---

[1] 郑振铎：《〈天鹅童话集〉序》，载高君箴、郑振铎译述《天鹅童话集》，商务印书馆1925年版，第1页。
[2] 郑振铎：《复余姚达三国民校读书会函》，《儿童世界》1922年第4卷第1期。
[3] 郑振铎：《儿童读物问题》，《大公报》1934年5月20日。
[4] 郑振铎：《〈天鹅童话集〉序》，载高君箴、郑振铎译述《天鹅童话集》，商务印书馆1925年版，第1页。

计"，"为求合于乡土的兴趣"，[①]对原著抉择取之，进行加工改编：原作的顺序、情节、结构、人物、篇幅等，可能做一定的变动，同时加入了译述者对作品的合乎逻辑的创新。因此，这是一种融合了译述者个人心血的劳动成果，已不再是原作的简单翻版。犹如安徒生根据西班牙民间故事《卢卡诺伯爵》改编的《皇帝的新衣》，《卢卡诺伯爵》已不复存在，《皇帝的新衣》是属于安徒生的。郑振铎译述的童话也是这种性质，这类作品应当属于郑振铎。

　　而客观效果也是这样，如《郑振铎和儿童文学》一书，就把这类译述之作列入郑振铎的"创作"，另一类直译的童话归为"翻译"。受译述的深刻影响，郑振铎也独立创作了《爱美与小羊》《小人国》《七星》《朝露》等童话，但他的译述成绩远胜于创作。为了适合小读者的阅读兴趣，郑振铎在译述方面做了不少努力，如在《聪明的审判官》《花架之下》等篇幅较长的童话中，他通过花前月下讲述故事的方式来串连情节、展开内容，并插入小朋友的提问，环环相扣，引人入胜。《花架之下》还巧妙地插入了一首有谱有词的中国儿歌——《萤火虫歌》，使小读者阅读时如临其境、如聆其音，这种写作手法是很少见。1922 年，《儿童世界》第 1 卷第 2—9 期连载了郑振铎写的《竹公主》，这是根据日本长篇民间童话《竹取物语》译述而成的。竹公主原是月宫仙女，她飘然下凡来到人间，附竹而生，被老竹匠夫妇抚育长大。她的美貌和贤德吸引了五个公子上门求婚。竹公主要求他们分别去寻找印度释迦的石钵、蓬莱岛上的宝玉树枝、火鼠皮做的衣服、燕巢里的贝壳与龙颔下的宝珠。她以巧妙的考验一一回绝了这些青年，

---

① 郑振铎：《〈儿童世界〉宣言》，先后刊登于 1921 年 12 月 28 日《时事新报·学灯》，12 月 30 日《晨报》副刊及《妇女杂志》。

最后在一个月明之夜，悄然回到月宫。这是一个类似我国嫦娥奔月的优美故事。郑振铎的译述只保留了最富幻想色彩的八个章节，凡一万余字，虽然做了浓缩与改编，但原著的真意不失，精粹依然。郑振铎的童话完全采用白话，文笔优美、清丽明快、生动形象，"文字很简质，毫没有什么藻饰，然自有一种朴质的美"[1]，十分符合儿童的欣赏情趣。请看对竹公主飞升月宫的描写：

这时月亮正升在中天，放射清洁如水的银光在大地上。有一线白光。又如烟，又如云似的，由天上降到地上。好像一座仙桥。

由这座桥上，下来了成千上万的穿着银白色甲胄的兵士。如一阵风吹起的烟一样。

…………

竹公主随着月宫的军队由白烟似的桥上升上去，渐渐的升过富士山顶。更高，更高的，升到月旁，然后不见了。大概他们是已经进了月宫的银门里了。

到了现在富士山顶还常常有一缕烟云，围绕于上，好像这座仙桥，还竖在那里一样。

这是多么神奇的幻想世界，多么优美的童话意境！像这样的作品才可以说是真正意义上的艺术童话。与茅盾的童话相比，郑振铎的童话有以下几点明显的不同。一是由说书人叙事转变到作家叙事，即按照童话本身的情节发展叙述故事，作者不站出来加以评述。在郑振铎

---

[1] 郑振铎：《〈高加索民间故事〉序》，载郑振铎译《高加索民间故事》，商务印书馆1925年版，第1页。

的 30 余篇童话中，我们找不到一句作者从旁插入的话。二是童话的文体界限比较明确。郑振铎的童话已与今天的童话概念基本一致，尤其是那些富于幻想色彩的作品。三是童话的艺术要素明显增强，如表现手法的夸张性、故事情节的神奇性、事理发展的逻辑性等，同时完全采用"活的听得懂说得出的现成白话"[①]。这些与茅盾童话的不同之处，正是艺术童话逐步走向成熟的重要标志。可以说，艺术童话这种从民间童话基础上发展起来的作家创作，经由茅盾开创，到了郑振铎笔下已经基本上形成特色。郑振铎对童话的贡献，正是使童话的艺术形式进一步得到了完善。从他以后，艺术童话才在儿童文学园地站稳了脚跟——尽管他的童话主要是根据译著进行的再创作。

郑振铎创办《儿童世界》期间，经常向文研会成员约稿。叶圣陶的划时代的童话创作，就这样在该刊脱颖而出，引起了儿童文学界的强烈反响。

第三节　叶圣陶独创性童话的历史贡献

叶圣陶（1894—1988）说过："郑振铎兄创办《儿童世界》，要我作童话，我才作童话，集拢来就是题名为《稻草人》的那一本。"[②]他的第一篇童话《小白船》发表在《儿童世界》第 1 卷第 9 期上。1922年，他在该刊共发表了 19 篇童话，以后又写过 20 多篇。这些童话分

[①] 茅盾:《关于"儿童文学"》,《文学》1935 年 2 月第 4 卷第 2 号。另见《茅盾全集》第 22 卷，人民文学出版社 1993 年版，第 361 页。

[②] 叶圣陶:《杂谈我的写作》,载《叶圣陶论创作》,上海文艺出版社 1982 年版，第 149 页。

别结集为《稻草人》(1923 年)与《古代英雄的石像》(1931 年),此外还有《鸟言兽语》《火车头的经历》等篇收录在《四三集》中。

叶圣陶童话既不同于以改写为主的茅盾童话,也不同于以译述为主的郑振铎童话,而全系作家独创。鲁迅曾赞誉《稻草人》是"给中国的童话开了一条自己创作的路",郑振铎认为《稻草人》"在描写一方面,全集中几乎没一篇不是成功之作"①。叶圣陶童话正是内容与形式双美的杰作,它的出现是中国艺术童话成熟的标志。叶圣陶自己也曾对郑振铎这样说过:"我之喜欢《稻草人》,较《隔膜》(叶圣陶的第一部短篇小说集——引者注)为甚;所以我希望《稻草人》的出版也较《隔膜》为切。"②叶圣陶之所以如此偏爱他的童话,因为这是他献给"最可宝爱的后来者"③的一份厚礼,也是他探索童话艺术的心血之作。

从现代童话创作发展的历史考察,叶圣陶童话取得了多方面的成就。

第一,直面人生,扩大题材,把现实世界引进童话创作的领域。

叶圣陶的童话创作思想有一条清晰的发展脉络。他早期写的童话大都是"孩提的梦",色彩绚丽,充满幻想,用理想主义的弹唱编织着童话世界的光环。这与作家的生活经历和创作思想是分不开的。叶圣陶曾当过十年小学教师,由于长期生活在孩子们中间,他熟知儿童心理,深切地了解儿童的感情世界和精神需求。他从自己的十一二岁

① 郑振铎:《〈稻草人〉序》,《文学周报》1923 年 10 月 15 日第 92 期。另见郑振铎著,郑尔康、盛巽昌编《郑振铎和儿童文学》,少年儿童出版社 1982 年版,第 32 页。
② 郑振铎:《〈稻草人〉序》,《文学周报》1923 年 10 月 15 日第 92 期。另见郑振铎著,郑尔康、盛巽昌编《郑振铎和儿童文学》,少年儿童出版社 1982 年版,第 32 页。
③ 叶圣陶:《文艺谈·七》,《晨报》副刊 1921 年 3 月 20 日、21 日。

的学生们喜欢阅读《项羽本纪》（司马迁）、《最后一课》（都德）、《两个朋友》（莫泊桑）等充满"无限悲壮的热情"的战争文学的现象中，体验到"儿童心里无不有一种浓厚的感情燃烧似的倾露"，他们同成人一样需要文艺作品。由此，他感到教育者从中"可以得一个扼要的宗旨以为后来者造福，就是'应当顺他们自己的要求，多多给他们文艺品，做他们精神上的食料'"。但他又为孩子们只能阅读战争文学而无别的作品"引起了无限的不如意和忧虑"，因为"在儿童心里本没有战争是怎么一回事，当然没深切的同情"，这类作品是"不宜选"给孩子们看的。但当时的儿童文学又是奇缺，"欲选没有缺憾而也可以使他们欣赏的文艺品，竟不可得"，满目所见的"只是些古典主义的，传道统的，或是山林隐逸、叹老嗟贫的文艺品"，他只好"无可奈何，强抑"着"不满意的心思"，"选了以上所举几篇"给儿童阅读。教师与作家的双重责任感和对孩子深深的爱，促使叶圣陶拿起笔来创作儿童文学。他认定儿童文学要"对准儿童内发的感情而为之响应，使益丰富而纯美"。叶圣陶的以上见解发表于 1921 年 3 月的《晨报》副刊。这些话正是我们了解叶圣陶早期童话创作思想的一把钥匙，也为他的童话思想内容定下了基调：他要用自己的笔去勾画"一个美丽的童话的人生，一个儿童的天真的国土"①，使纯洁的童心不受到战争、苦难、血泪这不幸的人生悲剧的损伤。就在这一年的 11 月和 12 月，他一口气写了《小白船》《傻子》《燕子》《一粒种子》等 9 篇童话。叶圣陶的这些早期童话，充满着对"爱"与"善"的热烈向往，努力把人生描写成适合孩子们纯洁心灵生存的世界。他的第一篇童话《小白船》写

---

① 郑振铎：《〈稻草人〉序》，《文学周报》1923 年 10 月 15 日第 92 期。另见郑振铎著，郑尔康、盛巽昌编《郑振铎和儿童文学》，少年儿童出版社 1982 年版，第 32 页。

两个可爱的孩子乘坐小白船迷失了方向，有一位陌生人愿送他们回去，但孩子们先得回答三个问题。这三问三答既富童趣又深寓哲理：

"鸟为什么要歌唱？""要唱给爱他们的人听！"

"花为什么芳香？""芳香就是善，花是善的符号！"

"为什么小白船是你们所乘的？""因为我们纯洁，惟有小白船合配装载。"

爱与善正是作家希望于人生的，世上只有可爱的孩子们最纯洁。他告诉人们：只要大家本着爱、善之心，世界就会安宁，纯洁的孩子就可乘着小白船快乐远航了。为什么世上会有不善不爱的不合理现象呢？《眼泪》给出了解答：因为人们丢失了同情心。于是作品中的那人在得到了儿童同情的眼泪后，"他还要遍游各处，将他最宝贵的礼物送给一切人"，希望人人都有同情之心。工厂里的"大喉咙"（《大喉咙》），正是被感化而产生同情心的形象。原先，每天早上大喉咙一叫，母亲不得不扔下吃奶的娃娃，少年不得不离开"梦仙"，老头儿不得不告别瞎眼老太，一齐匆忙地跑向工厂去做工。人间的这种痛苦显然是会刺伤小读者心灵的。于是作家设计了一个工人家属与大喉咙谈判的情节。大喉咙终于产生了同情心，不再吼叫了，生活于是复归安宁。在叶圣陶笔下，我们看到了一系列充满人道主义精神的童话形象：有不顾自己得失处处为别人着想的傻子（《傻子》），有跋山涉水为人们传递书信而自己不幸残废的绿衣人（《跛乞丐》），有以自己的歌声来抚慰受苦人寂寞心灵的画眉鸟（《画眉鸟》）。他希望出现一个没有"伤害"而"遇到的都是好意"的世界（《燕子》），他要用爱与善来陶冶孩子，使"受之者必能富有高尚纯美的感情"①。作家的这种追求和理想，无疑是进步的、无可非议的。但是，这毕竟只是童话世界，现实的人生又是如何呢？作为一个"为人生而艺术"的现实主义作家，他怎能无视现实？叶圣陶的笔触在矛盾之中痛苦徘徊：他这时期的小说是用沉重的笔调抚摸着不幸的人生，而童话却是用理想主义的弹唱编织着梦幻般的光环。他的心失去了平衡："在成人的灰色云雾里，想重现儿童的天真，写儿童的超越一切的心理。几乎是个不可能的企图！"②经过痛苦的思考，叶圣陶终于转换了笔调，他决定要"咒诅"了："我们起先赞美世界，说他满载着真的快乐，现在懂了，他实在包含着悲哀和痛苦，我们应当咒诅呵！""咒诅那些强盗……，更咒诅……有那些强盗的世界。"（《鲤鱼的遇险》）这是一个重大的思想转机。从此，叶圣陶的笔触伸向了广阔的现实世界，把真实的血泪人生展露在孩子们眼前：从遥远的星球来到地球的旅行家，触目所及的是贫富悬殊的不合理现象（《旅行家》）；蚕农日夜辛劳，织女终年纺纱，生活却饥寒交迫（《快乐的人》）；一个盲人和一个聋人互相调换生理缺陷，他们终于第一次看到和听到了世界，但这世界上的不幸与杀戮反使他们感到痛苦和失望（《瞎子和聋子》）；一个孩子得到了一面可以窥见未来的神镜，而他见到的人都是皮包着骨、脸上没有血色（《克宜的经历》）。在一系列"咒诅"现实的童话中，最杰出最有影响的是代表作《稻草人》。这篇童话通过一个富有同情心而又无能为力的稻草人的所见所闻所思，真实地描写了20世纪20年代中国农村风雨飘摇的

---

① 叶圣陶：《文艺谈·七》，《晨报》副刊1921年3月20日、21日。
② 郑振铎：《〈稻草人〉序》，《文学周报》1923年10月15日第92期。另见郑振铎著，郑尔康、盛巽昌编《郑振铎和儿童文学》，少年儿童出版社1982年版，第32页。

人间百态:可怜的老妇人亡夫丧子,辛劳终年,用血汗换来了快要成熟的稻谷,却遭到了遍地虫灾的一场浩劫;困乏的渔妇在寒夜好不容易捕到了一条鱼,而丢在船舱中的病孩却病得更重了;一个走投无路的弱女子不甘心被赌鬼丈夫卖掉,在暗夜中悲愤地投河自尽。作家告诉孩子们:"不幸的东西填满了世界,都市里有,山林里也有,小屋子里有,高楼大厦里也有……"(《画眉鸟》)他希望自己的童话能使"当时的儿童关心当时的现实,不要视而不见,听而不闻"①。从梦幻的世界走向现实的人生,把血泪的现实告诉应当知道现实的孩子们——这就是叶圣陶童话创作思想的发展线索。正是这一转变,不仅加深了叶圣陶童话的思想意义并为之注入了持久的生命力,而且对促进中国现代童话创作起到了特别明显的推动作用。

首先,由于从梦幻走向现实,童话中的人物形象发生了根本性变化。在叶圣陶童话出现之前,我国流行的童话读物大多是由外国童话或古典读物加以改编而来的,因此,往往是原封不动地套用国王、王后、王子、公主、神仙、妖魔、巨人、美人鱼等传统童话形象,袭用天鹅型、灰姑娘型、大拇指型、睡美人型、三兄弟型、三姊妹型等固定模式,公式化、类型化的倾向相当严重。叶圣陶童话独树一帜,别开生面,它使小读者看到了当时中国社会各阶层的各类人物:工人、农民、知识分子、商人、军人、富翁、蚕农、渔民、厨子、警察、邮递员、青年学生、人力车夫、卖唱艺人、纺织女工、小木匠、童工、乞丐等,看到了由这些人物和人物之间的关系所构成的错综复杂的社会生活与阶级矛盾。正是从叶圣陶开始,中国的童话创作才跳出了

---

① 叶圣陶:《英译本〈叶圣陶童话选〉序》,载《叶圣陶序跋集》,生活·读书·新知三联书店 1983 年版,第 82 页。

"不写王子，便写公主"的西方模式，把笔锋直接对准了丰富多彩的现实人生。

其次，从梦幻走向现实，扩大了童话的题材范围，使人间百态进入了作家的创作视野。《稻草人》反映了 20 世纪 20 年代中国破产农民的不幸与苦难，《大喉咙》《快乐的人》揭露了资本主义对工人的剥削、压迫，《画眉鸟》展示了城市下层人民的血泪生活，《火车头的经历》再现了九一八事变后爱国学生的示威请愿运动，《皇帝的新衣》则是中国人民反抗法西斯统治的战斗呐喊。这些作品及时地将人们关心的生活现象和其中的矛盾斗争加以艺术概括，用童话形式做了出色的表现，"把成人的悲哀显示给儿童"①，从而大大加深了童话作品的思想意义和对少年儿童的认识作用、教育作用，同时也对当时乃至以后的整个现代儿童文学的创作思想起到了警醒、感奋的作用。

叶圣陶童话之所以最终走向了现实主义道路，一方面是由于"为人生而艺术"的文艺思想促使他去正视现实，帮助他敏锐地发现和分析复杂的社会现象；另一方面也是人道主义思想使他以关切的目光注视着劳动人民的不幸与苦难，倾注自己的深切同情。他说过，他写的"稻草人"正是一个富有同情心，却又没有力量、没有办法可以改变环境、帮助别人的人，是旧中国有良心的知识分子的典型，他是不自觉地写出了旧社会知识分子的苦恼。②随着叶圣陶思想的不断飞跃，他后期的童话创作乃至他的整体创作，批判力量和革命因素大大增强，现实主义特征也随之不断加深并日趋稳定了。

---

① 郑振铎：《〈稻草人〉序》，《文学周报》1923 年 10 月 15 日第 92 期。另见郑振铎著，郑尔康、盛巽昌编《郑振铎和儿童文学》，少年儿童出版社 1982 年版，第 32 页。
② 叶圣陶：《叶圣陶谈科学童话创作》，《文汇报》1982 年 6 月 15 日。

第二，着眼儿童，注重儿童情趣，不断探索和完善童话创作的艺术形式。

叶圣陶在开始写童话以前就这样说过："创作儿童文艺的文艺家当然着眼于儿童，要给他们精美的营养料。"[①] 正是为实现这一既定目标，他从创作第一篇童话开始，就一直在孜孜不倦地探索着尽可能完美的艺术形式，努力供给年幼一代"精美"的作品。他的童话作品，以其独特鲜明的艺术特色，为现代童话创作提供了新鲜的经验。

诗意的幻想，诗化的意境，是叶圣陶童话重要的艺术特色之一。小学教师出身的叶圣陶深谙儿童心理，熟知"儿童于幼小时候就陶醉于想象的世界，一事一物都认为有内在的生命"，"文艺家于此处若能深深体会写入篇章，这是何等地美妙"。[②] 为了迎合儿童的想象世界，叶圣陶童话十分注重幻想色彩，而又特融于诗化的意境，给人以悠悠不尽的美的遐想。美的大自然、梦的月宫与神秘的蚂蚁国，这三者是叶圣陶写得最出色的诗化的幻想境界。

《小白船》的境界是美的大自然。请看：

一条小溪是各种可爱东西的家。小红花站在那里，只是微笑，有时做很好看的舞蹈。绿草上滴了露珠，好像仙人的衣服，耀人眼睛。

红花绿草，蓝天白云，微风和煦，春光荡漾，就在这如诗如梦的意境里，两个可爱的少年驾着白色的小船从天边驶来了……这是何等美妙的童话世界！美的大自然拥抱着纯洁的儿童，一切是那么和谐而

---

① 叶圣陶:《文艺谈·八》,《晨报》副刊 1921 年 3 月 22 日。
② 叶圣陶:《文艺谈·八》,《晨报》副刊 1921 年 3 月 22 日。

悦目。再请看梦的月宫境界：月宫里有一群可爱的小天使，她们穿着极薄极轻的白衣裳，上面缀着星星般闪亮的饰物，她们的脸美而甜，手白而柔，有鲜花，有糖果；她们快乐地跳舞、唱歌、变戏法，到树林里去采集野果子（《阿秋的中秋夜》）。生活在月宫里的人们，个个起劲干活儿。原来，他们是为着喜欢而干活儿的，他们的心是那么甜，所以收获的果实也是甜的，就连辣茄也变成甜的了（《甜》）。这是一片多么令人神往的乐土啊！而神秘的蚂蚁国又是另一种意境：这里个个都在紧张工作，人人为大家，大家为人人，蚂蚁们唱着心中欢乐的歌："我们赞美工作，／工作就是生命。／它给我们丰富的报酬，／它使我们热烈地高兴。……"（《蚕和蚂蚁》）这就是叶圣陶式的童话世界：想象丰富，诗意盎然，它似乎远离人间，却实在是真实的人生理想，似乎升入云端，但根植于现实的土壤。它用儿童的眼光、儿童的幻想，寄托了作家对美好未来的憧憬和对和平生活的向往。

童话幻想的重要途径是把一切非人的东西加以拟人化。在叶圣陶笔下，无论是天上的飞鸟、水里的游鱼、地上的走兽、桑田阡陌上的花儿树儿，还是无生命的稻草人、石像、书籍以至汽笛、火车头和"梦仙"等，全都被赋予了人的性格、人的行动。作家把它们统一在一个和谐的童话世界里，纯熟地、巧妙地导演着它们，演出了一幕幕有声有色、神奇多姿的活剧。这种拟人手法，是为了迎合儿童的欣赏情趣，也是为了更好地表现作品的思想意义。例如《跛乞丐》，描写绿衣人不远万里，远涉重洋为小燕子和小孩子传递书信。为了解救一群将被猎人包围的动物，他翻山越岭，及时把小兔子交给他的急信送到了森林中。作家通过拟人手法，把绿衣人舍己为人的崇高精神与小燕子、小兔子等动物世界的活动巧妙地联系起来，童趣盎然，引人入胜，十分符合孩子们的想象世界，使他们感到真实而可信，有趣而有味，在不知不觉中受到作品思想的陶冶。

表现的夸张性与事理的逻辑性是叶圣陶童话的又一显著艺术特色。叶圣陶童话丰富的幻想往往是通过夸张手法表现出来的，既有环境夸张、形象夸张、情节夸张，又有动作夸张、语言夸张等。其中尤以情节夸张给人难忘的印象。再以《跛乞丐》为例，作品中有一段绿衣人帮助姑娘给情人送信的描写：

他拿了书信，爬过了险峻峭直、有凶恶的野兽、有猛毒的大蛇的山岭，经过了枯黄一片、没有水池、没有草树的沙漠，穿过了很深很深、昼不见太阳、夜不见月光的树林，到那个女子的门前，来回刚是三天的工夫。

写他帮小燕子送信：

他拿了小燕子的书信，渡过了波浪险恶、风势狂暴的海洋，经过了热气熏蒸、树木都是很高很大的热地，到那孩子的家里，来回共是五天的工夫。

情节夸张在这里逼真地刻画出绿衣人一心为人的高尚思想，使小读者眼前浮现出一个手持书信、心急如焚、不畏万难、昼夜兼程的邮递员形象。又如《芳儿的梦》，写芳儿和月亮姊姊一起来到星群里，拾取了近百颗星星，做成一个光彩夺目的星环，把它作为礼物庆贺慈母的生日。诗一般优美的幻想，借助强烈的情节夸张，深刻地表现出儿童对于母亲"比海还深"的爱。夸张是趣味的来源之一，它不仅加强了童话神奇色调的浓度，而且营造出童趣盎然的气氛，而这正是小读者所能理解和需要的。

叶圣陶的童话无论是描写神奇的幻想世界，还是表现上的强烈夸张，都十分符合童话的事理逻辑性，即符合童话推理上的逻辑，符合客观世界物的属性。《稻草人》正是这样的佳作。当稻草人看到害虫正在吞食稻叶时，他心如刀割，想要告诉"可怜的主人"，于是"摇动扇子更勤，扇子拍着他的身躯，作拍拍的声响。他不能喊叫，这是他唯一的警告主人的法子了"。当他看到有人投河时，他连忙"将扇子重重拍着，希望唤醒那疲困的渔妇"去抢救。但无论怎样也叫不醒，而他自己又"像树木一样，栽定在那里，半步也不得移动"。请看，叶圣陶设计得多么合情合理、丝丝入扣！他是严格按照用稻草扎成的栽定在田里的"稻草人"这种独特事物的特性来展开故事情节的。如果把稻草人写成既能大喊大叫报告农妇虫灾消息，又能大步跑去拯救跳河的人，那就违反"稻草人"独特的属性了。事理的逻辑性是童话的重要艺术要素。叶圣陶童话正由于深谙逻辑性的奥秘，才能深深吸引小读者，使他们感到真实可信，使作品富于艺术魅力。

叶圣陶童话在语言方面具有明显的民族化与儿童化的特色，它是民族的活的语言，既无欧化句式，又无文言词语，同时具有童话作品必备的明白、晓畅、生动、活泼的儿童化特点。如《鲤鱼的遇险》开头的描写：

温柔而清净的河是鲤鱼们的家乡。日里头太阳像金子一般，照在河面上；又细又软的波纹仿佛印度的细纱。到晚上，银色的月光、宝石似的星光盖着河面的一切；一切都稳稳地睡去了，连梦也十分甜蜜。大的小的鲤鱼们自然也被盖在细纱和月光、星光底下，生活十分安逸，梦儿十分甜蜜。

这简直是一首散文诗！充满着儿童温馨的梦，散发着孩子天真愉快的口语芳香，使人不禁想起安徒生童话《海的女儿》描写的海底世界的意境。如上所述，我们可以看出，叶圣陶对童话的艺术要素——丰富的幻想性、表现的夸张性、事理的逻辑性以及童话语言特色等，已经运用得相当圆熟，而又自具特色。中国现代童话艺术，经过叶圣陶的创造性劳动，已经达到了成熟的阶段。

第三，鲜明浓郁的中国作风与中国气派，这是叶圣陶童话的又一重要特色，也是他对发展现代童话创作的又一重要建树。

叶圣陶开始从事童话创作时，自然借鉴过西洋童话，他自己也说过，他是由于受到安徒生、王尔德、格林兄弟童话的影响才"有了自己来试一试的想头"[1]。他的早期童话风格明显地受到了安徒生童话风格的影响，有的还在创作思想上得到过启示，如《皇帝的新衣》。但是，叶圣陶绝不是拜倒在西洋童话面前，他说："对于外国文学，模仿或袭取是自堕魔道。但感受而消化之，却是极关重要。"[2] 他对外来东西的态度是消化吸收，为我所用。他的童话显然不是"西化"的产物，而是牢牢地根植于中国的现实土壤，有着浓郁鲜明的中国作风与中国气派，完全是"中国化"的童话。

---

[1] 叶圣陶：《我和儿童文学》，载叶圣陶等《我和儿童文学》，少年儿童出版社 1980 年版，第 3 页。另见《叶圣陶集》第 9 卷，江苏教育出版社 2004 年版，第 324 页。

[2] 叶圣陶：《文艺谈·二十七》，《晨报》副刊 1921 年 5 月 13 日。另见《叶圣陶论创作》，上海文艺出版社 1982 年版，第 52 页。

　　首先，叶圣陶童话的题材来源于中国的现实生活，主题是从民族土壤中发掘出来的，与过去那种袭用外国题材的童话完全不同。无论是《大喉咙》《画眉鸟》反映的城市工人阶级与下层市民的血泪生活，还是《稻草人》描写的破产农民的悲惨遭遇；无论是《火车头的经历》记载下来的爱国学生的示威请愿运动，还是《蚕和蚂蚁》《一粒种子》中表现出来的"劳工神圣"感想，无一不是当时中国社会生活在童话中的反光折射。即使是直接受到安徒生童话的启示而写成的《皇帝的新衣》，我们感受到的也完全是中国人民争民主、争自由、反抗法西斯统治的时代呐喊。透过《小白船》《甜》《芳儿的梦》《阿秋的中秋夜》等浪漫主义色彩相当浓厚的童话帷幕，完全可以体验到中华民族素来有之的对美好未来的向往和对光明的呼唤。这些作品已经成了"时代的生活和情绪的历史"（高尔基语）。在过去，它是引导少年儿童认识现实人生、追求美好理想的形象教材；在今天，它则是帮助孩子们了解旧中国历史特点和社会状况的生动读物，同样具有思想教育意义。叶圣陶童话正是通过广泛丰富的民族生活及其所揭示的主题，显示出鲜明的民族特色。

　　其次，叶圣陶童话所描写的人物的生活环境与乡土风光、民间风俗、时令节序、道德观念、民族建筑、服饰饮食等风景画、风俗画，完全是"中国式"的，是我们民族特有的文化传统和心理素质的具体表现，充满着浓郁的社会生活内容和民族生活气息。例如：《快乐的人》中描写的"矮墩墩绿油油"的桑树，《蚕和蚂蚁》中"撒，撒，撒，像秋天细雨"般的蚕食桑叶的声音；《稻草人》中的田野风光和渔妇捕鱼用的"罾"；《克宜的经历》中克宜所见到的学校、医院、戏院的场景；《画眉鸟》中出现的"弯弯曲曲的胡同"和"悠悠荡荡"的三弦声;《阿秋的中秋夜》《甜》中对月宫的描写及《慈儿》中老乞丐对慈儿"小官人"的称呼;等等。这一切无不体现了鲜明的民族色彩,散发着浓郁的乡土气息。叶圣陶童话还继承了中国民间文学的一些传统表现手法,其中以"三段式"描写用得较多。如稻草人看到的老妇人、渔家女、弱女子的三种不同遭遇(《稻草人》),绿衣人帮助姑娘、小燕子、小兔子三次送信的情节(《跛乞丐》),蚂蚁反复歌唱的赞美工作的歌(《蚕和蚂蚁》)等。此外,《瞎子和聋子》中互相调换生理缺陷的设计,《祥哥的胡琴》中泉水、风、鸟儿教祥哥新的乐曲的描写,也都具有中国的民族风味。正由于叶圣陶在童话创作中努力追求民族特色与民族风格,他的作品才能为中国的孩子们所喜闻乐见,并广为传诵。

中国的艺术童话经过茅盾的开创、郑振铎的培植,到了叶圣陶手上,已经完全跳出了外国童话的窠臼,创造出了具有中国作风与中国气派的新童话。现实主义的表现手法、炉火纯青的艺术形式、鲜明浓郁的民族特色,这三者的有机结合,使叶圣陶童话达到了成熟的境地,开创了中国童话创作的新局面。鲁迅先生高度赞誉叶圣陶的《稻草人》是"给中国的童话开了一条自己创作的路"。笔者认为,鲁迅先生的这一赞语包含了这样三种含义:

第一,叶圣陶的童话是真正意义上的作家创作的艺术童话;

第二,叶圣陶的童话为中国现代童话创作奠定了基础,提供了新鲜的经验;

第三,也是最重要的,叶圣陶童话开辟了中国童话创作的现实主义道路。

正是从叶圣陶的《稻草人》开始,中国才有了标准的作家创作的艺术童话。叶圣陶的这项功绩将被永远载入中国文学史册。

第四节　文学研究会其他作家的童话创作

在文学研究会作家中，热心童话创作的除了茅盾、郑振铎、叶圣陶以外，还有赵景深、严既澄、老舍等。赵景深在 1922 年的《儿童世界》上，发表了《稻草煤炭和蚕豆》《好小鼠》《樱桃树》等童话。1930 年，北新书局出版了他写的《小朋友童话》（上册）。赵景深童话一般情节单纯，富于童趣，寓意深刻，喜欢选用和儿童亲近的动植物或学习用具等作为童话形象。如《纸花》，描写了一张水红色的纸因爱慕虚荣不愿做小学生课本的书面，当了被人佩带的纸花，没过几天就被丢到垃圾箱去了，而那些愿当书面的纸"依然鲜艳，每天和小孩接近"。作者告诉小读者要做有用之才，不要有虚荣之心。《一片槐叶》描写一片槐树上的绿叶，脱离大伙儿跑到地面上去，结果"面色渐渐变做枯干黄瘦"，"懊悔不已"。作品的寓意显然是有益于儿童教育的。谢六逸曾由现代书局出版过一本题为《彗星》的童话集，但久经散佚，笔者多方搜求，终无可得，他的童话已鲜为人知了。严既澄、高君箴、黎锦晖、耿济之等的童话大多发表在《儿童世界》和《小朋友》上。一般而言，他们的作品注重儿童情趣，充满幻想色彩，在思想性与艺术性方面与叶圣陶的现实主义童话创作是有所区别的。

1931 年，老舍（1899—1966）在《小说月报》第 22 卷第 1—4 号上，发表了长篇童话《小坡的生日》，共 6 万字。这部作品前半部分严格说来是小说，后半部分"描写小孩的梦境，让猫狗们也会说话"，充满绮丽的幻想色彩，又是童话。作者"脚踩两只船，既舍不得小孩的天真，又舍不得我心中那点不属于儿童世界的思想"，"形式因此极不完整"。①但一般都把它当作童话作品。《小坡的生日》是老舍侨居新加坡时写的，富于南洋异国情调。作者用其惯用的那种通俗幽默的笔调，以小主人公小坡为中心，描写了中国孩子、马来西亚孩子、印度孩子等东方积弱积贫民族子女的各种生活故事，通过对孩子们彼此间的交往、友谊、所见所闻以及几种不同学校的教育制度的描述，巧妙而自然地反映了聚居在南洋地区的各东方民族不同的精神面貌、生活方式、风俗习惯、社会风气与他们的喜怒哀乐、理想追求，表现出"世界上弱小民族共同奋斗"的精神与南洋华侨强烈的爱国主义思想，显示了浓郁的艺术趣味与时代色彩。老舍对这部童话最感"得意的地方是文字的浅明简确"，"用最简单的话，几乎是儿童的话，描写一切了"。②此外，作者对儿童生活、儿童心理的刻画，对南洋异国风景画、风俗画的描写，也取得了很大成功。《小坡的生日》是文研会长篇童话创作的可喜成果。

一部中国现代儿童文学史，狭义地说就是童话史。童话，这个在20世纪初才从日本引进的新词，这种在五四时代还是十分"神秘"的儿童文学样式，经过文研会作家的辛勤培植，尤其是叶圣陶《稻草人》的独创性贡献，终于在20世纪20年代奇迹般地发展起来，使数千年来我国的童话文学完成了从民间童话向艺术童话的转轨，显示出一派完全圆熟、完全现代的崭新气象。

---

① 老舍:《我怎样写〈小坡的生日〉》,《宇宙风》1935 年 11 月 1 日第 4 期。
② 老舍:《我怎样写〈小坡的生日〉》,《宇宙风》1935 年 11 月 1 日第 4 期。

第三章

刘半农、刘大白、俞平伯等的儿童诗创作

文学研究会有一批热衷于新诗创作的诗人。他们曾对新诗的形式和表现手法做过认真的探求，在如早春晨曦、晚秋山泉般的诗歌中，镌刻下他们炽烈的感情和对人生、对生活的体验与思考。这批诗人是俞平伯、周作人、刘半农、刘大白、朱自清、叶圣陶、冰心、郑振铎、许地山、王统照、朱湘、刘延陵、徐玉诺、赵景深、张近芬等。他们的新诗创作有不少是为小读者写的，或以描写儿童生活、儿童心理为内容。他们在儿童诗方面的实绩，曾经对发展我国现代儿童诗创作起过积极的推动作用，这是不应忘怀的劳作。

第一节　新诗倡导者"二刘"的儿童诗

作为旧体诗词的叛逆的中国新诗，始于新文化运动。陈独秀主编的《新青年》是最早发表现代新诗创作的刊物。鲁迅、胡适、李大钊、沈尹默、周作人等，都在《新青年》上发表过新诗。他们的诗虽然不完全是为儿童写的，但有的作品由于明白流畅，朗朗上口，富于儿童情趣，而易为小读者喜爱，如鲁迅的《他们的花园》、李大钊的《岭上的羊》、周作人的《路上所见》等。最早的白话儿童诗也是在《新青年》上出现的，这就是刘半农的作品。

刘半农（1891—1934），江苏江阴人，据《文学研究会会员录》记载，其入会号数是第 60 号。刘半农对新诗创作有两大重要建树，就是大力提倡和写作民歌。五四时期，他与周作人、沈尹默等在北京大学发起民间歌谣的征集运动，他的诗有意模仿民歌，写过儿歌、拟曲，《瓦釜集》就是江苏江阴民歌的采风收获。刘半农的新诗创作一开始就把笔触对准了现实人生与年幼一代，从民间歌谣中汲取养料、借鉴形式。1918 年,《新青年》第 4 卷第 1 期发表了他最早的两首白话诗《相隔一层纸》与《题女儿小蕙周岁日造像》，前者反映贫富悬殊的人生，后者描写儿童情趣。第 4 卷第 4 期又发表了他的《学徒苦》，这是现代诗坛第一首反映儿童生活的白话长诗。全诗共分 2 节 23 行，作者以深切的同情描写了一个小学徒的不幸生活。小学徒进店谋生，整天给老板扫地、做饭、跑腿、打杂，"奔走终日，不敢言苦"，吃不饱，穿不暖，还要受主妇的"申申咒诅"。诗的最后一节写道：

清清河流，鉴别发缕。

学徒淘米河边，照见面色如土！

学徒自念，"生我者，亦父母！"

刘半农的儿童诗还有《奶娘》《一个小农家的暮》《卖萝卜人》《拟儿歌》等。前两篇曾被多次选入五四以后的小学课本。这些诗与《学徒苦》一样，主要诉说下层人民的痛苦生活，表达作者变革现实的强烈愿望。

与刘半农一样喜欢模仿民歌的文研会诗人还有刘大白。刘大白（1880—1932），浙江绍兴人，在《文学研究会会员录》上的入会号数是第 79 号。他的新诗集有《旧梦》（后分编为《卖布谣》《丁宁》《再造》《秋之泪》四集）与《邮吻》。《卖布谣》中的《卖布谣之群十首》与《新禽言之群十二首》完全学习民歌与儿歌的格调，语言朴素、明朗，诗风通俗、晓畅，其中的不少诗篇是很好的儿童诗。如《卖布谣》以质朴的儿歌体，叙说农业手工业劳动者的辛劳悲苦，从一个侧面勾画了当时洋货倾销、农村经济破产的图景，表达了作者对劳动人民的深切同情。这组诗曾被赵元任谱成歌曲，在 20 世纪二三十年代广泛流传，成为当时流行的儿童歌曲。刘大白的《新禽言之群十二首》，也是反映现实人生，对"农夫忙碌，田主福禄。田主吃肉，农夫吃粥"（《布谷》）的不合理的社会现象提出抗议。刘大白的一些儿童诗别具一格，充满浓郁的情趣，如收录在《丁宁》《秋之泪》中的《两个老鼠抬了一个梦》《捉迷藏》《燕子去了》《秋燕》。"两个老鼠抬了一个梦"是一句绍兴谚语，当小孩子讲梦的时候，母亲常常这样说着取笑。这首诗以母子问答的形式，描写了一个有趣的儿童梦：

那老鼠刚抬了梦跑,

蓦地里来了一头猫;

那老鼠吓了一跳,

这梦就跌得粉碎地没处找。

哦,我知道了!

我们都做过梦,都上哪儿去了!

原来都被猫儿吓跑了抬夫,

跌碎得没处找了!

全诗想象丰富,幽默滑稽,又符合儿童思维,是难得的儿童诗佳作。刘大白还写过《"龙哥哥,还还我!"》的长篇童话诗,共 16 节 93 行,是根据民间故事改编的,叙述老龙向雄鸡借角不还,雄鸡每天拂晓仰天长啼,向龙索角。

刘半农与刘大白都是五四时期白话诗的倡导者,他们能够较早而有意识地为儿童写诗,并留下了一些成功的作品,这在现代儿童文学史上是不应被忘怀的。

第二节　童趣洋溢的叶圣陶诗作

叶圣陶在创作童话之前,就写过不少诗风质朴、情趣盎然的儿童诗。从 1920 年 11 月到 1921 年 9 月 8 日,他先后写了《儿和影子》《拜菩萨》《两个孩子》《成功的喜悦》等篇，以后又在《儿童世界》上发表了《蝴蝶歌》《小鱼》《白》等。由于叶圣陶长期从事小学教育，熟知儿童心理，对孩子们怜爱不已，因此他笔下的形象总是洋溢着活泼欢乐的童趣，富于形象美、童真美。例如，发表在《儿童世界》第1卷第2期（1922年1月）上的《蝴蝶歌》：

飞飞飞，

飞到花园里，

这里的景致真美丽；

有红花，铺的床，

供我们睡眠。

有绿草，织的毯，

供我们游戏。

飞呀！飞呀！

飞得低，飞得低，

我们飞作一团，

不要分离。

你看花儿在笑我们了，

笑得脸儿更红了。

哈哈哈哈，

他呀你呀和我们一起儿飞。

值得一提的是，这首诗曾由许地山谱成歌曲，很快流传在小学生中间。叶圣陶、郑振铎发表在《儿童世界》的诗有不少都由许地山谱了曲，许地山特别喜欢的是这首《蝴蝶歌》。叶圣陶的儿童诗有形象、有情节，注重游戏性、趣味性，十分适合孩子们阅读。如《儿和影子》通过小儿认真地教他的影子模拟体操动作，展现出一个憨态可掬、天真活泼的儿童形象，读来亲切可人。诗人还善于通过儿童的生活现象，抒写儿童心灵深处的情思。例如《拜菩萨》：

儿学拜菩萨，

拉爹上坐作菩萨。

他自己作种种姿势，

上了烛，

插了香，

合十深深膜拜。

菩萨拜过了，

他站起来，

拔去了香，

吹灭了烛，

更举起小手掌说，

"推倒你这个菩萨！"

这首诗刻画了一个天真烂漫而又虎虎有生气的儿童形象。从"儿"敢于推倒菩萨、反对偶像崇拜的举动中，使我们体会到五四新文化、新思想对当时儿童精神面貌的深刻影响。作者通过"儿"拉爹当菩萨，先拜后推倒的游戏性行动来抒写儿童内心萌发的反封建思想，可谓匠心独具、构思巧妙，而又满蕴着炽烈的儿童情趣。

第三节　工于创新的郑振铎儿童诗

现代儿童诗是随着新诗的产生而产生的，但它能在儿童文学园地立住脚跟，并迅速发展起来，应当归之于郑振铎在 1922 年 1 月创办的《儿童世界》所做的贡献：

第一，《儿童世界》是现代中国最早大力提倡和培植儿童诗创作的儿童文学刊物，它为儿童诗的发展提供了一片很好的沃土。

第二，《儿童世界》团结和培养了一支热情写作儿童诗的诗人队伍。这支队伍中不仅有文研会成员，如叶圣陶、许地山、俞平伯、严既澄、顾颉刚、赵景深等，还有小学教师和其他诗人，如胡绳、胡怀琛、吴研因等。《儿童世界》还向儿童征稿，经常刊登孩子们自己写的诗歌，这在现代儿童文学刊物编辑史上是一个创举。正是由于《儿童世界》的鼓吹与培植，"儿童诗"这株在五四时代刚刚萌生的幼苗苗壮成长起来，很快成了小百花园地仅逊于童话的重要品种。文研会诗人在《儿童世界》上发表过不少儿童诗歌，而郑振铎则是其中最重要的诗作者。

郑振铎一共写了 24 首儿童诗，全部刊登在 1922 年《儿童世界》创刊第一年的各期上面。他的儿童诗特点显著：完全是为了迎合儿童情趣，有益于儿童教养；完全以儿童生活或想象中的动植物世界为题材，诗风明快，童趣浓郁，用语优美，朗朗上口，深受小读者喜爱。如《小猫》一诗：

小猫，小猫，

雪白的毛，

你真是快活呀，

一天到晚的在地上打滚到处乱跑，

来吧小猫，

不要再闹了，

跑到这里来，

给我抱抱。

郑振铎对儿童诗的主要贡献，是不断探索儿童诗的艺术形式，对童话诗、儿童散文诗、儿童诗剧、游戏诗等特殊品种做了较早的尝试与创新。

童话诗就是用诗的形式来反映童话内容，既有悦耳动听的诗语言，又有想象丰富的故事，特别吸引学龄初期的小读者。郑振铎写过《谁杀了知更雀》《儿童之笛声》两篇童话诗。前者叙述动物们在一起追查杀死知更雀的凶手，一个个自告奋勇要为知更雀的葬礼出力；后者描写汤儿的笛声优美动听，使人们情不自禁停下工作，随着笛声纷纷起舞，女孩的牛奶瓶碰破了，村姑的一篮鸡蛋打碎了，驴子拉的一车碗碟摔碎了，但谁也不知道。这两篇童话诗，分别配有十余幅图画，诗画相配，图文并茂，十分吸引小读者。应当提出的是，给图画配上儿童诗，将诗与美术结合，这也是郑振铎主编的《儿童世界》的一个创举。

把散文诗引进儿童诗的领域，这是郑振铎的又一创新。据现在所能查到的资料表明，最早的一首儿童散文诗是郑振铎译载在《儿童世

界》第 1 卷第 8 期（1922 年 2 月 25 日）上的《纸船》。现引录如下，
以见早期儿童散文诗的风貌：

我每天把纸船一个个的放在急流的溪中。

我用大黑字写我的名字和我住的地名在纸船上。

我希望住在异地的人得到纸船，就知道我是谁。

我载园中长的希利花在这些小船上，希望这些黎明开的花在夜里
平平安安的带到岸上。

我投我的纸船到水里，仰看天空，看见小朵的云正张着满鼓着风
的白帆。我不知道是不是天上的游伴把这些船放下来同我的船比赛。

夜来了，我的脸埋在手臂里，梦见我的纸船在中夜的星辰下面渐
渐的浮泛上去。

"睡之仙人"坐在船里，他的篮子里满载着梦。

郑振铎还用诗歌形式写过儿童诗剧，这就是《风之歌》。全剧分
"北风起了"与"风做了什么事"两段，由四个学生分别担任东风、南
风、西风、北风，用诗歌告诉小朋友春夏秋冬四季不同的风带来的不
同的自然景色与动植物的生活变化。寓科学知识于儿童剧作，而又巧
妙地用诗歌形式表现出来，这无疑又是一种创新。

《农夫》是郑振铎设计的又一种新鲜别致的儿童诗。这首诗是专
供儿童做游戏用的，作者在"自注"中要求小朋友"一面唱，一面双
手须作撒麦，打麦式"的动作。此外，为配合学校音乐教育，郑振铎
还专门写了用于歌唱的优美儿童诗，如《早与晚》《黎明的微风》《小
小的星》《春游》《湖水》等。这些诗都由许地山配上曲谱，很受孩子

们的欢迎。

郑振铎深深热爱儿童，他不愧是一位锐意创新的儿童文学拓荒者。他对儿童诗这一特殊样式的探求与开拓，大大地丰富了儿童诗创作，并加快了它的成熟与发展。

1925年，在现代儿童诗繁星闪烁的星空里，出现了一颗特别耀眼的星星，这就是《忆》。

第四节　中国第一部儿童新诗集——俞平伯的《忆》

如果说，我国第一部白话新诗集是1920年3月出版的胡适的《尝试集》，那么我国第一部描写儿童生活的新诗集就是1925年12月北京朴社出版的俞平伯的《忆》。俞平伯（1900—1990）也是文研会成员，他的入会号数是第53号。关于《忆》的内容、装帧，朴社在广告中做过如下介绍："这是他回忆幼年时代的诗篇，共36篇。仙境似的灵妙，芳春似的清丽，由丰子恺先生吟咏诗意，作为画题，成五彩图18幅，附在篇中，后有朱佩弦先生的跋；他的散文是谁都爱悦的。全书由作者自书，连史纸影印，丝线装订，封面图案孙福熙先生手笔。这样无美不备，诚可谓艺术的出版物。先不说内容，光是这样的装帧，在新文学史上也是不多见的。"俞平伯作诗，丰子恺插图，朱自清写跋（此三人都是文研会成员），全书均由作者毛笔手书，这的确是新文学史上的艺术珍品。更难得的是，这是一部描写儿童生活的诗集，更是现代儿童文学史上的艺术珍品。遗憾的是，儿童文学一向不被理论家们所重视，这部现代儿童文学的皇皇巨著，现在已鲜为人知了，甚至连它的原版也难以寻觅。（笔者为查阅此书，去了上海、南京、北京等地，最后在中国国家图书馆找到了原版，但已残缺不全。这是非常令人遗憾的！顺便在这里呼吁一句：抢救现代儿童文学史料，已是刻不容缓的事！）为此，在这里有必要简略地做些评述。

《忆》是一部有着自己鲜明特色的儿童诗集。1935 年，朱自清为《中国新文学大系·诗集》所写的序言中说："《忆》是儿时的追怀，难在还多少能保存着那天真烂漫的口吻。做这种尝试的，似乎还没有别人。"天真烂漫的儿童情趣，生动细腻的童心刻画，这是《忆》的显著特色之一。在描写儿童生活与儿童心理方面，《忆》的尝试取得了新鲜经验。

品读《忆》，我们可以在诗人随兴挥写的诗行里，感受到一颗活泼地跳跃着的童心，看到儿童时代的他与姐姐相处的愉快生活。骑竹马、捉迷藏、讲故事、做游戏，这些极平凡的儿童生活，在诗人笔下，都有一种炽烈的童趣燃烧似的倾露。请看描写捉迷藏的《第十二首》：

"来了！"

"快躲！门！门！"

我看不见他们了。

他们怎能看见我？

虽然，一扇门后头，

分明地有双孩子的脚。

再请看《第十一首》：

爸爸有个顶大的斗篷。

天冷了，它张着大口欢迎我们进去。

谁都不知道我们在哪里，

他们永找不着这样一个好地方。

斗篷裹得漆黑的，

又在爸爸的腋窝下。

我们格格的笑：

"爸爸真个好。

怎么会有了这个又暖又大的斗篷呢？"

这场景，这情趣，这笑声，这问话，无一不是从孩子心中自然流出，又无一不为孩子们所熟知与理解。孩子们总是用自己的心理去猜度别人，他们捉迷藏，往往顾头不顾脚，认为自己看不到别人了，别人也一定看不见自己。在孩子看来，爸爸的这个大斗篷就是为他们躲进去用的，这"格格"的笑声是多么天真快活！不透彻地了解儿童心理，不自具一颗"天真烂漫"的童心，要写出这样的诗篇是不可能的。

俞平伯还善于从儿童平淡无奇的生活小事中发现和捕捉诗情，细腻地刻画童稚心理，抒写儿童的情理与想象世界。如《第二十三首》写"我"很想看"她"的照片，但又怕小伙伴们笑话，怎么办呢？孩子自有孩子式的对策：

她的照片在一小抽屉里。

他们都会笑我的，

假如当着他们去看。

但是，背着他们看不更好吗？

好笨的啊！

　　这是儿童必然会想到的"高招儿"，而且颇以为得意。一片天真童趣跃然纸上，憨态可掬。在儿童的想象世界中，"红绿色的蜡泪"变成了"龙王爷宫里底珠子"，于是如获至宝地把它们珍藏在衣袋里，秘而不宣，不由窃喜。不料"后来，封藏的蜡泪 / 融成水晶样了，/ 人们叫它们做'泪珠'，/ 常常在衣襟上滴答着"。但他们舍不得丢弃，等到"衣亦沾有泪痕的时节，/ 方才有些悔了。——/ 可惜的只是晚啊"（《第三首》）。短短的诗行惟妙惟肖地刻画了儿童复杂的心理变化：先是如获珍宝般地高兴，继而对"蜡泪"融化感到迷惑而又惋惜，最后因弄脏了衣服被大人骂得哭了，这才后悔不已。作者对儿童心理观察得何等细致入微，刻画得何等显豁剀切！

　　意境优美，格调柔和，这是《忆》的又一显著特色。《忆》是回忆已经飘逝的儿童梦。"飞去的梦因为飞去的缘故，一例是甜蜜蜜而又酸溜溜的"。这儿童梦本身就有着委婉动人的优美意境。俞平伯"老老实实的，像春日的轻风在绿树间微语一般，低低的，密密的将他可忆而不可捉的'儿时'诉给你"。诗人最喜描绘的是夜的意境："夏夜是银白色的，带着栀子花儿的香；秋夜是铁灰色的，有青色的油盏火的微芒；春夜最热闹的是上灯节，有各色灯的辉煌，小烛的摇荡；冬夜是数除夕了，红的，绿的，淡黄的颜色，便是年的衣裳。……夜之国，梦之国，正是孩子的国呀！"[①]请看一幅夜的素描画：

红蜡烛的光一跳一跳的。

烛台上，今夜有剪好的大红纸，

碧绿的柏枝，还缀着鹅黄的子。

红蜡烛的光一跳一跳的。

照在挂布帐的床上，

照在里床的小枕头上，

照在小枕头边一双小红橘子上。

——《第二十八首》

这幅画，既是静物的写生画，又是人物的写意画。画面中虽没有出现人物，但通过跳动的烛光、剪好的红纸、碧绿的柏枝，尤其是那"小枕头边一双小红橘子"，生动地传达出孩子的喜悦、兴奋与心满意足的神态。经过意境的渲染与烘托，其情其态活灵活现，呼之欲出，整个画面跳动着生命的活力，有着诗的神韵与画的风韵，简直像一首抒情的小夜曲，给人以悠悠不尽的回味。

再请看另一种格调的素描画：

门前软软的绿草地上，

时有叫卖者来。

"桂花白糖粥！"

[①] 朱自清:《〈忆〉跋》，载朱自清等《我们的六月》，亚东图书馆1925年版，第211页。

声音是白而甜的。

"酒酿——酒！"

声音是微酸而涩的。

…………

糖粥担儿上敲着："阁！阁！阁！"

又慢，又软，又沙的是：

"酒酿——酒——"

　　　——《第二十首》

　　谁没有童年？虽然有的童年是"白而甜"的，有的童年是"酸而涩"的，但品味着俞平伯笔下的这幅诗化了的童年画，听着糖粥担儿"阁！阁！阁！"的敲击声，无论怎样的童年，都会唤起读者对已经飘逝的童年时代的怀恋。随着"酒酿——酒——"的叫卖声，望着"门前软软的绿草地上"渐行渐远的糖粥小贩的背影，仿佛把我们也带回到童年时代的和谐意境中去了。这里必须提及的是，丰子恺还把这意境画了出来，他的生花妙笔居然把从糖粥小贩嘴里喊出来的"桂花白糖粥"这五个字，画成黏糊糊地洒下的糖滴和粥粒！此情此景，此诗此画，真如朱自清所赞：实在是"双美"的杰作，"我们不但能用我们的心眼看见平伯的梦，更能用我们的肉眼看见那些梦"。[1]

　　俞平伯是一位有着自己的诗歌主张的诗人，他写诗"不愿顾念一切做诗底律令"，"只愿随随便便的，活活泼泼的，借当代的语言，去表现出自我，在人类中间的我，为爱而活着的我"。[2] 所以，他的诗

---

[1] 朱自清：《〈忆〉跋》，载朱自清等《我们的六月》，亚东图书馆1925年版，第211页。
[2] 俞平伯：《冬夜·自序》，载俞平伯《冬夜》，亚东图书馆1922年版，第2页。

不拘形式，不讲究格律与押韵，也不雕琢辞藻，完全是"随随便便的，活活泼泼的"听任诗句从心中流出，朴素自然，情思洋溢。这也是《忆》的又一显著特色。《忆》既有长达十多行的作品，也有只两句的小诗，如《第十五首》："小小一个桃核儿，／不多时，摇摇摆摆红过了墙头。"由于俞平伯不是刻意作诗，因此《忆》全是凭着诗人感情的起伏变化而形成诗的节奏，不论有韵的无韵的，都使人感到十分朴素亲切，自然流畅，富于音乐美。只不过，这种音乐美不是借助整齐的格律与有规律的韵脚，而是表现在与诗的感情起伏一致的流畅的内在旋律上，随着诗人的感情起伏，诗的节奏也产生舒缓、急促的变化。如《第十八首》：

庭前，比我高不多的樱桃树，

黄时，鸟声啾喳着；

红时，只剩了些大半颗，小半颗了。

我们惜樱桃的残，

又妒小鸟们的来食，

所以，把大半颗，小半颗的红樱珠，

抢着咽了。

这首诗的一、二两句节奏是舒缓的，听着樱桃树上鸟声啾喳，不知鸟儿来干什么；第三句的节奏变得急促起来，字里行间充满着孩子对吞食樱桃的鸟儿愤愤不平的神态；四、五句又回复到舒缓的调子中，孩子们有惋惜，也有妒忌；最后两句突然转变调子，节奏一下子急促起来：一个"抢"字，活画出孩子们不忍心樱桃被鸟儿吞食的心理——与其让鸟儿来吃，不如我们来吃了吧！一个"咽"字，又惟妙惟肖地刻画出他们争先恐后的神态，可笑可亲而又可爱！全诗通过"缓慢——急促——缓慢——急促"的节奏旋律，细腻地刻画了孩子们的心理变化，把读者引到了一群天真烂漫、淘气活泼的儿童中间，如见其人，如闻其声，收到了很好的艺术效果。

应当指出的是，不拘形式，也不讲究格律与押韵，全凭感情的流泻而遣词造句，固然是《忆》的特色，但从某种意义上说，也削弱了它在儿童中的传播与影响力。儿童常常是通过听觉来感知和欣赏诗歌的。写给儿童看的诗，尤其是给年龄较小的儿童欣赏的诗，需要有大致整齐的句式与比较严密的韵脚，以便于吟诵和记忆。由于《忆》在这方面不太注意，这就限制了它对小读者的影响作用。当然，《忆》在主观上不是为儿童而写的，但在客观上却实在是一部描写儿童心理、儿童生活的很好的儿童诗集。

《忆》的出现是文研会儿童诗创作的重要收获，也是中国现代儿童诗不可多得的瑰宝。除了《忆》之外，我们还没有发现 20 世纪二三十年代有过这样内容丰富、艺术精湛的儿童诗集。本书认为，《忆》在中国现代儿童文学史上的地位是可以和叶圣陶的童话集《稻草人》、冰心的散文集《寄小读者》相提并论的。

第五节　文学研究会其他诗人的儿童诗

在文研会成员中，留下过儿童诗篇的还有冰心、赵景深、严既澄、朱自清、王统照、许地山、朱湘、刘延陵、徐玉诺、顾颉刚、张近芬等。冰心的小诗集《春水》与《繁星》，有一些诗是描写儿童生活与儿童情趣的，素来被当作儿童诗。如《繁星·八〇》：

母亲啊！

我的头发，

披在你的膝上，

这就是你付与我的万缕柔丝。

又如《繁星·一五九》：

母亲啊！

天上的风雨来了，

鸟儿躲到它的巢里；

心中的风雨来了，

我只躲到你的怀里。

赵景深在他的诗集《荷花》中收有很多儿童诗，如《花仙》《小小的一个要求》《小著作家》《桃林的童话》等。《花仙》是他在 1927 年根据广东海丰的民间故事写成的一首优美的童话诗。严既澄是《儿童世界》初创时期的主要诗作者，1922 年他发表了《竹马》《胰子泡》《小鸭子》《早晨》等 11 首儿童诗。他的诗格调清新，生动活泼，富于音乐美，是很好的低幼读物。如《早晨》：

鸡啊鸡！请你早些啼。

唤起小弟弟，

同看月儿落到西。

月儿落到西，太阳东边起。

鸦也啼，雀也啼；

啼醒小蝴蝶，

黄黄白白一齐飞。

1922 年 6 月，商务印书馆出版了文研会诗人的新诗合集《雪朝》，这是郑振铎、叶圣陶、朱自清、周作人、俞平伯、刘延陵、郭绍虞、徐玉诺等 8 人的新诗合集。《雪朝》有一部分属于儿童诗的范围，如郑振铎的《小孩子》、朱自清的《睡吧，小小的人》、周作人的《儿歌》《小孩》、徐玉诺的《教师》、刘延陵的《姊弟之歌》等。朱湘在《小说月报》上也发表过《摇篮歌》《猫诰》等儿童诗。《猫诰》是一首长达 246 行的童话诗，作品通过老猫对小猫头头是道、煞费苦心的告诫，刻画了一只不干实事、只会吹嘘的老猫的形象。诗人善于把握猫的特性与形象，把握作为童话作品的事物逻辑性原则，是 20 年代不可多得的长篇童话诗佳作。

第四章

冰心、王统照、徐玉诺等的儿童小说

文学研究会拥有一支庞大的小说创作队伍，被上海良友图书印刷公司于 1935 年出版的《中国新文学大系》小说集收入作品的作者就有 34 人，其中影响较大的有叶圣陶、冰心、庐隐、王统照、许地山、王鲁彦、许杰、徐玉诺等。文研会小说家以创作"问题小说"著称，他们直面人生，关心社会问题，描绘自身比较熟悉的人和事。"为人生而艺术"的文学主张，使他们深切地关注着被损害、被压迫的劳苦大众，同时也深切地关注着劳苦大众的子女，创作了一批直接反映中国年幼一代苦难生活的儿童小说。与文研会的童话、儿童诗、儿童散文等创作相比，他们的小说更富于浓郁的时代生活气息，完全是现实主义之作。这些作品告诉孩子们真实的生活、真实的世界，引导他们去认识社会，走向人生。

第一节　苦难儿童的生活图画

以反映年幼一代的不幸生活开拓题材，"从微小事件上透出时代暗影"（王统照语），这是文研会作家儿童小说创作的一个重要特点。短篇小说的表现手法尽管多种多样，但基本构思只有横切和直缀两种。文研会不少作家的儿童小说习惯于截取生活剪影，通过典型的儿童生活图画来展现中国苦难现实的广阔画面，对年幼一代的不幸命运寄予深切的同情。这些作品所写的都是儿童生活，情节简单，人物不多，条理清晰，却凝聚着作家对社会生活的一种深层的反思。

冰心（1900—1999）在1920年写过一篇童养媳题材的短篇小说《最后的安息》，以城里小姑娘惠姑的一双未谙世事的天真眼睛，目睹了14岁的乡下童养媳翠儿在悍妇虐待下的非人生活。这位可怜的小人儿，"生在世上十四年了，从来没有人用着怜悯的心肠，温柔的言语，来对待她。她脑中所充满的只是悲苦恐怖，躯壳上所感受的，也只有鞭笞冻饿。她也不明白世界上还有什么叫作爱，什么叫作快乐，只昏昏沉沉的度那凄苦黑暗的日子"，最后竟被恶婆婆活活折磨而死。而只有死，她才得到了安息，这是"初次的安息，也就是她最后的安息"！翠儿的遭遇满蕴着作家对封建童养媳制度摧残年幼一代的罪恶的愤怒控诉，具有震撼人心的艺术力量。叶圣陶的《阿凤》（1921年）也是反映童养媳生活的短篇小说。12岁的阿凤本是渔家的孩子，父亲不幸死了，母亲改嫁给南北奔走的铁路工人，于是她从6岁起就成了寄人篱下的童养媳，跟随当用人的杨家娘一起干活儿。"杨家娘藏着满腔的不如意，说出来的话几乎句句是诅咒。阿凤就是伊诅咒的对象"，

"受骂受打同吃喝睡觉一样地平常"。她得不到人世的温暖与怜爱，只有当她一个人时，才能笑，唱青蛙歌，逗小猫玩——她毕竟还是孩子啊！"这个当儿，伊不但忘了诅咒，手掌和劳苦，伊连自己都忘了。世界的精魂若是'爱''生趣''愉快'，伊就是全世界"。阿凤小小的心是多么需要爱的温暖，而周遭的世界则在无情地毁灭着她的童年梦！

王统照（1897—1957）的儿童小说所表现的也是类似的主题与心境。《雪后》（1924 年）是一个极简单的故事。大雪过后，两位小朋友在村边用雪砌了一座洁白的小楼，这雪楼寄托着他们美丽的童年梦。可是军阀匪徒的一夜枪声把他们的梦捣得粉碎——天亮后，雪地上"只有纵横的马蹄和无数皮靴的痕迹"，雪楼已被践踏净尽！这给孩子"娇嫩的童心里添了层重大的打击"，他们大声诅咒吞吃了雪楼的"怪物"。塞先艾曾在《文学旬刊》第 36 号（1924 年 5 月 21 日）上评价这篇小说，说它"能于平淡无奇的事实中，颇能与人以深刻的印象。几个小孩子砌的雪楼，在晚间被兵队毁坏，令他们弱小的心中十分的难过，隐隐地托出战之罪恶"。

如果说，《雪后》表现的是美丽的童年梦被"战之罪恶"毁灭的主题，那么，《湖畔儿语》（1922 年）则是一出令人心酸的儿童悲剧。这篇小说从一个普通孩子的生活剪影里，透视了一幅悲惨的城市贫民生活图画：黄昏时分，"我"在幽静的湖畔突然遇到了跑来"夜钓"的小顺。在"我"的记忆中，五六岁时的小顺是一个"玉雪可爱""红颊白手"的孩子，他常常坐在母亲的怀里唱"小公鸡"的儿歌。但现在，他"竟然同街头的小叫化子差不多了"，完全失去了天真烂漫的童心，"模仿成人的态度"向"我"诉说着家庭的种种不幸。小顺的父亲原来是个安分的铁匠，现在却沦为"伺候偷吸鸦片的小伙役"；他的生母死了，后母为了生活，被迫"去作最苦不过的出卖肉体的事"。小顺只好一个人夜里饿着肚子在外面游荡，因为不到半夜，后母是不叫他回家去的。在小说的结尾，小顺的父亲突然被巡警捕去了，但邻居不能把这消息告诉小顺的后母，因为"伍大爷"正在他家里，"谁敢去得"呢。这就是血泪人生的一幕！世道的艰难不但使小顺的父辈在精神上、肉体上受到摧残，把他们逼上了绝路，而且还无情地虐杀着年幼一代，把他们童年的温暖和美好的梦幻都踏得粉碎。生活使小顺这样的孩子心灵变得扭曲畸形，过早地懂得了人间的辛酸丑恶，表现出极不正常的早熟。小顺在和"我"讲述时，越是对父母的屈辱生活表现得满不在乎，"笑我一个读书的人，却这样的少见少闻"，就越能显示他心灵所受的伤害之深、麻木之烈，而这伤害与麻木则无情地揭示了社会罪恶之重。这是一代忧郁而不幸、麻木而早熟的孩子。作家通过这个平凡的故事，大声地向社会发出责问：到底是什么坑害了小顺？快救救这样的孩子吧！为了更好地表现主题，作家在艺术上颇用功夫。小说一开头就设置悬念：小顺为什么夜不归家，跑到湖边来钓鱼呢？通过"我"和小顺的对话，故事层层展开，疑问也渐渐明晰。作品中还穿插了"我"的回忆与联想，很有层次地刻画了小顺的身世与心理变化，使小读者随着故事的展开，思想感情也随之起伏波动。作品还把小顺一家的悲惨遭遇放在优美、恬静的湖畔夜景中来展示，形成强烈对比，这是颇具匠心的艺术构思。

徐玉诺（1894—1958）的儿童小说也以反映血泪人生、揭露"战之罪恶"开拓题材。《在摇篮里》（1923年）以一个小孩子的亲历叙写了土匪烧杀抢掠的罪恶，正如《小说月报》编者在预告中说："我们读了它，几如身历其境，觉其惨状有类于《扬州十日记》。"①《到何处去》（1923年）通过一个农家少年的所见所闻，逼真地写出了兵匪勾结、蹂躏人民的罪恶，并深刻地揭露了这种黑暗势力赖以生存的社会根源。这篇小说在当时引起了很大反响，曾有多篇评论对之倍加推崇。发表于《小说月报》的一篇署名"学斌"的读后感说："中国遍地都是军阀匪徒的争斗场，老爷阔人们的诡骗所，哪里还有平民存身的地方呢？"②作为一篇儿童题材的小说能够引起如此广泛的好评，这在当时文坛是不多见的。

赵景深的儿童小说，主要反映城市小用人、小丫头的非人生活，寄托着作者对贫苦儿童的深切同情。发表在1923年《弥洒》第1期上的《阿美》，描写了一个12岁的小丫头阿美的不幸遭遇。她的主要职务是"给少爷当亲随"：少爷要骑马，她就是马，听任少爷踢她打她；少爷要玩玩当官审堂的把戏，她就成了被审问的"贼"，门闩落在背上，还不准哭出声。有一次，一位来做客的太太丢了一只金耳挖，于是阿美就被认作真正的贼，在太太的乱棍之下被打得皮开肉绽、气息奄奄。而少爷却"很晓事"地说了一句："死了，有什么呢？我叫妈妈出几个钱，再买一个。"这就是下层人民子女的价值与命运！这篇小说曾受到鲁迅先生的重视，被他选入《中国新文学大系·小说二集》。他在序言中指出："赵景深的《阿美》，虽然简单，虽然好像不能'无所为'，却强有力的写出了连敏感的作者们也忘却了的'丫头'的悲惨短促的一世。"

《红肿的手》（1923年）是与《阿美》同类题材的短篇小说。作品

---

① 《小说月报》内容预告，1923年4月10日第14卷第4号。
② 学斌：《徐玉诺君的〈到何处去〉》，《小说月报》1923年9月10日第14卷第9号。

以第一人称的口气，带着内疚与自责的心情，描写了一个 14 岁的小少爷欺凌、压迫 13 岁的小用人小全的故事。处于奴隶地位的小全母子，为了糊口，在主人家里忍气吞声，受尽磨难。当小少爷发脾气时，小全母亲还"不得不装出快乐的样子"，叫少爷"只管去打他骂他"。冬天，小全的手冻得红肿开裂，还得继续干活儿。小说的结尾作者以"红肿的手"的口气发出了愤怒的声诉："你这压迫人的人！我们为了你受了这样多的痛苦，肿得像坟墓，黑得像炭堆，红色间着紫痕，血肉模糊，疮斑相间。你真忍心呵！你真忍心呵！"这一声声血与泪的控诉，强烈地震撼着无数小读者和大读者的心，激起他们对社会现状的不满和对苦难儿童的命运的同情。

反映现实人生，揭露社会罪恶，帮助少年儿童认识现实生活，这成了 20 世纪二三十年代文研会不少儿童小说的思想基调。刘半农的《饿》（1920 年），描写在饥饿线上挣扎的贫儿的痛苦呻吟；潘垂统的《一合米》（1921 年），通过母亲一巴掌打哭撒落米粒的小孩儿的特写镜头，凸现出下层人民生活的辛酸；叶圣陶的《小铜匠》（1923 年），叙述了一位家境贫寒、无钱读书的小学生成为小铜匠的生活遭遇；王鲁彦的《小小的心》（1933 年），刻画了一个被人骗卖、沦为小奴隶的 5 岁幼儿的心灵创伤。这些作品都是属于同类社会命题的小说。

第二节　儿童心理的细腻刻绘

在表现苦难儿童生活图画的小说创作中，文研会女作家庐隐和冰心的笔触似乎更注重于细腻真切地刻绘儿童心理，通过小主人公在现实生活中的活动去发现他们心灵深处的火花，描写他们在生活风雨的磨难中逐渐成熟的性格。

庐隐的《两个小学生》（1922 年）写的是北京两个普通小学生国枢、坚生，与同学、老师一起去总统府请愿的过程。他们都很幼小、单纯，不知道请愿将会发生什么。队伍行进中，国枢看到路旁一个"眼圈红着，眉峰皱着"的人对同伴说：学生请愿毫无用处，"他们这么做，就能感动那衣冠禽兽的什么……这些孩子更是无辜受罪了！"国枢听了不禁害怕起来，"觉得鼻子一酸，落下泪来"。果然，总统府的门紧闭着，等待他们的是反动军警的血腥镇压与助威的淫雨。在一片厮杀中，国枢、坚生都身负重伤进了医院。但是，军阀政府的镇压没有使幼小的心灵屈服，通过这次斗争，他们变得成熟起来。国枢在医院里不仅没哭，反而劝流泪的母亲说："娘呵，你为什么哭？他们的心比石头还硬呢！哭是没用的，那两扇门是永远打不开的啊！"这是一代觉醒了的少年儿童，反帝反封建的五四时代精神已在他们心里燃起不灭的火焰。

《冬儿姑娘》（1934 年）是冰心写的一篇北京题材儿童小说。作品以对话的形式，通过冬儿姑娘幼年、童年、少年时代的生活剪影，塑造了一个性格倔强、富于斗争精神的城市贫民小姑娘形象。冬儿与母亲相依为命，贫穷夺走了她美好的童年，八九岁时她就挑起了生活重担，自个儿做起小买卖。她能吃苦，会经营，敢作敢为，"她不打价，说多少钱就多少钱。人和她打价，她挑起挑儿来就走，头也不回。可是价钱也公道，海淀这条街上，谁不是买她的？还有一样，买了别人的，她就不依，就骂"。她还敢到小贩们最怕去的军营里做买卖，"一个大钱也没让那些大兵欠过。大兵凶，她更凶，凶的人家反笑了，倒都让着她。等会儿她卖够了，说走就走，人家要买她也不给"。军阀的散兵窜到庄上，大家都躲空了，只有冬儿不怕。她"跟他们混得熟极了，她哪一天不吃着他们那大笼屉里蒸的大窝窝头？"她居然敢把几个拉草料的大兵骗到家里，把草料卸在后院里，自己却溜走了。她还砸烂了给她母亲来瞧香看病的巫婆带来的神仙牌位，骂着说："我砸了他的牌位，他敢罚我生病，我才服！"有人偷吃了她家的玉米，"她坐在门槛上直直的骂了一下午"。当有一位邻居老太笑着承认时，她也笑着说："您吃了就告诉我妈一声，还能不让您吃吗？明人不做暗事，您这样叫我们小孩子瞧着也不好！"这种个性化、儿童化的行动与语言，细腻真切地刻画出冬儿姑娘泼辣、直爽、敢作敢为而又善良的性格。世道的艰难、生活的磨砺使她过早地懂得了人生，生活逼着她去反抗，去争得人的价值；她不是用眼泪和乞求，而是用自己特有的斗争方式，在社会上站住了脚跟。这个典型的出现是现代儿童小说创作的一个收获，它以其独特鲜明的城市贫民小姑娘形象，刷新了现代儿童文学的主题，有着浓郁的时代色彩和认识意义。

《离家的一年》（1931 年）是冰心另一篇描写儿童心理较为成功的短篇：13 岁的小弟弟即将远行去外地念书，他和 14 岁的小姐姐第一次体验到了离别的痛苦。在行将分别的时候，他们追悔过去为一支钢笔、一本小人儿书互相斗嘴怄气。小姐姐忙着给弟弟编织毛袜，在给他准备的 12 个信封上贴足了邮票，还写好了收信人（小姐姐）的姓名。他们分别后，在书信中互相猜谜语、讲笑话，姐姐告诉弟弟的第一件大事是："你的小猫不见了，我想是黄家那几个弟弟抱走了。你还记得以前他们的小鸡丢了的时候，不是赖我们的小猫吃了么？"这种绘声绘色的描摹，完全是属于孩子的，亲切真挚，给读者留下深刻的印象。

　　冰心的《寂寞》（1922 年）与《六一姊》（1924 年）也是描写儿童生活、儿童心理的成功之作。《寂寞》中的小小与妹妹玩蜻蜓、编故事、钓螃蟹的镜头；《六一姊》中的小伙伴把卵石放在小铜锣里当鸡蛋煮，将荆棘埋在沙土里看它能否变成煤块，看社戏时她们窃窃的议论与幽幽的笑声……这些事件都十分平常，但都不平淡，清新由淳朴、单纯中流露，真挚从浓郁的童趣中闪现，在不知不觉中把读者引进了一片诗意葱茏的天地。

　　在现代儿童文学创作中，儿童小说比之童话、儿童诗等文体是比较薄弱的一环。这主要是由于 20 世纪二三十年代人们往往把"童话"与"儿童文学"的概念等同起来，注意力多集中在童话、儿童诗等更具"儿童化"的文体的建设上，而儿童小说这种比较"高深"的语言艺术只适宜于文化修养较高的少年阅读，再加之缺乏对儿童小说的理论探讨，因而很少有人创作。在这种情况下出现的文研会儿童小说创作，就显得特别难得与珍贵。这些作品是现代儿童文学史上第一批有影响的儿童小说创作，同时也为后起的儿童小说作者提供了可资借鉴的范例。尽管文研会儿童小说的数量不多，有的作品在主观上也不是为儿童创作的，但其开创意义无疑是十分深远的。

第五章

冰心、丰子恺、许地山等的
儿童散文

散文的概念不止一种，从不同的角度可以有不同的解释。古代散文指的是所有不押韵、不重排偶的散体文章，包括先秦诸子的有关哲学历史方面的学术著作，后来又把文学作品中除韵文以外的都叫散文。这是广义的散文概念。五四以后的现代散文则是与小说、诗歌、戏剧并列的四类文体之一，包括除小说、诗歌、戏剧以外的全部文体，如杂文、小品、随笔、传记、游记、报告文学等。但一般通常指的是介于小说和诗歌之间的抒情性和叙事性散文。这是狭义的散文概念。本章所要讨论的正是后一种范围的散文。在我国，专为少年儿童写作散文，是五四以后的事。这类散文必须考虑到小读者的年龄特征与理解接受能力，努力选取自然和社会生活中对小读者有教益的和他们感兴趣的题材，大多描写儿童生活或与儿童亲近的世界。一般而言，它们的读者主要是少年儿童。五四以来，为少年儿童写作散文取得最大成绩的是冰心，她写的《寄小读者》不知激荡过多少颗天真纯洁的童心。

许地山、丰子恺等也曾以无限的柔情，描写过反映儿童生活、儿童心理的精彩散文。

第一节　满蕴"爱的哲学"的《寄小读者》

冰心是文研会一位重量级的女作家。她最初以"问题小说"步入五四文坛，崭露头角，而后以清新秀逸的小诗《繁星》《春水》在诗界独树一帜，引人瞩目，接着又以温柔优美的散文《寄小读者》开拓了儿童散文创作的新天地，奠定了她在现代儿童文学史上的地位。

周作人曾这样说过，"凡是对儿童有爱与理解的人都可以着手"从事儿童文学，"但在特别富于这种性质而且少有个人的野心之女子们我觉得最为适宜，本于温柔的母性，加上学理的知识与艺术的修养，便能比男子更为胜任"。[1]冰心正是这样一位"对儿童有爱与理解"的特别胜任儿童文学的女作家。她认定，"除了宇宙，最可爱的只有孩子"（《可爱的》）。"万千的天使，／要起来歌颂小孩子；／小孩子！／他细小的身躯里，／含着伟大的灵魂。"（《繁星·三五》）《寄小读者》正是冰心奉献给"最可爱的"小孩子的珍贵礼物。这是作家在 1923 年 7 月至 1926 年 8 月在美国游学时将所见所闻所感所忆写成的随笔式记录，最初题为《给〈儿童世界〉的小读者》，以"通讯"形式自 1923 年 7 月 29 日起陆续刊登在《晨报》副刊上，共 29 篇；1926 年由北新

---

① 周作人:《儿童的书》,《文学旬刊》1923 年 6 月 21 日第 3 号。另见周作人《儿童文学小论》, 上海儿童书局 1932 年版。又见《周作人自编文集·儿童文学小论》, 止庵校订, 河北教育出版社 2002 年版, 第 57 页。

书局结集出版，至 1941 年共发行 36 版，成为现代中国最畅销的儿童散文集。

打开《寄小读者》，我们就会感到字里行间满含着"不绝如缕，一一欲抽"的爱的情思，犹如习习春风，扑面而来，幽幽花香，沁人心脾。这种"爱"是那么深挚、充分、博大。具体地说，它包括了四个方面的内容：对童心的礼赞、对母爱的颂扬、对自然的放歌和对祖国的深深怀恋。"爱的哲学"正是帮助我们开启《寄小读者》的一把钥匙，也是它的基本内容与思想基调。

冰心对童心看得十分珍贵。她把儿童引为知己，在诗文中，反复把儿童比作她"灵魂中"的"光明喜乐的星"（《繁星·四》）。她在《寄小读者·通讯一》里这样表明自己写作的初衷："似曾相识的小朋友们……我是你们天真队伍里的一个落伍者——然而有一件事，是我常常用以自傲的，就是我从前也曾是一个小孩子，现在还有时仍是一个小孩子。为着要保守这一点天真，直到我转入另一世界时为止，我恳切地希望你们帮助我，提携我。我自己也要永远勉励着，做你们的一个最热情最忠实的朋友。"正是这个最热情、最忠实的大朋友，亲自提议北京的《晨报》副刊开辟《儿童世界》专栏，从设栏的第二天起，她就寄来了一封封模仿"小孩子口气，说天真话"的来信。她用女性特有的温柔、细腻的感情与纯洁、天真的儿童做着心声的交流，告诉他们她在异国所见所闻的种种信息。她以"童心来复"的情愫和他们娓娓谈心，在不知不觉间导引儿童向上，教育他们要同情弱小、怜念贫病，要爱护动物、爱护生命。她用清丽飘逸的文笔，描写了一个个活泼天真的儿童形象：有想用长竹竿戳穿地球瞧瞧远在异国的姐姐面容胖瘦的小弟弟，有把小木鹿放进小靴子里一跛一跛地走路的淘气的小妹妹，有许多金发蓝眼活泼可爱的异国少年……她还以一腔热情描写给童心以温暖的可爱家庭：父亲是"早晨勇敢的灿烂的太阳"，母亲是月夜中"静美的月亮"，三个小弟弟是星空中"三颗最明亮的星星"，童心在这里得到了妥帖的保护，享受着亲密无间、和睦融洽的天伦之乐。她向往的是"我在母亲的怀里，母亲在小舟里，小舟在月明的大海里"这种和谐、静美的境界，愿可爱的儿童永在纯洁如洗的情感和优美的大自然的包裹之中健康地生长。

冰心是一位至诚的母爱讴歌者。她用炽热如火的感情和委婉动人的语言，虔诚地讴歌母爱、颂扬母爱。

她讴歌母爱的至高至圣：

（母爱）是不附带任何条件的。……她的爱，是屏除一切，拂拭一切，层层的麾开我前后左右所蒙罩的，使我成为"今我"的原素，而直接的来爱我的自身！

……普天下的母亲的爱，或隐或显，或出或没；不论你用斗量，用尺量，或是用心灵的度量衡来推测；我的母亲对于我，你的母亲对于你，她的和他的母亲对于她和他；她们的爱是一般的长阔高深，分毫都不差减。

——《通讯十》

她赞颂母爱的永恒久长：

母亲的爱是永远的。

——《通讯十二》

她爱我的肉体，她爱我的灵魂，她爱我前后左右，过去，将来，现在的一切！

她对于我的爱，不因着万物毁灭而变更！

——《通讯十》

她发现了母爱的神圣力量：

（母爱）使我由生中求死——要担负别人的痛苦，使我由死中求生——要忘记自己的痛苦。

——《〈寄小读者〉四版自序》

她的爱不但包围我，而且普遍的包围着一切爱我的人。而且因着爱我，她也爱了天下的儿女，她更爱了天下的母亲。小朋友！告诉你一句小孩子以为是极浅显，而大人们以为是极高深的话："世界便是这样的建造起来的！"

——《通讯十》

在冰心心目中，母爱是"这样深浓、这样沉挚"，这是"开天辟地的爱情呵！愿普天下一切有知，都来颂赞"！母爱，这是建立在人类血缘关系之上的母亲对子女的天然感情，是普天之下一种最真挚、最细腻、最富牺牲精神的骨肉之情。冰心对母爱的讴歌有着进步意义，她为生活在陈腐滞重的社会里的小读者带来了闪闪的亮光、绵绵的暖意；她安慰了千千万万颗幼小的心灵，使他们感受到母爱的温暖、生活的光彩。正如巴金所说:"过去我们都是孤寂的孩子,从她的作品里,我们得到了不少的温暖和安慰。我们懂得了爱星、爱海,而且我们从那些亲切而美丽的语句里重温了我们永久失去了的母爱。"①这种感情不仅在当时曾"惊动过读者万千",而且于今读之,依然撩人情思、暖人心怀。应当指出,冰心的"母爱"也有不足的一面,她把母爱看得"神圣无边",把它当作普救众生、改造黑暗社会的济世良方,这显然是不切实际的梦幻。《寄小读者》的这种局限性主要与作家的生活较为顺利、活动天地较为狭窄有关。正如她自己所说:"孤芳自赏时,天地便小了。"

冰心曾宣称:"最难忘的是自然美。"歌唱自然美,描写大自然的奇光异彩,这是《寄小读者》的又一重要内容。冰心用那豪情如潮又柔情似水的笔调,描写了大海和峻岭、明月和星辰、朝露和晚霞;她歌颂星之光、花之香、波涛之清响;她从春风春鸟、夏云暑雨、秋月秋蝉、冬雪银霜中寻找心灵的慰藉,思考人生的哲理。她尤以满腔热情赞美"温柔而沉静""超越而威严""神秘而有容"的大海。她笔下的海有着丰富的人的感情:温暖、宽厚、博大。这海就是母亲。她说:"海好像我的母亲,……海是深阔无际,不着一字,她的爱是神秘而伟大的,我对她的爱是归心低首的。"(《通讯七》)面对着浩瀚无垠的大海,冰心激动地唱道:"母亲,你是大海,我只是刹那间溅跃的浪花。"(《通讯二十八》)作家对大海的爱正是出于对母亲的爱。她把海拟人化了,把母爱夸大、诗化了。

冰心礼赞童心、讴歌母爱、颂扬自然美,这一方面是本于作家特

---

① 巴金:《〈冰心著作集〉后记》,载王泉根评选《中国现代儿童文学文论选》,广西人民出版社 1989 年版,第 860 页。

别富于女性性格的温柔、细腻、多情，更重要的，这里寄托着她对祖国"一一欲抽"的无限深挚的热爱。走在去国离乡之途，身为异国他乡之客，冰心的笔端无时不流露出"牵不断的离情"。那"突起的乡思，如同一个波澜怒翻的海"（《通讯二十九》），时时奔涌在她那颗注满了"爱"的心中。她无时不在忆念慈母、幼弟，忆念故国、故土。正如母亲"因着爱我，她也爱了天下的儿女"（《通讯十》）一样，作家因着爱慈母、幼弟，也爱了天下的母亲与儿童。她在迢迢万里之外的异国殷殷寄语小朋友，向他们报告"温柔的消息"；她对生活在苦难中的普天之下的母亲与儿童寄予深切的同情："这些痛苦的心灵，需要无限的同情与怜念。""见此而不动心呵！空负了上天付与我们的一腔热烈的爱！"（《通讯十五》）为了安慰这些"痛苦的心灵"，她尽她之所能，努力用"爱的哲学"去感化社会，启迪人生，用晶莹的文笔，洒下一行行"爱"的泪水洗去人们心灵中"憎"的灰尘，搭起"人和万物种种一切的互助和同情"（《通讯十二》）的桥梁。爱祖国怎能不爱生活在祖国大地上的千千万万的母亲和儿童？冰心对母亲的爱、对儿童的爱，正是她的爱国主义思想的具体显现。她尤以不绝如缕的万般相思，抒发着她对祖国深深的思恋。无论是在海天苍茫的巨轮上，还是在凄清寂寞的病榻中，她的心中时时起伏着对祖国万分依恋的细腻而真切的感情潮汐。她抒写着"离开了可爱的海棠形的祖国，在太平洋舟中"的凄楚别绪；她叙说在日本"游就馆"中看到日本把侵华罪证当战利品展出时，心中涌起的"如泉怒沸"般的"军人之血"；她在异国时时诵读古人"乡梦不曾休"的词句，心应虫鸟，情感林泉，怀念着"可爱可敬的五千年的故国"；她虽然身处资本主义高度发达的美国，却反复写着"美国不是我的家，沙穰不是我的家"（《山中杂记》），发誓"只要湖水不枯、湖石不烂，我的一片寄托此中的乡心，也永古不能磨灭的"（《通讯十六》）。她甚至假设，故国"纵是一无所有，然已有了我的爱。有了我的爱，便是有了一切"（《通讯二十》）。祖国啊，母亲！你令游子"起一种'仰首欲攀低首拜'之思"（《通讯十六》），身在异国游学的冰心，有哪一天不在思念祖国的乡愁中度过？她写道："乡愁麻痹到全身，我掠着头发，发上掠到了乡愁；我捏着指尖，指上捏着了乡愁。是实实在在的躯壳上感着的痛苦，不是灵魂上浮泛流动的悲哀！"（《往事（二）》）正是这种思国思家、忧国忧家、爱国爱家的赤子之心，像一根红线贯穿于《寄小读者》的始终，把对童心的礼赞、母爱的讴歌、大自然的诗化都统一于强烈的爱国主义情思之中。这是《寄小读者》最可贵的情愫，也是它的思想核心。

郭沫若在《儿童文学之管见》（1922年）中指出："人类社会根本改造的步骤之一，应当是人的改造。人的根本改造应当从儿童的感情教育、美的教育着手。有优美纯洁的个人才有优美纯洁的社会。……文学于人性之熏陶，本有宏伟的效力，而儿童文学尤能于不识不知之间，导引儿童向上，启发其良知良能。"洋溢在冰心《寄小读者》中的爱祖国、爱母亲、爱儿童、爱大自然的思想内容，正具有这样一种"导引"少年儿童不断"向上"的"宏伟的效力"。这部专门写给小读者的散文集是对年幼一代进行"感情教育""美的教育"与爱国主义思想教育的形象教材，从它问世以来，不知感染、激励了多少幼小纯洁的童心！这就是《寄小读者》具有永久艺术魅力的根本原因。至于《寄小读者》清新倩丽的文笔、温柔亲切的情调、如诗如画的意境、优美生动的语言，长期以来更是受到广大小读者和"大读者"的喜爱。难怪郁达夫对冰心散文的风采推崇备至："冰心女士散文的清丽，文字的典雅，思想的纯洁，在中国好算是独一无二的作家了。"①

　　《寄小读者》是 20 世纪 20 年代儿童文学的一树奇葩。它的问世，标志着我国儿童散文的崛起与奇迹般的成熟。虽然，它不是时代的鼓声与号角，却是陶冶人生心灵的竖琴和短笛，流荡着迷人而感人的诗趣、理趣与童趣，把读者带往母爱、童真和自然美凝成的幽雅澄澈的诗境，显示了生活中具体的、形象的美，唤起人们对美的追求，导引儿童不断向上。它以其不朽的思想和艺术价值，在中国现代儿童文学史上放射着灼灼光彩，享有特殊的光荣地位。

第二节　"崇拜儿童"的丰子恺

　　在文研会散文作家中，特别喜爱儿童、赞美童真的，除了冰心，还有丰子恺（1898—1975）。在丰子恺心目中，儿童占有着极重要的位置。他在 1928 年写的《儿女》中说："我的心为四事所占据了：天上的神明与星辰，人间的艺术与儿童。"他自称是"儿童的崇拜者"②，认为儿童有着"天地间最健全的心眼"③，人世间永没有像儿童那样"出肺肝相示的人"，那样"彻底地真实而纯洁"的人，④他"时时在儿童生

---

① 郁达夫：《中国新文学大系·散文二集·导言》，载郁达夫编《中国新文学大系·散文二集》，良友图书印刷公司 1935 年版，第 18 页。
② 丰子恺：《我的漫画》，载丰子恺《缘缘堂随笔》，人民文学出版社 1957 年版，第 263 页。
③ 丰子恺：《儿女》，载丰华瞻、戚志蓉编《丰子恺散文选集》，上海文艺出版社 1981 年版，第 19 页。
④ 丰子恺：《给我的孩子们》，载丰华瞻、戚志蓉编《丰子恺散文选集》，上海文艺出版社 1981 年版，第 15 页。

活中获得感兴。玩味这种感兴，描写这种感兴"①。由于作家"'热爱'和'亲近'儿童"，这使他深深地体会到了孩子们的心理，发现了一个和成人完全不同的儿童世界。他写道：儿童世界不受"实际生活的和世间的习惯的限制"，"非常广大自由。年纪愈小，他的世界愈大"，"他见了天上的月亮，会认真地要求父母给他捉下来；见了已死的小鸟，会认真地喊它活转来；两把芭蕉扇可以认真地变成他的脚踏车"；"把一杯茶横转来藏在抽斗里"；"给凳子穿上四只鞋子"……丰子恺对儿童世界观察得何等细致入微！难能可贵的是，这些素材都被他用笔一一描画下来，创作出许多妙趣横生的儿童漫画。他为孩子们创作的《幼幼漫画》《儿童漫画》《儿童生活漫画》《少年美术故事》等作品，是中国美术园地的一树奇葩，也是中国现代儿童美术创作的重大收获。为孩子们创作漫画，这是丰子恺的一大特殊贡献。丰富生动的儿童生活素材同样也启示了作为散文家的丰子恺。他的儿童题材的散文数量不少，大体可分两类：一类是对童年生活的回忆，如《忆儿时》《学画回忆》；另一类是以自己"小燕子似的一群儿女"为对象，描写他们的童稚美，赞扬童心未雕，如《给我的孩子们》《儿女》《华瞻的日记》《儿戏》《送阿宝出黄金时代》等。这类散文最能显现作者的特色，处处流露出一个善良温厚的慈父对孩子无比深切的爱。丰子恺笔下以儿童为题材的散文充满着浓郁的儿童情趣，自然、生动，没有矫揉造作的痕迹。《华瞻的日记》正是这样的杰作。

这篇散文以日记体记录了两个儿童生活的小场景，以儿童稚气而纯真的视角观察生活：第一个描写小朋友华瞻与小女孩郑德菱两小无

---

① 丰子恺：《谈自己的画》，载丰华瞻、戚志蓉编《丰子恺散文选集》，上海文艺出版社1981年版，第79页。

猜的友谊；第二个通过华瞻的眼睛观察理发匠给爸爸理发的经过，把幼童的惊恐、害怕、迷惑不解的心理刻画得惟妙惟肖。孩子心地纯洁，两小无猜，他们用自己独特的语言交流感情，培植友谊。请看两个小朋友青梅竹马的情景：

> 妈妈抱我到门口，我看见她在水门汀上骑竹马。她对我一笑，我分明看出这一笑是叫我去一同骑竹马的意思。我立刻还她一笑，表示我极愿意，就从母亲怀里走下来，和她一同骑竹马了。两人同骑一枝竹马，我想转弯了，她也同意；我想走远一点，她也欢喜；她说让马儿吃点草，我也高兴；她说把马儿系在冬青上，我也觉得有理。我们真是同志的朋友！

孩子的世界是用友爱与幻想交织成的，他们有他们的理想与欢乐，也有他们的疑问与苦恼，这都是属于孩子特有的。比如华瞻对"家"的思考：

> 照我想来，像我们这样的同志（指华瞻与小姑娘郑德菱——引者注），天天在一块吃饭，在一块睡觉，多好呢？何必分作两家？即使要分作两家，反正爸爸同郑德菱的爸爸很要好，妈妈也同郑德菱的妈妈常常谈笑，尽你们大人作一块，我们小孩子作一块，不更好么？
> 这"家"的分配法，不知是谁定的，真是无理之极了。

这是完全儿童化的情趣、儿童化的言行，妙趣天成，憨态可掬。儿童文学必须有情有趣，但这情趣应当是儿童生活的本身，而不是外加的佐料。前者自然、形象，落笔成趣；后者忸怩作态，使人别扭。对儿童情趣的生动描写来自作家对儿童生活的透彻了解。丰子恺在这方面的成功是值得我们重视的。

应当指出的是，丰子恺早年曾是一位皈依佛教、冷视人生的居士。从某种角度说，他赞扬童心未雕是出于不满现实，他神游于儿童世界是为了逃避病态社会的污染。但是，他毕竟不是"深闺梦里人"，他是醒着的，他加入"为人生而艺术"的文研会就是他入世、忧世的象征。丰子恺的儿童题材的散文，虽然有些不是为儿童写的，但它们实在是描写儿童心理、儿童生活的佳作，曾对早期儿童散文的创作起过有益的促进作用。他对儿童文学的贡献是不应被历史遗忘的。

第三节　许地山与《落花生》

与丰子恺一样，早年受过佛家思想影响同时也特别热爱儿童的还有许地山。许地山（1894—1941）是文研会的发起人之一，也是一位富有特色的作家，他的作品以新颖独特的题材和清新雅丽的文笔在文坛独树一帜。在作者自称为"杂沓纷纭"的早年散文集《空山灵雨》（1922年）中，有些篇章满含深情地描写儿童、讴歌童心，富于浪漫色彩与儿童化的特色，是20世纪20年代初期十分难得的儿童散文佳作。著名的《落花生》历来被选入小学语文课本。作者以不足700字的篇幅，记述了童年时姊弟们种花生的一段生活故事，着重描写了"收获节"的晚上全家人品尝花生时父亲与孩子们的一席谈话。在孩子们七嘴八舌的讨论中，父亲通过概括花生的品格，引出了做人"要做有用的人，不要做伟大、体面的人"的人生哲理，启发孩子们要像花生那样质朴无华，埋头工作。这篇散文充满了朴实、淳厚的情致，涵蕴精深，富于哲理，托物言志，引人向上，因而一直受到小读者的欢迎，也成了许地山的代表作。作者长期以"落华生"为笔名，正表明了他对这篇作品的珍爱态度和自己的人生性格。

许地山的《春底林野》也是不足千字的散文小品，却写得像抒情诗一般优美。文章开头铺排了"万山环抱里"的春色，在一片春风春鸟、春花春水的春光中，出现了一群天真纯洁的孩子。他们青梅竹马的游戏、无忧无虑的笑声，给春的林野平添了无限生机，字里行间轻敷着一层返璞归真的色调，创造出一种幽妙舒放的意境。与《春底林野》风格相近的还有《桥边》与《梨花》。《桥边》描写了少年儿童朦胧的爱情与两小无猜的生活。作者把这种真挚纯洁的感情放在优美恬静的南国蔗乡，安排在流水小桥畔来展开情节，景美境美人更美，情景交融，自然亲切，给人以悠悠不尽的美的回味。

在讨论文研会的儿童散文创作时，我们还应提到周建人为孩子们写的自然科学题材的散文作品。早在 1922 年的《儿童世界》上，周建人就为小读者写了《蜘蛛的生活》《蚂蚁》《蜻蜓和蜉蝣》《甲虫的故事》《水母是什么》等科学散文。这些作品寓知识于情趣，别具一格，浅显易懂，对于丰富孩子们的科学知识、扩大视野，起了重要作用。特别应指出的是，周建人是中国现代儿童文学史上较早为儿童创作科学散文的作家，他的拓荒之功是不可磨灭的。

　　儿童戏剧是具有专为吸引儿童及供儿童娱乐的内容与表现形式的戏剧。我国古代儿童戏剧十分匮乏，更谈不上有供儿童可演可诵的剧本。古代儿童只能跟在大人屁股后面，一起去看似懂非懂的成人剧，只有民间流传的木偶戏与皮影戏尚可满足小观众的欣赏情趣。20世纪初，由于受到西方资产阶级教育观的影响，我国许多知识分子在改革学校教育的同时，也引进了欧美学校设置的体育、音乐、美术等课程，并致力于儿童戏剧，把它作为开展学校文娱活动与学生课外活动的重要内容。文研会的不少作家自从事儿童文学创作伊始，就把目光投射到儿童戏剧方面。1921年12月，郑振铎在《〈儿童世界〉宣言》中特别提出："儿童用的剧本，中国还没有发见过。近来各小学校里常有游艺会的举行。他们所用的剧本都是临时自编的。我们想隔二三期登一篇戏剧。大概都是简单的单幕剧；不惟学校里可用，就是家庭里也可以用。"《儿童世界》创刊第一年，就发表了《牧童与狼》《系铃》《两个洞》《三个问题》等 20 部剧本。郑振铎还亲自写了儿童诗剧《风之歌》。尤为难得的是，该刊还向儿童征稿，发表了《唱山歌》《寄信》《告状》等孩子们自己创作的短剧。文研会作家群是 20 世纪 20 年代热心儿童剧本创作的一支重要力量，他们的工作在当时产生过广泛的影响。

第一节　叶圣陶的《风浪》《蜜蜂》等剧作

叶圣陶在 20 世纪 20 年代曾为小学生写过《风浪》《蜜蜂》两部儿童歌剧，均由何明斋设计舞台动作并配曲，1928 年商务印书馆出版单行本，几年后又被收入"小学生文库"。叶圣陶的剧作十分注重思想性，寓教于乐，寓益于趣，通过剧情发展与人物行动，帮助小观众树立正确的思想观点，这与他长期坚持的儿童文学"要能给儿童认识人生"的教育方向是完全一致的。《风浪》的情节比较简单：一只远航的海船，突然遇到了风潮的袭击，乘客们顿时慌作一团。剧中出现了四位不同性格的乘客：衰弱可怜的老人听天由命，等待去喂鱼虾；惊慌失措的妇人连忙祈求菩萨保佑；丧失信心的汉子感到力不从心，唉声叹气；只有一位"活泼壮健"的女郎毫无惧色，她热情地鼓舞大家，不要把生的希望寄托在菩萨和运气上。"我们满船的人，／男男女女，老老少少，／大家拿出力量来／合着伙儿对付这风潮！"在女郎的鼓励和组织下，大家团结起来，经过一番拼搏，最后终于战胜了风潮，到达了彼岸。剧本歌颂了团结的力量："我们的力量合在一块了！／山也推得倒，／潮也按得牢，／什么都不能把我们来惊扰！／我们要前进，／我们就前进了！"《蜜蜂》是一部三幕童话剧，情节也较简单。春天，辛劳的蜜蜂正在采花酿蜜,"辛苦工夫为大家"。突然飞来了三只麻雀,它们一起进攻蜜蜂,想要吞噬它们。蜜蜂们先是晓之以理,继而发出警告,最后忍无可忍,群起反击,用自己的尖刺刺痛了麻雀,赶走了入侵者。值得注意的是,《蜜蜂》与《风浪》都是在 20 年代末写的,当时的中国正面临着日本的侵略,民族矛盾的上升使国内形势发生重大变化。叶圣陶通过他的儿童剧大声呼吁:"我们不是奴才,／外来侮辱要抵抗,／同胞相呼,来来来来!"(《蜜蜂》)"我们的力量合在一块了,胜利就在我们的手里了!"(《风浪》)鲜明的现实针对性与强烈的时代气息,使叶圣陶的剧作成了 30 年代兴起的抗战儿童剧的先声,其历史意义是不可低估的。

第二节　顾仲彝与赵景深的儿童剧

文研会成员顾仲彝是一位有影响力的剧作家,他也同样关心儿童剧的建设。1926 年,他在《小说月报》上发表了《讲道》《用功》两部独幕儿童剧,在《文学周报》上也发表过类似的剧作。他的剧作以反映孩子们的学校生活为内容,情节虽简单,但结构机巧,充满谐趣,富于喜剧色彩。《讲道》描写阿兰给小伙伴们演讲"忍耐是天底下最重要的东西",可他自己却最缺乏耐心。在演讲中,小伙伴七嘴八舌地提出了许多问题,阿兰忍耐不住,生气地走了。大家都笑着说:阿兰"去找忍耐去了"。《用功》说的是两位贪玩好耍的小学生,决心要改正缺点,用功读书,他们约好谁先开口就罚打十下手心。结果两人都做不到,索性跑出教室去玩个痛快,明天再开始用功。这两部剧作都是借助孩子们的生活现象，巧妙而善意地讽刺了缺乏耐心、不用功读书的毛病，使小朋友们在笑声中得到教益。

1925年《小说月报·安徒生号》曾刊载了赵景深根据安徒生著名童话改编的《天鹅歌剧》，以后又作为"文学研究会丛书"出版了单行本。由于这个剧本样式别致，故事优美，词句浅显，在当时引起了很大反响，"江、浙、陕、滇……各省市的小学纷纷上演"，作者"还亲自去看了无锡三师附小、绍兴五中附小和上海女子体专的演出"。[①]周作人也曾编译过儿童剧本，他根据日本坪内逍遥与美国斯庚那的原作，编译了6部童话剧：《老鼠会议》《乡鼠和城鼠》《青蛙教授的讲演》《乡间的老鼠和京城的老鼠》《公鸡与母鸡》《卖纱帽的与猴子》。这些童话剧情节有趣、故事性强，很适合小朋友的演出与欣赏。在文研会成员中，创作儿童剧本数量最多、影响也最大的当推黎锦晖。由于黎锦晖在儿童文学方面的实绩很少为人们提起，有些已被历史湮没了，因此本节打算多做一些评述。

第三节　黎锦晖儿童歌舞剧的巨大成功

黎锦晖（1891—1967）是20世纪二三十年代影响广泛的音乐家，他是我国第一个儿童歌舞剧作家，同时也是文研会成员，入会号数是第68号。五四时期，他受其大哥——著名语言学家黎锦熙的影响，与《新青年》的重要人物钱玄同有所交往，确立了献身新文化运动的志

---

① 赵景深:《我与儿童文学》，载浙江师范学院中文系儿童文学研究室编《我与儿童文学》，浙江师范学院1980年，第14页。

向。他设想要发动一场以"平民音乐"为主要内容的"新音乐运动"，以配合高潮迭起的新文学运动。这场"新音乐运动"的突出成果，就是他在 20 年代奉献给中国少年儿童的 12 部儿童歌舞剧。它们是《麻雀与小孩》《葡萄仙子》《月明之夜》《三蝴蝶》《春天的快乐》《七姊妹游花园》《神仙妹妹》《小羊救母》《小利达之死》《母亲呢》《苹果醒了》《小小画家》。黎锦晖的儿童歌舞剧闪烁着新鲜而明亮的思想之光，流荡着迷人而感人的艺术魅力，取得了独特的成就。

爱的教育，美的追求，这是黎锦晖儿童歌舞剧的基本思想内容。作者曾这样说过："我自以为儿童歌舞剧的内容旨趣，以表现好人好事为主，有利于当时的新教育运动。"[①] 他所谓的"好人好事"就是指贯穿在他的全部儿童剧中的以"爱"的教育为核心的人道主义、民主主义精神，"有利于当时的新教育运动"则是指配合五四新文化运动。从1922 年创作的第一部《麻雀与小孩》起，这种思想就灌注其中，随处可见。《麻雀与小孩》描写一个天真顽皮的小男孩捉弄、释放麻雀的经过。他起初把小麻雀骗到家里，关在笼中，颇为得意。但当见到麻雀妈妈为寻找失踪的女儿难过悲伤时，他受到了良心的谴责："将心来比心，大家都一样，假如我不见了，我的母亲怎么样？"他后悔自己做错了事，立刻将小麻雀放还给麻雀妈妈。这部剧作表现了"仁爱心，诚实话，品格应该夸"的主题，唤起人们对于弱小生命的同情和怜爱。

作于《麻雀与小孩》之后的《葡萄仙子》是一部充满了浓郁的"爱"的气氛的童话剧。在葡萄生长过程中，自然界的五位象征性仙子——雪花、春风、雨点、露珠、太阳都来关怀她，哺育她，慷慨地

---

① 黎锦晖：《我和明月社》（上），载中国人民政治协商会议全国委员会文史资料研究委员会编《文化史料丛刊》第 3 辑，文史资料出版社 1982 年版，第 90 页。

赠予她绵绵不竭的爱情。同时，又有五个小动物——喜鹊、甲虫、山羊、兔子和白头翁来求助于葡萄，要她的枝叶花果。但他们听从了仙子的劝告，萌发了怜爱之心，一同来保护葡萄的生长。黎锦晖曾引用过冰心的一句话："爱，不为了什么。"这是一部几乎没有什么矛盾冲突的喜剧，自始至终洋溢着一种无私的、超功利的、"不为了什么"的"爱"，笼罩着暖意盈怀的理想色彩。《三蝴蝶》《七姊妹游花园》《春天的快乐》等所表现的也是这类"爱"的主题，作者一往情深地讴歌着人与人之间的"爱"的情愫，体现出爱人生、爱生活的思想基调。

黎锦晖还写过《小羊救母》《神仙妹妹》等表现"爱"与邪恶做斗争的剧作。《小羊救母》叙述老狼要吞吃山羊，在大羊和母羊万分危急之际，小羊用计舍死找来猎人，打死老狼，救出了亲人。《神仙妹妹》是用含蓄影射的手法写的。剧中的友儿、芝儿、芳儿代表革命群众，一个小孩儿、羊、兔子和螃蟹都是代表被压迫阶级，老虎、鳄鱼、大鹰则代表从陆、海、空三面来犯之敌。在神仙妹妹的指挥下，大家团结一心，击败敌人侵犯，获取了胜利。这部剧作中的"老虎叫门"的歌词，曾多次被选入小学语文课本，至今还能在幼儿园听到小朋友的歌唱：

　　小羊儿乖乖，

　　把门儿开开，

　　快点儿开开，

　　我要进来……

　　不开不开不能开，

　　妈妈不回来，

谁也不能开。

这些剧作体现了作者以暴力抗恶，用"爱"来对抗丑恶现实的思想，具有积极的现实意义。

在一系列表现"爱"的主题的剧作中，《月明之夜》中的"爱"的气氛可称是达到了高潮。作品描写月宫嫦娥为"遍地爱花开"的人间美景所感动，毅然下凡甘当凡人，高唱了一曲"大家快些来，享受人间爱"的颂歌，彻底否定了没有"爱"的神仙生活。它所体现的思想正是高尔基热烈赞美过的一句话："人！这个字眼听起来多么令人自豪！"[1]

作于1928年的《小小画家》是黎锦晖儿童歌舞剧中的一部重要作品。这是一出反对封建教育的小喜剧。作者没有采用他所擅长的寓言和象征手法来表现主题，而是直面社会，完全写实。剧作描写一个爱好绘画的小学生厌烦死读经书，反对塾师的打骂教育，醉心于自己的艺术追求。他的绘画天才终于得到了三位塾师的承认，一致决定要对他"因材施教"。五四以后，中国社会仍为封建势力所盘踞，沿用着不合理的教育制度。由于《小小画家》抨击压制儿童身心发展的封建教育，反对读经，提倡因材施教，顺应了反封建的时代精神，因而很快流行全国，产生了深广影响。

与文研会的其他现实主义作家相比，黎锦晖的儿童歌舞剧更多地注重浪漫的激情，而不擅长直笔解剖人生。他用饱蘸理想色彩的笔触，抒发其对美好未来的呼唤和对黑暗现实的不满。这些剧作在迷蒙的现

---

[1]［苏联］高尔基:《底层》，转引自中国大百科全书编辑部编《中国大百科全书 简明版: 2》，中国大百科全书出版社1996年版，第919页。

实中所产生的作用，正与冰心的《寄小读者》所讴歌的"爱的哲学"有着非常相似之处：它们同样能够唤起人们对美的憧憬，激发人们对爱的向往，同样有着"为人生"的积极作用。但显而易见的是，这些作品比较缺乏战斗性，它们所歌颂的"爱"，在充满剥削和压迫的社会里，丝毫不能抵抗恶势力的侵害，更不能阻止阶级压迫的发生。这是由作者所处的生活环境与其世界观的局限所致。但是，它所表现的执着地热爱人生和对美好未来满怀希望的思想基调，感染和增强了人们对生活的信心和对美的追求，而洋溢其中的丰富幻想与诗情画意则使这种追求产生了动人的艺术力量。这便是黎锦晖的儿童歌舞剧之所以传播得那么迅速、广泛、持久的社会原因之一。

明朗向上的思想基调使黎锦晖的儿童歌舞剧充满了艺术生命力，而洋溢其中的浓郁的儿童化特色，则使它们在现代儿童文学史上取得了极大的成功。

黎锦晖的 12 部儿童剧完全是为了适合儿童演剧的需要而创制的。他亲自设计布景、舞台、舞蹈动作与步伐，使之易懂易学，便于推广，处处照顾到孩子们的要求。如他写的《葡萄仙子》，由于剧中人物只适合高年级学生演出，年纪小的儿童演不到角色，孩子们有意见。于是，他在构思《月明之夜》时，特意配上八个低年级学生可以扮演的角色，让他们有戏可演，皆大欢喜。这些剧作的主人公几乎都是童心洋溢的儿童，或是与孩子们亲近的动植物，既没有道貌岸然的"小大人"，也没有仰之弥高的"小神童"，人物形象鲜明生动，真实可信。在剧情内容方面，处处充满着亲切友爱、温柔欢快的情调，洋溢着诗意的童稚美。在艺术形式方面，作者完全采用浅显晓畅的白话文来写作歌词对白，尽量符合孩子们的语言习惯，紧紧扣住儿童心理特征。

如《小小画家》中的"背书歌"一场，小画家先是三心二意地背错课文，继而把自己想说的话套到课文中去，最后干脆撇开书本，发挥他奇特的想象，胡唱一气：

孙子曰：吾吾吾吾吾吾有馒头而不蒸乎？
爷姓胡，娘姓胡，胡公胡母逛西湖。

这些语言十分符合人物的性格特点，完全是孩子气的。

为了普及儿童歌舞剧，黎锦晖在对剧本的总体设计方面也做了精心的安排，使它能一物两用，既可用作音乐教材，也可作为演出剧本。当时有一位署名邓湘寿的演员在《月明之夜》的扉页这样评论说："这是文学的艺术，也是艺术的文学。既可以用来吟诵，又可以用来歌唱。分开是音乐教材，合起来便成歌剧。"凡此种种的努力，都是为了一个目标：适合儿童的需要，为儿童服务。

尤应提出的是，黎锦晖的儿童歌舞剧充满着诗意的幻想，具有童话一般优美而传神的意境。这是它们能够赢得成千上万小观众喜爱的重要原因之一。《月明之夜》可称这方面的代表作。作者把中国古代神话中的月宫嫦娥和臆想中的西方快乐女神一起搬上了舞台，巧妙地导演着她们和八个孩子之间的一幕幕诗意葱茏的话剧：

"云儿飘，星儿耀耀。海，早息了风潮，声儿静，夜儿悄悄。爱奏乐的虫，爱唱歌的鸟，爱说话的人，都一起睡着了。"就在这静美的月明之夜，快乐女神把无数欢乐的幻想散布到人们的睡梦中去。这时，忽然来了八个秉烛夜游的孩子，他们向乐神要求得到更多的快乐的东西；乐神无物相赠，就请月宫嫦娥下来帮忙。嫦娥非常热爱孩子，慷慨地把月宫的所有珍宝——玉兔、金蟾、香桂、灵芝全都送给了他们。嫦娥返回月宫，由于失去了朝夕相伴的玉兔，不由悲从中来，就向乐神去寻求快乐。乐神告诉她："天上只有凄凉，请你低头回望乐在何方？要寻快乐之乡，须到人间去访。"乐神托秋风捎信给孩子们，把他们一起请到树林中，商议怎样解除嫦娥的悲凉。孩子们就以"投桃报李"之心，纷纷表示要把自己的爸爸、妈妈、哥哥、姐姐送给嫦娥。嫦娥不忍心夺走孩子们的亲人，乐神建议她与孩子们一起到人间去享受天伦之爱。嫦娥欣然同意。乐神也被孩子们的童心美所征服，决定与嫦娥一起下凡去寻找快乐。剧的结尾，两位仙子希望所有的神仙都到人间来，因为做神仙远不如做人好。《月明之夜》暖意盈怀，笔端流彩，"爱"的鲜花处处盛开，"美"的景物四季常青，仙人与孩子同乐，天上与地下合一。这种童话般的意境与孩子们的想象世界是一致的，完全是属于儿童的，而洋溢其中的思想光彩则使小观众得到了精神上的愉悦与陶冶。难怪黎锦晖的儿童歌舞剧在 20 世纪 20 年代曾以浩荡之势从上海发源，蔓延至包括港、澳在内的整个中国的儿童音乐、戏剧园地，并波及南洋甚至北美地区。

黎锦晖儿童歌舞剧的出现，是中国现代儿童戏剧跨越发展的一个重要标志。这些剧作曾经极大地丰富了当时的少年儿童尤其是中小学生的音乐、戏剧生活与课外文娱活动，在现代儿童文学史上写下了浓墨重彩的一章。当时的评论者认为，黎锦晖的儿童歌舞剧"在中国的小学教育上或者说儿童界里辟了一个新纪元。从来在社会上没有地位和不引人注意的儿童，现在也有了一个新大陆了"，甚至认为他的这一开创性贡献具有与安徒生对艺术童话的贡献同样重要的意义。[①]"如果中国的小孩子们的心灵没有死，黎氏父女（兼指黎明晖的演唱——引者注）的音乐的流行是出乎自然的现象"。[②]黎锦晖在1920年至1924年间还为孩子们创作了30多首儿童歌曲，出版了28种单行本，其中以《可怜的秋香》《好朋友来了》最有影响。《可怜的秋香》以孩子的口吻描写一个牧羊女孤苦伶仃的一生，寄托了作者对旧时代劳动人民悲苦生活的深切同情。由于这首歌寄寓深邃，歌词哀婉，曲调别致，一腔深情，有着强烈的艺术感染力，因而很快流行全国，在不少儿童的心灵中萦回。虽然黎锦晖的创作在之后曾一度走入歧路，写了《毛毛雨》《桃花江》等劣作，但作为中国第一个专门为儿童创作剧本与歌曲的剧作家，他的辛勤劳作是不可磨灭的。

---

① 王人路:《黎锦晖的歌剧》，载王人路编《儿童读物的研究》，中华书局1933年版，第116页。
② 黎君亮:《关于"淫乐"》，《开明》1929年1月第1卷第7号。

大作家都是有童心的。郑振铎、许地山等文研会作家最懂得孩子们的需求，理解孩子们的心思。他们在拓展现代儿童文学的进程中，以极大的热情从事幼儿文学创作，培育了一朵朵绚丽夺目的幼儿文学之花。幼儿文学的文体多种多样，主要有图画故事、儿歌、谜语、笑话、绕口令等。文研会的幼儿文学创作以图画故事和儿歌最为突出。

第一节 "功德无量"的图画故事

图画故事是供学龄前的小朋友阅读的一种图文并茂的文学读物。它既有活泼有趣的图画，又有浅显简明、易读易懂的文字说明，这些文字有的是童话，有的是小故事，也有的是散文。此外还有一类没有文字的"无文图画故事"。关于图画故事对幼儿的教育作用，赵景深曾在《儿童图画故事论》[①]中发表过很好的见解，他认为图画故事对不识字和识字不多的幼儿来说"实在是一件功德无量的事情"，其价值除了"弥补低年级这个阶段的无课外书可读"的缺失以外，还有这样三点："（一）重复生字"，"图画故事因为语多重复，儿童在极浓厚的兴趣中，会自然而然地记得许多生字"；"（二）多识名物"，帮助幼儿认识自然界的花木鸟兽等动植物与社会生活；"（三）灌输常识"，向小读者传授一些浅显易懂的科学知识。在图画故事的创作方面，郑振铎、赵景深、黎锦晖等都付出了不少心血，其中尤以郑振铎的作品最有影响。

从 1922 年到 1923 年，郑振铎在《儿童世界》发表了《两个小猴子的冒险》《河马幼稚园》《爱美之笛》等 46 篇长短不一的图画故事，还设计了一些"无文图画故事"。郑振铎的图画故事有以下几个方面的内容：

一是帮助幼儿学会管理自己，养成良好的生活习惯。如走路不要抬头看天，否则就会绊倒（《方儿落水记》《方儿与狗》）；出门要跟着大人，乱走乱撞就会闯祸（《鼠夫人教子记》）。

二是向幼儿传授一些浅显易懂的生活知识、科学常识，进行知识教育。这类题材占得较多。如《自行车场》写看守自行车的阿茂，用图钉把寄存单钉在车胎上，结果车胎都漏了气。这个故事告诉小朋友自行车胎是用橡胶做的，不能用钉子去戳。《夏天的梦》通过小弟弟的梦中奇境，说明各种动物的生活环境。

三是为迎合幼儿兴趣编写的游戏性质的故事。这类题材也较多，主要是供小娃娃欣赏，让他们从中得到欢乐，发展想象。如《罗辰乘

① 载《民间文学丛谈》，湖南人民出版社 1982 年版，第 214 页。

风记》："一、罗辰不怕风雨，带了洋伞出门去。二、洋伞连罗辰一齐乘风飞去。三、罗辰此去，谁也不知他到哪里，恐怕是上天同那白云儿游戏。"又如《除夕的球戏》："一、刘芳姑同她的弟弟拍球。二、芳姑拍球的本领很好。三、不好了！弟弟输了。四、输的人要画大胡子，好不可笑。"像这样的文字，再配上妙趣横生的图画，小读者自然兴趣盎然，笑声连连。

四是富于思想性、趣味性、知识性的长篇图画故事。这是郑振铎图画故事创作最精彩的部分，主要有《新年会》《河马幼稚园》《爱美之笛》等。《新年会》描写孩子们在假期开展的各种有意义的文娱活动。这个故事是为了配合学校教育，指导小朋友的假期生活，帮助他们养成团结友爱、热爱集体活动的好习惯。故事中巧妙地穿插着儿歌、谜语、智力测验等游戏，可供小朋友开展活动时参考。如智力测验：

什么东西最深？答：人心。因为人心是填不满的。

什么东西最快？答：思想。因为人的思想瞬刻千变，比什么都快。

什么东西是早上四脚走，中午两脚走，晚上三脚走的？答：是人。少时四足着地爬，壮时用两足走路，老时便要用拐杖了。

《河马幼稚园》是郑振铎最长的一篇童话图画故事，也是现代儿童文学史上非常早的长篇童话之一。全文由"钓鱼、猴儿买果、玩具店、野游、漆匠、上山下山、请医生、捉迷藏、圣诞前夜、毋妄之灾"等10个独立成篇的小故事组成，在《儿童世界》上连载10期。作品以河马夫人开办的幼稚园为背景，惟妙惟肖地描绘了虎儿、猴儿、猪儿、象儿、鹦鹉等小动物在校内外的各种生活趣事，十分符合幼儿的心理特征与兴趣爱好。这班小家伙天真可爱，又爱淘气。比如偷偷下河洗澡，瞧见河马夫人来了，就把"指路牌"换转方向，捉弄老师（《钓鱼》）；捉迷藏打碎了花瓶，赶忙溜回床上假装熟睡（《漆匠》）。这些小淘气虽然顽皮，但更有可爱的一面：热爱老师，互相帮助，勇于改过，天性活泼，勇敢顽强，等等。如老师花钱给他们买来玩具，他们把玩具退掉换成新衣服送给老师（《玩具店》）；老师有点儿不舒服，连忙去请医生（《请医生》）。《河马幼稚园》刻画的这一群生动可爱的小动物形象，赢得了小读者的深深喜爱，在当时产生了广泛影响。以后守一、叔蕴、叶圣陶等竞相模仿，撰写续篇。所不同的是将河马夫人改为熊夫人，题目也改成《熊夫人幼稚园》。陈伯吹、郭风等后起的儿童文学作家都深受"熊夫人"的影响。陈伯吹在《儿童世界》出版 500 期纪念刊上，特意写了小说《念完了五百册》，借华儿（代表中国孩子）做梦，着重介绍《熊夫人幼稚园》的艺术魅力。

　　熟知儿童心理，富于儿童情趣，这是郑振铎图画故事的显著特色。他笔下的幼儿形象一个个生动逼真，呼之欲出，充满着幼儿式的丰富幻想与天真烂漫的童稚妙趣。如《圣诞节前夜》，写小朋友们正在看圣诞老人送给他们的图画书，当翻到画有小鬼的一页时，这个小鬼居然从书上跳了下来，在地上蹦跳，把小朋友们都吓哭了。圣诞老人连忙用手夹住小鬼，把它放回书上，"小鬼便服服帖帖的不敢再跳出来了"。这种描写增强了图画故事神奇色调的浓度，十分符合幼儿的想象世界。又如《河马幼稚园》写老师身体有点儿不舒服，小动物连忙去叫医生，结果请来了两个医生、三个护士，还拉来了一大车药。医生原以为有许多病人，当他们知道只有一个而且只是有点儿不舒服时，不禁笑了："唉！一个人病了，要三个看护妇一车药！"这段夸张的描写，恰到好处地表现了小动物热爱老师的心情，又传神地刻画了幼儿心理。因为在幼儿眼里，任何一点儿小病小痛都会引起他们的大惊小怪，被当成了不得的大事情。幼儿文学最难的是语言，郑振铎在这方面下了不少功夫。他的语言既没有模仿幼儿含混不清的"小儿腔"，也没有迂腐做作的成人调，而是经过精心提炼的口语，浅显、流畅，明白如话，满蕴着童趣，而又富于魅力。

赵景深是继郑振铎之后创作图画故事最多的一位作家。据生活书店 1935 年出版的《全国总书目》的记录，他一共编写了《哭哭笑笑》《秋虫游艺会》《一粒豌豆》《洋囡囡》《到小人国去》《鸡的旅行》等54 种图画故事，均系北新书局出版。黎锦晖也编写过《月亮光光》《花儿的朋友》《毛毛猫咪》等 8 种"儿童小说故事"。遗憾的是，这些作品大多散佚，难以寻觅，也无法一一介绍了。

第二节　大作家与小儿歌

儿歌是以年龄较小的儿童为读者对象的简短诗歌，它是幼儿文学中的一种重要文体。文研会作家许地山、郑振铎、顾颉刚等，都曾为孩子们写过儿歌。发表在 1922 年 1 月《儿童世界》创刊号上的《注音歌》，是许地山写给孩子们的第一篇作品，他还为这首儿歌配了曲，十分吸引小朋友：

　　我往学校去读书，
　　先生吩咐学字母；

字母念得真有趣，

快来念，不怕难！

天天用功一会儿，

过十日就能教别人。

郑振铎写的儿歌有《我的新书》《不倒翁》《天上一个星星》等。他的作品结构简单，语言明快，易唱易记。如《天上一个星星》：

天上一个星星，

落在地上亮晶晶。

哥哥买油，打碎了油瓶。

弟弟打铁，打出一千枚铁钉。

钉！钉！钉！

爸爸要你去钉油瓶。

后来成为著名历史学家的文研会成员顾颉刚，早年也在《儿童世界》与《晨报》副刊上发表过一些儿歌。他的作品主要是民间采风，轻松欢乐，读来朗朗上口。如《吃果果》：

排排坐，吃果果，

爹爹转来割耳朵。

称称看，三斤半；

烧烧看，二大碗。

吃一碗，剩一碗，

门角落头斋罗汉。

罗汉不吃荤，

豆腐面筋圆囵吞。

　　此外，黎锦晖在《小朋友》上也发表过一些儿歌。黎锦晖注重从民间传统儿歌中汲取营养，注入新的时代气息，作品风趣幽默，灵活机巧。如发表在《小朋友》第 70 期（1923 年）上长达 32 行的《国货打胜仗》，作者模仿江苏儿歌《一园青菜成了精》的格调，用拟人手法巧妙地把中、日两国的各类货物名称嵌入儿歌，描写了一场国货反击日货并大获全胜的斗争。这是一篇对小朋友进行爱国主义教育的形象教材，是 20 世纪 20 年代儿歌创作中不可多得的精品。

　　幼儿教育是育人、立人的关键性开端，幼儿文学不但是启蒙的文学，同时也包括了儿童文学最丰富的技巧，因而幼儿文学最难写。文学研究会作家却有童心似火烈，他们的创作是中国现代幼儿文学的第一批艺术成果，尤其是郑振铎的图画故事开了幼儿文学创作的先河，在现代儿童文学史上占有重要的地位。

第八章 文学研究会儿童文学创作的特色

如上所述，本章试就童话、儿童诗、儿童小说、儿童散文、儿童戏剧、幼儿文学等六个方面，对文学研究会的儿童文学创作做了一个系统的评述，从中可以看到文研会作家在儿童文学创作方面的辛劳踪迹与累累硕果。可以毫不含糊地说，正是这一群团结在文学研究会旗帜下的作家们切切实实的努力，促成了五四以后中国儿童文学创作的第一个高潮，并造就了中国儿童文学史上的第一批原创作家队伍。

文研会是一个有着明确文学思想的社团。"为人生"的文学主张，"写实主义"的创作方法，加上对传统遗产的开发和对外国儿童文学的借鉴，使文研会诸作家的儿童文学创作形成了大体一致的流派风格，有着自己鲜明的特色。

第一节　直面人生，立足现实，
坚持现实主义的创作道路

　　儿童文学是文学的一个独立组成部分，它的性质、作用、发展规律与整个文学具有一致性，有着不可分割的必然联系。文研会的儿童文学创作是这个社团整个文学创作的一个独立组成部分，他们在儿童文学方面的创作思想、创作方法必然受到整个文学的创作思想（"为人生而艺术"）、创作方法（"写实主义"）的制约，有着与之完全一致的共同性——始终一贯地遵循着"为人生"并"改良这人生"的文学主张，遵循着"写实主义"即现实主义的创作方法。文研会作家普遍关心社会问题，探讨人生的意义，深深地同情被压迫阶级及其年幼一代的不幸与苦难。他们清醒地看到处在风雨如晦的时代里，社会"需要血的文学和泪的文学似乎要比'雍容尔雅''吟风啸月'的作品甚些"①；看到"在成人的灰色云雾里，想重现儿童的天真，写儿童的超越一切的心理，几乎是个不可能的企图"②。正是这种清醒的现实主义，使他们的儿童文学创作摒弃了那种只是依靠离奇古怪、虚无缥缈的梦幻神奇手法吸引小读者的浪漫主义，不约而同地走上了现实主义道路，立足人生，拥抱现实，把人间百态引进他们的创作视野。也正是这种清醒的现实主义，使他们的作品容纳了丰富的社会生活主题，反映了广阔而复杂的社会生活画面，成了引导当时的少年儿童认识社会、走

---

① 郑振铎：《血和泪的文学》，《文学旬刊》1921 年 6 月 30 日第 6 期。
② 郑振铎：《〈稻草人〉序》，《文学周报》1923 年 10 月 15 日第 92 期。另见郑振铎著，郑尔康、盛巽昌编《郑振铎和儿童文学》，少年儿童出版社 1982 年版，第 32 页。

向人生的形象教材，也成了以后的小读者了解旧中国的历史特点和社会状况的珍贵读物。这是文研会儿童文学创作的一个重要特点，也是中国现代儿童文学与古代儿童文学的一个重要区别。当然，从文研会成员个人来说，他们迈进现实主义的儿童文学创作道路的步调不可能完全一致，有的从一开始就坚持现实主义；有的先是神游于梦幻世界，而后很快走向现实主义道路；也有的则是通过对童心美的热烈讴歌来曲折地表达对病态社会的不满。虽然他们对社会问题的看法和对现实主义追求的深度并不一致，但他们对当时黑暗社会所做的揭露和抨击，对劳苦大众及年幼一代的深切关注与同情，对儿童文学"要能给儿童认识人生"的教育作用的看法则是大体一致的。从总的创作倾向来看，文研会的儿童文学是写实多于幻想，"哭泣多于笑语"[1]，他们紧紧拥抱着现实人生，甚少神游于浪漫主义的梦幻天国。

第二节　注重儿童文学的社会批评和教育意义

文研会作家突破了西方儿童文学"不写王子，便写公主"的传统模式，在他们的笔下，几乎看不到神仙、精怪、王子、公主等传统人物形象与法宝、魔术等常用道具，而代之以写现实社会的真人、真事、真生活。他们摒弃了西方儿童文学津津乐道的"折光反射"手法（即通过幻想的形式曲折地反映现实），而更倾向于大刀阔斧地把现实送给儿童，"把成人的悲哀显示给儿童"，让儿童直接从对现实生活的描写中得到启迪与教益，赋予作品深刻的社会批评和认识意义。例如：

①《文学研究会丛书缘起》，《东方杂志》1921 年 6 月 10 日第 18 卷第 11 号。

《稻草人》反映的是 20 世纪 20 年代破产农民的悲惨遭遇，《湖畔儿语》借一个儿童的家庭悲剧来揭示整个城市贫民的苦难命运，《两个小学生》倾诉反动政府镇压学生运动的罪恶，《在摇篮里》揭露兵匪骚扰带给人们的祸害，《学徒苦》描写的是在社会底层挣扎的年幼一代……这些作品深深地根植于现实生活，从不同的侧面揭露和批判了当时的社会制度、社会罪恶，表现了对生活鲜明的爱憎，有着深刻的认识意义和教育意义。

第三节 遵从儿童文学的特殊性，注重作品的儿童化特色

主要体现在以下几个方面。

第一，广阔多样的题材。

儿童文学要向小读者打开通向未知世界的窗口，引导他们去认识广阔而复杂的社会，这就要求作品题材多样化。文研会的儿童文学创作十分注意这一点。丰富复杂的人间百态，形形色色的各类人物，全都成了他们描写的对象。他们的作品既写了儿童世界的童心妙趣，又写了成人生活的喜怒哀乐；既写了底层人民的苦难与呼号，也写了上层社会的腐朽与黑幕；既写了耳闻目睹的现实人生，也写了童话世界的幻想奇境……天上地下，城市农村，社会人生，过去现在，都进入了他们的创作视野。题材的广阔性、多样性，为孩子们提供了认识社会、认识世界的广阔天地，极大地开阔了他们的视野，充实了他们的精神。

第二，引人入胜的魅力。

儿童的注意力不容易集中，更不容易持久，这就要求儿童文学必须具有引人入胜的艺术魅力，用以吸引小读者。所谓引人入胜，并非只是情节内容曲折离奇，它更需要作品具有充沛的感情、浓郁的情趣、丰富的想象、紧凑的结构与多样化的手法。感情贫乏、内容干瘪、结构松散、手法单调，都是儿童文学的大忌。文研会的作品大多感情充沛、想象丰富、内容生动、结构紧凑、手法多变，容易抓住小读者的心。如叶圣陶笔下的三段式描写（《稻草人》《跛乞丐》等），郑振铎笔下的故事套故事（《河马幼稚园》），冰心笔下炽烈如火的感情（《寄小读者》），俞平伯笔下的浓郁情趣（《忆》），黎锦晖笔下的丰富想象（《月明之夜》等）……这些作品情致动人，富于艺术魅力，紧紧地吸引着小读者，也使"大读者"爱不释手。

第三，深入浅出的语言。

少年儿童尤其是幼儿，由于识字不多，涉世不深，知识水平与理解能力有限，因此供给他们欣赏的文学作品需要采用深入浅出、通俗易懂而又不失语法规范的语言。文研会作家比较注意语言的锤炼，他们的作品既无洋腔洋调的欧化句式，也无搅七捻三的文言词语，同时也不模仿奶声奶气的小儿腔。他们采用的是活在人民口头的民族语言，符合语法规范的文学语言，适合儿童特点的通俗语言。这是多数作家的共同特色，同时作家们又各具个性，如冰心、王统照以优美清丽取胜，叶圣陶、郑振铎以朴实明快见长，俞平伯谨严洗练，丰子恺婉约动人，刘大白、刘半农有意采用民间俚语，等等。

第四，多样化的体裁。

给儿童吃的食物，如果品种单调，他们就会营养不良；给儿童看的读物，如果体裁单一，他们就会兴味索然。儿童文学的文学样式应当丰富多样，满足不同年龄、不同爱好的小读者的需要。文研会作家在儿童文学样式方面做出了许多开创性贡献。正是由于他们的合力开拓，才使现代儿童文学建立起了比较完善的艺术童话、儿童诗、儿童散文、儿童小说、儿童戏剧、幼儿文学等文体样式。除了这几种大的门类以外，他们还创制了一些特殊品种，如：供给幼儿欣赏的图画故事；儿童诗又细分出童话诗、散文诗、游戏诗、小诗等；在儿童戏剧方面，则有儿童歌舞剧、儿童诗剧、童话剧等。

应当指出的是，文研会作家的儿童文学创作也存在需要克服的不足与发展空间。比较突出的问题是有的作品成人化气息比较明显。由于强调表现人生，主张"把成人的悲哀显示给儿童"，这就使得有些作品对儿童的生活经验和理解能力把握不准，有的作品太重实感而不重想象，对儿童的欣赏情趣不够重视，也有的作品在思想和文字上似乎显得略为深奥一些。例如，茅盾在 1934 年写的《冰心论》中就做过这样的批评："指名是给小朋友的《寄小读者》和《山中杂记》，实在是要'少年老成'的小孩子或者'犹有童心'的'大孩子'方才读去有味儿。在这里，我们又觉得冰心女士又以她的小范围的标准去衡量一般的小孩子。"由于冰心拿自己的三位小弟弟及其周围十几位少年朋友的理解能力和阅读水平去衡量一般小读者，致使有些片段在思想和文字上都略为深奥了一些。毕竟儿童文学的最终价值要通过孩子们的理解与接受才能实现。这说明，现代儿童文学在如何紧贴童心、走进儿童精神世界方面，还有很长的路要走。

第九章 『为人生』的儿童文学理论

　　文学研究会是一个有着自己的明确文艺思想的社团，他们反对"将文艺当作高兴时的游戏或失意时的消遣"，极力宣传文学"是于人生很切要的一种工作"，[①] 文学要为人生、写人生，"着眼于文艺，托命于人生"[②]。"为人生"的文艺思想决定了这个社团关心人类的未来、民族的希望——少年儿童，关心深刻影响少年儿童成长的精神食粮——儿童文学的必然性；"为人生"的文艺思想也正是他们从事儿童文学的出发点与建设儿童文学理论的思想准绳。

　　文研会作家群在切切实实地培育儿童文学的进程中，不断探索着建设具有中国特色的现代化的儿童文学的一些基本问题，逐步形成了自成体系的儿童文学观。这既是他们根据历史和现状对振兴中国儿童文学做出的深刻思考与独特见解，也是他们为拓展具有中国特色的现

---

①《文学研究会宣言》，《小说月报》1921 年 1 月 10 日第 12 卷第 1 号。
② 叶圣陶：《文艺谈·六》，《晨报》副刊 1921 年 3 月 16 日。

代化的儿童文学的理论纲领与努力目标。当然,这个社团并没有严格规定须共同遵奉的文学理论,对其成员个人的创作与评论,也从未加以任何的限制,而是给予了很大的创作空间。但他们在对待儿童文学的基本原则上,却有着一致之处,在为人生、为儿童的旗帜下,形成了一支具有明确的理论思想与建设方向的儿童文学队伍。

文研会的儿童文学理论内容丰富,涉及面广,大致说来,主要有以下几个方面。

第一节 大力提高儿童与儿童文学的地位

在儿童未被发现、儿童的独立人格与社会地位不被重视的情况下,为儿童服务的文学必然遭到漠视,得不到应有的发展。历史的经验启示了文研会作家:要振兴中国的儿童文学,首先必须扫清障碍,批判虐杀儿童精神、禁锢儿童文学发展的封建"习惯制度",大力提高儿童的社会地位,提高儿童文学的文学地位,唤起全社会都来关心儿童、重视儿童文学。这是文研会儿童文学理论的一个重要内容,也是为在五四时期刚刚起步的现代儿童文学拓展宽阔大道所必须首要解决的重要课题。20世纪20年代初期,文研会作家曾为此做出了种种努力。

1920年10月底,正当文研会开始酝酿筹备之际,这个社团的发起人之一和《文学研究会宣言》的起草者周作人,就在北京孔德学校演讲了《儿童的文学》,讲稿经修改后刊布在同年12月的《新青年》上。这是现代中国最早的一篇系统提出儿童文学见解的文章。众所周知，早年的周作人曾是五四文学革命运动的一员骁将，他的文学评论在当时引人瞩目，颇具影响。1918 年 12 月发表的《人的文学》、1920 年 12 月发表《儿童的文学》、1923 年发表的《儿童的书》和《关于儿童的书》等文章，都彰显出周作人对儿童教育与儿童文学的崭新的见解。

他较早提出了妇女和儿童的人格独立问题："古来女人的位置，不过是男子的器具与奴隶。中古时代，教会里还曾讨论女子有无灵魂，算不算得一个人呢，小儿也只是父母的所有品，又不认他是一个未长成的人，却当他作具体而微的成人，因此又不知演了多少家庭的与教育的悲剧。"他指责那种"将子女当作所有品，牛马一般养育，以为养大以后，可以随便吃他骑他"的封建父权思想是"退化的谬误思想"，强调亲子之爱，认为应当建立"父母爱重子女，子女爱敬父母"的新型关系，彻底抛弃"郭巨埋儿"式的封建"孝道"。[1]周作人的这些观点是他根据当时中国的状况所做出的独特思考与见解，他已明确地意识到儿童还没进入根据人道主义确立起来的"人"的行列。他提出："我们对于教育的希望是把儿童养成一个正当的'人'"[2]，凡是"违反人性"的虐杀儿童精神的"习惯制度"都应加以"排斥"。他抨击封建教育对儿童精神上的束缚与虐杀，"中国向来对于儿童，没有正当的理解"，"不是将他当作缩小的成人，拿'圣经贤传'尽量的灌下去，便将他看作不完全的小人，说小孩懂得甚么，一笔抹杀，不去理他"。他强调必须尊重儿童的社会地位与独立人格，"儿童在生理心理

---

[1] 周作人:《人的文学》，《新青年》1918 年 12 月第 5 卷第 6 期。
[2] 周作人:《关于儿童的书》，载周作人《谈虎集（下卷）》北新书局 1934 年版。另见《周作人自编文集·谈虎集》，止庵校订，河北教育出版社 2002 年版，第 297 页。

上，虽然和大人有点不同，但他仍是完全的个人，有他自己的内外两面的生活"；"儿童教育，是应当依了他内外两面的生活的需要，适如其分的供给他，使他生活满足丰富"，既要"承认儿童有独立的生活，就是说他们内面的生活与大人不同，我们应当客观地理解他们，并加以相当的尊重"，又要"知道儿童的生活，是转变的生长的"，要用发展的眼光看待儿童。[①]应当指出，周作人的以上见解，实际上是其"人的文学"即人本位主义文艺观的延续与生发，其主要矛头是指向封建旧制度、旧礼教对于未被发现的人——儿童精神的虐杀与压抑，其实践作用的主导方面在当时无疑是积极的。但另一方面，周作人的儿童文学观与其人本位主义文艺观一样，把人们的注意力由现实的民族的阶级的解放，引向抽象的"人"的解放。他把儿童生活臆想成一个与外界无涉的独立王国，用西方人类学派的"复演说"来理解儿童世界，这就必然导致他从一开始就否认儿童文学的教育作用，表现出明显的局限性（此点将在下文再述）。

五四时期，文研会作家是把儿童文学问题当作一个社会问题提出来的，并把培育儿童文学看作是新文化运动战士的天职。1921年3月，文研会刚刚成立两个月，该会的发起人之一叶圣陶就在《晨报》副刊发表的《文艺谈》中大声呼吁：新文化战士应当"为最可宝爱的后来者着想，为将来的世界着想，赶紧创作适于儿童的文艺品"，这是新文学面临的"重要事件之一"，"这也是伟大的事业啊"！他用自己当小学教师的切身体验，反复强调儿童对于文学作品饥渴的需求，激烈抨击封建旧文学对儿童文学的束缚与压抑，致使教师"欲选没有缺憾

---

① 周作人：《儿童的文学》，《新青年》1920年12月第8卷第4号。另见《周作人自编文集·儿童文学小论》，止庵校订，河北教育出版社2002年版，第38页。

而也可以使他们（指儿童）欣赏的文艺品，竟不可得"，他认为向少年儿童提供新的文艺品已是刻不容缓的事了。

为后来者着想，为将来的世界着想，这与文研会"为人生而艺术"的思想是完全一致的。正是这种明确的文学方向与强烈的社会责任感，把他们推上了拓展现代儿童文学的光荣道路。同年 7 月，文研会的另一位成员严既澄，在上海国语讲习所向来自全国各地的进修教师发表了《儿童文学在儿童教育上之价值》的演讲。他在回顾了近代西方先进的儿童教育观对中国的影响之后，说："从前不承认儿童生活是独立的，而以为他只是成人的预备；现在知道儿童的生活，也是独立的了……一个人方在儿童时期，而先教他做壮年的预备，勉强拿成人的见解来逼他受教，这岂不是破坏了儿童时代的生活了么？"因此，从科学的儿童观出发，儿童教育必须"要顾全儿童的时期，用适当的教材，来谋他内部的发展"，废止那种与儿童精神严重脱节的封建主义的"传道统"的旧读物，代之以"适于儿童"的新儿童文学。他提出，"儿童文学，就是专为儿童用的文学"，是"能唤起儿童的兴趣和想象的东西"；并认为"人生在小学的时期内，他的内部生命，对于现世，都没有什么重要的要求，只有儿童的文学，是这时期内最不可缺的精神上的食料"，因此"真正的儿童教育，应当首先着重这儿童文学"。严既澄的这番演讲发表在同年 11 月的《教育杂志》上，对于当时敦促学校教育重视儿童文学起了积极的作用。

时隔一年，1922 年 9 月，文研会中心人物之一郑振铎在浙江宁波暑假教师讲习所上演讲了《儿童文学的教授法》，对儿童文学的性质、作用、特点、原则等做了全面的论述，热情鼓吹教师们都来宣传、讲授儿童文学。他认为"文学是普遍的，成人和小孩子都有这种需求，不过儿童期似乎更需要些"。儿童文学对儿童有着三方面的作用：一是满足儿童对文学的需要；二是可做教育儿童的工具；三是使儿童得到文字的进步。他特别强调儿童文学应当与社会、与教育密切结合，提出"儿童文学为传达道德训条和儿童期必要智识的最好的工具"。

　　文研会成立之初，为振兴中国的儿童文学，该社团的很多作家曾就如何建设新的儿童文学进行了广泛的讨论，提出了许多新鲜见解。叶圣陶强调创作儿童文学的极端重要性与紧迫性，多次号召新文化战士要"赶紧创作"文学，"我们最当注意的还要数到儿童"[1]，"文艺家有个未开拓的世界而又是最灵妙的世界，就是童心。儿童不能自为抒写，文艺家观察其内在的生命而表现之"[2]。他对儿童文学创作提出了这样的要求："创作这等文艺品，一、应当将眼光放远一程，二、对准儿童内发的感情而为之响应，使益丰富而纯美。"周作人认为从事儿童文学的人应当是"对儿童有爱与理解的人"，富于温柔性格的知识妇女"最为适宜"。[3]他还提出了建设儿童文学的具体途径，"收集各地歌谣故事，修订古书里的材料，翻译外国的著作"，既要有"用了优美的装帧"与"插画"专供儿童阅读的读物，也要有供家庭、学校教育儿童所用的书籍。[4]"儿童同成人一样的需要文艺，而自己不能造作，不得

① 叶圣陶：《文艺谈·三十九》，《晨报》副刊 1921 年 6 月 24 日。
② 叶圣陶：《文艺谈·十》，《晨报》副刊 1921 年 3 月 26 日。另见《叶圣陶论创作》，上海文艺出版社 1982 年版，第 20 页。
③ 周作人：《儿童的书》，《文学旬刊》1923 年 6 月 21 日第 3 号。另见周作人《儿童文学小论》，上海儿童书局 1932 年版。又见《周作人自编文集·儿童文学小论》，止庵校订，河北教育出版社 2002 年版，第 57 页。
④ 周作人：《儿童的文学》，《新青年》1920 年 12 月第 8 卷第 4 号。另见《周作人自编文集·儿童文学小论》，止庵校订，河北教育出版社 2002 年版，第 38 页。

不要求成人的供给。"① 因此，"即使我们已尽了对于一切的义务，然而其中最大的——对于儿童的义务还未曾尽，我们不能不担受了人世一切的苦辛，来给小孩们讲笑话"②。创办《儿童世界》的郑振铎，以其丰富的编辑经验告诉人们：儿童文学"要注意儿童的趣味和嗜好"，"儿童所喜欢的材料，不妨加入，不喜欢的地方，不妨减去"。③

在 20 世纪 20 年代初风雨如晦的动荡年代，面对着一片极少有人垦殖的如荒漠一般的儿童文学领域，文研会作家能够较早出来大力鼓吹提高儿童的社会地位，热情倡导"为儿童的文学"，其精神确是难能可贵。他们的工作有力地配合了鲁迅"救救孩子"的呐喊，顺应了反封建的五四时代精神，使儿童与儿童文学越来越受到全社会的关心与重视。

第二节　强调尊重儿童文学的特殊规律

如果说，提高儿童文学的地位是现代儿童文学初创时期必须解决的第一要紧的课题，那么，随着儿童文学的重要性逐渐被人们所了解和认识，探讨儿童年龄特征与儿童文学的特殊性就成了必须随之解决的另一重要课题。高尔基在《儿童文学主题论》中指出："有志于儿童

---

① 周作人：《儿童的书》，《文学旬刊》1923 年 6 月 21 日第 3 号。另见周作人《儿童文学小论》，上海儿童书局 1932 年版。又见《周作人自编文集·儿童文学小论》，止庵校订，河北教育出版社 2002 年版，第 57 页。

② 周作人：《〈土之盘筵〉小引》，《晨报》副刊 1923 年 7 月 24 日。

③ 郑振铎：《儿童文学的教授法》，宁波《时事公报》1922 年 8 月 10—12 日。参见金燕玉等《郑振铎〈儿童文学的教授法〉考评》，《福建论坛》1984 年第 2 期。

文学的作家必须考虑到读者年龄的一切特点。违背这些特点，他的著作就会成为没有对象的、对儿童和大人都无用的东西。"文研会作家群在这方面进行了长期不懈的探索，提出了尊重儿童文学特殊性的一系列深刻见解。

一、"儿童看的书，与成人看的不同。"（郑振铎语）

儿童文学，这本身就是一个强烈地意识到自己的服务对象（儿童）与服务对象特点（儿童特点）的概念，说到底就是为儿童服务的文学。它之所以要从文学中独立出来，自成一系，就是为了更好地适应和满足自己的服务对象——少年儿童的年龄特征与欣赏情趣。本书第一章指出，在隋唐以后科举盛行的时代，所谓儿童读物，大多以成人心理代替儿童心理，有不少是货真价实的成人读物，有的甚至是连成人也不易读懂的读物，如"四书"、"五经"、"史鉴"、《圣谕广训》之类。即使是那些较为通俗的读物，如《千家诗》《神童诗》等，其中的不少内容也远离儿童特点，窒息儿童的想象世界。

郑振铎尖锐地批评说："那里面充满了浅薄的悲观的作品，像'人乞祭余骄妾妇，士甘焚死不封侯''人生有酒须当醉，一滴何曾到九泉'，岂是给蒙童们诵读的东西？"用"修身，齐家，治国，平天下"的"圣贤大道理"与"莫测高深的道学家的哲学和人生观，来统辖茫无所知的儿童"，其结果，只能使儿童"在不知不觉之间，逐渐的丧失了自己，丧失了人性"，成为"少年老成"的"早熟半僵的果子"，扼杀年幼一代的身心发展。[1]这种状况即使在五四前后，也还没有改变。例如，商务印书馆印行的"少年丛书"中就有不少大谈帝王

---

① 郑振铎:《中国儿童读物的分析》,《文学》1936 年 7 月第 7 卷第 1 号。

将相的名利史，中华书局出版的儿童"小小说"一百种，内容全是从古典传统的"说部里取来，像历史、故事、滑稽、神怪、义侠无一不有"①，但却缺少契合儿童特点与时代精神的读物，很难分清它们是给什么年龄的读者看的。郑振铎指出："儿童的'读物'和成人的读物并不会是完全相同的。把成人的'读物'全盘的喂给了儿童，那是不合理的；即把它们'缩小'了给儿童，也还是不合理的。"因为"儿童并不是'缩小'的成人"。供给儿童的读物，必须"适合于儿童的年龄与智慧，情绪的发展的程序"。②儿童有儿童自身的特点，儿童文学也应当有适合于儿童自身特点的特点，"儿童看的书，与成人看的不同"③。否则，就好像"把成人的衣冠，缩小尺寸给儿童穿着，那是怪可怕的不调和"④。郑振铎在《儿童文学的教授法》中最早给儿童文学下了明确的定义："儿童文学是儿童的——便是以儿童为本位，儿童所喜看所能看的文学。"强调儿童文学以儿童为本位，即以儿童为中心、服务儿童，强调儿童文学必须注重儿童的欣赏情趣（儿童所喜看），注重儿童的阅读理解能力（儿童所能看），把儿童读物与成人读物区别开来，把儿童文学从一般文学中独立出来，这实在是一件极其重要的事。否则，就会分不清读者对象，看不到儿童文学服务对象的特殊性及对文学的特殊要求，"就会成为没有对象的、对儿童和大人都无用的东西"。

二、"迎合儿童心理供给他们文艺作品。"（周作人语）

儿童文学之所以有其自身的特殊性，这是由于不同年龄阶段的儿

①《儿童"小小说"》广告，《小朋友》第 516 期封底。
② 郑振铎：《儿童读物问题》，《大公报》1934 年 5 月 20 日。
③ 郑振铎：《复周得寿函》，《儿童世界》1922 年第 3 卷第 12 期。
④ 郑振铎：《儿童读物问题》，《大公报》1934 年 5 月 20 日。

童在生理、心理发展上各有其明显的特征，他们对文学也就有其特殊的要求。作家怎样才能创作出适合不同年龄阶段儿童的不同要求的作品？叶圣陶提出，要"对准儿童内发的感情而为之响应，使益丰富而纯美"[①]；郑振铎强调，"凡是儿童读物，必须以儿童为本位。要顺应了儿童的智慧和情绪的发展的程序而给他以最适当的读物。这个原则恐怕是打不破的"[②]；周作人认为，创作儿童文学"非熟通儿童心理者不能试，非自具儿童心理者不能善"[③]，要"本儿童心理发达之序，即以所固有之文学（儿歌童话等）为之解喻，所以启发其性灵，使顺应自然，发达具足，然后进以道德宗信深密之教"，总之"逆性之教育，非今日所宜有也"。[④] 以上三种不同的表述都强调了同一问题：儿童文学作家必须理解与尊重儿童年龄特征，"迎合儿童心理供给他们文艺作品"[⑤]。

郑振铎在《儿童文学的教授法》中，对儿童文学选择和讲授原则做过具体阐述。他认为，供给儿童阅读的"故事内容要切合一般儿童的心理需要和嗜好"，要多变化少描写，"句法和风格须美丽精密"，"描写宜要主要人物"，"动作要连续不断"，"不要带太凶恶太恐怖的色彩"，"取材须要庄严"，"内容要简单，要描'做'什么的事情"，"不妨于道德"，"要有美满的结果"，诗歌还要注意"一音调美，二字句美"。儿童戏剧除上述要求外，还应做到"一谈话要很普通，二须有儿童能

① 叶圣陶:《文艺谈·七》,《晨报》副刊 1921 年 3 月 20 日、21 日。
② 郑振铎:《儿童读物问题》,《大公报》1934 年 5 月 20 日。
③ 周作人:《童话略论》,《教育部编纂处月刊》1913 年 8 月第 1 卷第 7 期。另见周作人《儿童文学小论》,上海儿童书局 1932 年版。
④ 周作人:《童话研究》,《教育部编纂处月刊》1913 年 8 月第 1 卷第 7 期。另见周作人《儿童文学小论》,上海儿童书局 1932 年版。又见《周作人自编文集·儿童文学小论》,止庵校订,河北教育出版社 2002 年版,第 22 页。
⑤ 周作人:《儿童剧》,载周作人《自己的园地》,北新书局 1929 年版,第 133 页。

表演，语言、表情，要很简单"。周作人在《儿童的文学》中，也曾根据不同年龄阶段儿童的心理特征，详细探讨了适合于他们阅读的各类文体及其要求。他认为幼儿前期（3—6岁）需要的诗歌，"第一要注意的是声调，最好是用现有的儿歌"，寓言应重在"故事的内容"；"过于悲哀、苦痛、残酷"的童话，在这一时期"不宜采用"。幼儿后期（6—10岁）的诗歌"不只是形式重要，内容也很重要"，"要好听，还要有意思，有趣味"；由于这一时期"儿童辨别力渐强，对于现实与虚幻已经分出界限，所以童话里的想象也不可太与现实分离"；"儿童在这时期，好奇心很是旺盛，又对于牧畜及园艺极热心"，因此应向他们提供叙述"动物生活"的"天然故事"。少年时期（10—15岁）的孩子"对于普通的儿歌，大抵已经没有什么趣味了"，"奇异而有趣味的，或真切而合于人情的"传说故事，"都可采用"；"写实的故事"应注意"不要有玩世的口气，也不可有夸张或感伤为'杂剧的'气味"；这时期的寓言应"注意在意义，助成儿童理智的发达"；同时还应向他们提供可演可诵的儿童剧。郑振铎与周作人的以上见解，对当时的儿童文学创作无疑是有着启发意义的。

三、"儿童文艺里须含有儿童的想象和感情。"（叶圣陶语）

"中国向来缺少为儿童的文学。就是有了一点编纂的著述，也以教训为主，很少艺术的价值"[1]，漠视儿童的想象和感情。儿童天性快乐，富于幻想，他们的心里"无不有一种浓厚的感情燃烧似的倾露。他们对于文艺、文艺的灵魂——感情——极热望地要求，情愿相与融

---

[1] 周作人:《吕坤的〈演小儿语〉》，载周作人《儿童文学小论》，上海儿童书局1932年版。

和混合为一体"①。因此，写给儿童看的作品，如果只是居高临下地把儿童看作是消极的被动的接受者，耳提面命，板起面孔说教训诫，那只会使小读者目瞪口呆，适得其反。

曾经当过多年小学教师的叶圣陶对儿童的性情志趣与艺术要求有着深切的体会，他在《文艺谈》中反复强调："教训在教育上是一个愚笨寡效的法子，在文艺上也是一种不高明的手段"，"教训于儿童，冷酷而疏远。感情于儿童，则有共鸣似的作用"，因此，"儿童文艺里更须有一种质素，其作用和教训不同，就是感情"。叶圣陶还指出，儿童的想象力特别旺盛，他们"于幼小时候就陶醉于想象的世界，一事一物都认为有内在的生命，和自己有紧密的关联"。在儿童眼里，"星儿凝眸，可以为母亲的颈饰；月儿微笑，可以为玩耍的圆球；清风歌唱，娱人心魂；好花轻舞，招人作伴"。为了迎合儿童心理，丰富和发展他们的感情与想象，叶圣陶强调"儿童文艺里须含有儿童的想象和感情。而有神怪和教训的质素的，决不是真的儿童文艺。"②周作人对此问题也发表过类似的见解，他认为有两种倾向必须反对，"一是太教育的，即偏于教训；一是太艺术的，即偏于玄美"，这"两者都不对，因为他们不承认儿童的世界"。儿童文学应当注重儿童情趣，寓教于乐，作品的寓意"须得如做果汁冰酪一样，要把果子味混透在酪里，决不可只把一块果子皮放在上面就算了事"。③训诫、说教、感情枯燥、形象干瘪，都是儿童文学的大忌。

---

① 叶圣陶：《文艺谈·七》，《晨报》副刊 1921 年 3 月 20 日、21 日。
② 叶圣陶：《文艺谈·八》，《晨报》副刊 1921 年 3 月 22 日。
③ 周作人：《儿童的书》，《文学旬刊》1923 年 6 月 21 日第 3 号。另见周作人《儿童文学小论》，上海儿童书局 1932 年版。又见《周作人自编文集·儿童文学小论》，止庵校订，河北教育出版社 2002 年版，第 57 页。

文研会作家从为儿童服务的目的出发，强调儿童文学应尊重儿童的年龄特征，主张"对准儿童内发的感情而为之响应"，迎合儿童的想象世界与感情世界。这些见解在现代儿童文学的初创时期，对于纠正传统社会那种用成人心理取代儿童心理、只知教训儿童、否认儿童世界的存在等误区，无疑有着十分积极的意义。他们所强调的尊重儿童文学特殊规律的观点，同样是当代儿童文学创作的一个重要课题，值得借鉴与汲取。

第三节　坚持儿童文学"要能给儿童认识人生"的价值观

文研会在文学思想上明确地提出了"为人生而艺术"的主张，在文学创作中始终遵循着"写实主义"的原则，他们普遍关心社会问题，以敏锐的目光洞悉着严峻的人生；当他们把精力投注到儿童文学领域时，也就不可避免地要坚持"为人生"的主张。茅盾提出：儿童文学的重要作用就是"要能给儿童认识人生"[①]。直面人生，认识人生，反映人生，正是这种清醒的现实主义形成了文研会儿童文学理论的又一重要内容：坚持儿童文学帮助儿童认识人生的教育方向性，注重儿童文学的社会功利作用。文研会作家在这个问题上经历过深刻的思考，并出现了两种不同的思想倾向。

热爱人生，热爱生活，是文研会作家们一贯的思想。他们都是以

---

① 茅盾：《关于"儿童文学"》，《文学》1935 年 2 月第 4 卷第 2 号。另见《茅盾全集》第 22 卷，人民文学出版社 1993 年版，第 361 页。

一颗热爱儿童、关心儿童的温柔慈爱之心来从事儿童文学事业的。他们激烈抨击封建思想虐杀儿童精神的罪恶,鼓吹倡导为儿童服务的文学,注重儿童心理研究,提出要"对准儿童内发的感情"而为之创作,开发一切适合儿童阅读欣赏的文学样式,这一切,只有一个目的:"着眼于儿童,要给他们精美的营养料"。当他们开始为儿童创作时,无不怀着一颗温暖的童心,"梦想一个美丽的童话的人生,一个儿童的天真的国土"[①],把孩子们引导到理想的世界去。例如,叶圣陶早期的童话《小白船》《芳儿的梦》,冰心火一样炽烈、诗一样优美的散文《寄小读者》,俞平伯回忆童年生活的诗集《忆》,郑振铎轻松愉快的图画故事《河马幼稚园》等,都证明着他们对年幼一代亲切温柔的慈爱和对美好生活的追求。

但是,他们笔下的儿童固然获得了童话天国的愉悦,而现实中的儿童却是生活在长夜难明的人间。"现代的人受到种种的压迫与苦闷,强者呼号着反抗,弱者只能绝望地微喟",一方面"所有的人都是皮包着骨,脸上没有血色",受着剥削与压迫;另一方面却"还有许多人住在白石的宫里,夏天到海滨去看荡漾的碧波,冬天坐在窗前看飞舞的白雪",过着骄奢淫逸的生活。人世间到处有饥寒、苦难与不平等。自命"为人生"的文艺家,能够对这一切视而不见吗?能够不去表现人民的苦痛与呼号,不为民请命吗?"为人生"的思想使他们精神燃烧,"写实主义"使他们执着人生。于是,他们对安徒生的格言"人生是最美丽的童话"产生了怀疑。所谓"美丽的童话的人生"在哪里可以找到呢?现代的人世间,哪里可以实现"美丽的童话的人生"呢?

---

① 郑振铎:《〈稻草人〉序》,《文学周报》1923 年 10 月 15 日第 92 期。另见郑振铎著,郑尔康、盛巽昌编《郑振铎和儿童文学》,少年儿童出版社 1982 年版,第 32 页。

安徒生的话"在将来'地国'的乐园实现时，也许是确实的。但在现代的人间，这句话至少有两重错误：第一，现代的人生是最令人伤感的悲剧，而不是最美丽的童话；第二，最美丽的人生，即在童话里也不容易找到"。"现代的人受了种种的压迫与苦闷"，"如果更深邃地向人生的各方面看去，则几乎无处不现出悲惨的现象。"郑振铎认为，儿童不是生活在真空里，他们"需要知道人间社会的现状，正如需要知道地理和博物的知识一样，我们不必也不能有意地加以防阻"。他对叶圣陶《稻草人》后半部反映劳动人民苦难人生的现实主义童话极表赞许："我们看圣陶童话里的人生的历程，即可知现代的人生怎样地凄凉悲惨"，而"把成人的悲哀显示给儿童，可以说是应该的"。[①]

1923 年，当郑振铎在为《稻草人》作的序中写下这些话时，他无疑是带着辛酸的泪水。要"在成人的灰色云雾里，想重现儿童的天真，写儿童的超越一切的心理，几乎是个不可能的企图"，"那种最少数的美丽的生活，在童话里所表现的，也并不存在于人世间，却存在于虫的世界，花的地界里"，这是一个"多么冷酷而悲惨"的事实呀！郑振铎的这些见解说明了这样一个现象："为人生"的文研会从此将"带着极深挚的成人的悲哀与极惨切的失望的呼声"，"将成人的悲哀显示给儿童"，把现实的人生、血泪的人生反映在儿童文学中。叶圣陶通过童话中鲤鱼之口，发出了咒诅的呼声："我们起先颂美世界，说他满载着真的快乐。现在懂了，他实在包含着悲哀和苦痛，我们应当咒诅呵！""咒诅那些强盗，更咒诅……有那些强盗的世界！"（《鲤鱼的遇险》）郑振铎、叶圣陶的思考与呼吁概括了文研会儿童文学理论的一

---

① 郑振铎：《〈稻草人〉序》，《文学周报》1923 年 10 月 15 日第 92 期。另见郑振铎著，郑尔康、盛巽昌编《郑振铎和儿童文学》，少年儿童出版社 1982 年版，第 32 页。

个极为重要的观点与发展倾向：儿童文学与成人文学一样地应当直面人生，"为人生"并且要"改良这人生"，追求人生的美丽理想；儿童文学"要能给儿童认识人生"，与时代的脉搏和人民的感情息息相通，注重社会批评和教育意义。

正是在对儿童文学的教育作用与社会功利性的认识上，文研会作家中出现了两种不同的倾向，并且随着社会形势的发展变化，随着文研会在大革命失败后的逐渐分化、解体，这种分歧也越来越大。以郑振铎、叶圣陶、茅盾为代表的"人生派"，用自己的理论主张和创作实践始终坚持着文学为人生、写人生的观点，并最终把儿童文学引向了与整个新文学的发展主流步调一致的现实主义道路。而周作人则处于与之对立的一面，提出了不同的主张。周作人的儿童文学观受到过杜威（1859—1957）"儿童本位论"的深刻影响，这就是片面强调儿童心理个性，强调儿童文学"务在顺应自然"，"儿童的文学只是儿童本位的，此外更没有什么标准"。[①]应当指出，在五四时期的中国社会，"儿童本位论"的出现是有其积极意义的，它强调尊重儿童的心理个性，提高儿童的社会地位，按照儿童年龄的心理发展特征实施教育，这对于数千年来极端漠视儿童、虐杀儿童精神的封建旧制度、旧教育无疑是一个有力的批判。"儿童本位论"改变了人们的儿童观，使人们对儿童生活的认识向科学大大迈进了一步。早期儿童文学的倡导者鲁迅、郭沫若、郑振铎等，也正是在这个意义上对"儿童本位论"做出过某些肯定的评价。但是，周作人从一开始接受"儿童本位论"，就带有

---

① 周作人:《儿童的书》,《文学旬刊》1923 年 6 月 21 日第 3 号。另见周作人《儿童文学小论》,上海儿童书局 1932 年版。又见《周作人自编文集·儿童文学小论》,止庵校订,河北教育出版社 2002 年版,第 57 页。

很大的片面性。如前所述，这种片面性表现在，他只将儿童理解成生物性的人，把儿童生活臆想成一个与外界无涉的独立王国，割裂了儿童生活与社会生活的联系。由此出发，他反对儿童文学对儿童的教育作用与社会功利作用。这种观点在他 1920 年发表的《儿童的文学》中就已经有所流露。他说："在诗歌里鼓吹合群，在故事里提倡爱国，专为将来设想，不顾现在儿童生活的需要的办法，也不免浪费了儿童的时间，缺损了儿童的生活。"五四运动退潮以后，周作人的思想逐步停顿、后退，他的文学主张也逐步背叛了自己原先的观点，否认文学的社会作用，提倡性灵、趣味、闲适以至文学无用论。他公开宣称："有益社会"并非"著者的义务"，"文艺只是自己的表现"，文学的作用仅仅在于使自己得到满足，并"供有艺术趣味的人的欣赏"。[①] 为此，他更加反对儿童文学的社会功利性。当《小朋友》第 7 期（1923 年）出专号提倡国货时，他直言不讳地宣布："我很反对学校把政治上的偏见注入小学儿童，我更反对儿童文学的书报也来提倡这些事。……这些既非儿童的复非文学的东西在什么地方有给小朋友看的价值。"[②] 凡此种种，无不反映了周作人思想上的严重弱点。随着阶级斗争的日益激烈和民族矛盾的日益严重，周作人的弱点也不断膨胀，因而他在 20世纪 30 年代发展成为"帮闲文人"，并在抗日战争爆发后堕落成为丧失民族气节的罪人。周作人儿童文学观中的消极因素，显然是与现实主义的儿童文学发展方向背道而驰的。这就自然遭到了提倡"血与泪的文学"与"为人生而艺术"的鲁迅、茅盾、郑振铎、叶圣陶等一大

① 周作人：《教训之无用》，载周作人《雨天的书》，北新书局 1931 年版，第 171 页。
② 周作人：《关于儿童的书》，载周作人《谈虎集（下卷）》北新书局 1934 年版。另见《周作人自编文集·谈虎集》，止庵校订，河北教育出版社 2002 年版，第 297 页。

批热心儿童文学的作家的批评，他们在二三十年代都曾以各自的理论主张或创作实践，从不同角度反对、消除周作人的消极影响，从而保证了中国现代儿童文学沿着现实主义的方向前进。

这里，有必要介绍一下茅盾在20世纪30年代前期提出的新儿童文学观。作为文研会的文学理论家和批评家的茅盾，他在20年代的主要精力集中在成人文学的理论建设和编辑、翻译工作上，对儿童文学的看法，主要是在30年代前期提出来的。虽然当时文研会已经消亡，但茅盾的这些意见与文研会的整个儿童文学观完全是一脉相承的，应当看作是"为人生"的儿童文学理论在新的历史时期的延伸与发展。从1932年到1936年，茅盾接连发表了《关于儿童文学》《再谈儿童文学》《书报述评·几本儿童杂志》等13篇儿童文学论文。他从"怎样的精神食粮才能适合于儿童的健康发展"的高度出发，系统地阐明了儿童文学的使命、功能、特征，明确提出儿童文学的使命"是教训儿童的"，"给儿童们'到生活之路'的，帮助儿童们选择职业的，发展儿童们的趣味和志向的"。这种新儿童文学"必须是很有价值的文艺的作品"，它应当注重对儿童进行思想、认识和审美教育，"要能给儿童认识人生"，"构成了他将来做一个怎样的人的观念"，引导儿童"到生活之路去"；[1]"应当助长儿童本性上的美质——天真纯洁，爱护动物，憎恨强暴与同情弱小，爱美爱真"[2]。他还十分强调儿童文学必须契合时代精神，批评商务印书馆的《少年杂志》"大多数不合于现代思潮"[3]，提出儿童文学的内容"千万请少用些舶来品的王子，公主，仙

---

① 茅盾:《关于"儿童文学"》，《文学》1935年2月第4卷第2号。另见《茅盾全集》第22卷，人民文学出版社1993年版，第361页。
② 茅盾:《再谈儿童文学》，《文学》1936年1月第6卷第1号。
③ 茅盾:《对于〈小学生文库〉的希望》，《申报·自由谈》1933年10月13日。

人，魔杖，——或者用什么国货的吕纯阳的点石成金的指头，和什么吃了女贞子会遍体长毛，身轻如燕，吃了黄精会终年不饿长生不老"之类的热昏的胡话，而应当"吹进了现代的新空气，使成为我们现代合用的新东西"。① 很显然，茅盾所提出的新型儿童文学已经是社会主义儿童文学的雏形，在理论上把文研会坚持的帮助儿童认识人生的儿童文学观向前推进了一大步，因而理所当然地在 30 年代成为发展新时期儿童文学的重要纲领。

综观文研会的儿童文学理论，可以发现，文研会作家是真正地关心儿童、热心儿童文学，并真正地懂得儿童文学的。他们的"心里无不有一种浓厚的感情燃烧似的倾露"，他们要把阳光和鲜花，把绵绵的暖意和深深的慈爱带给儿童。正是这种满腔热情地为儿童服务的精神，才使他们在 20 世纪初风雨如晦的动荡年代里，在一片荒漠之中，勇敢地肩负起拓展现代儿童文学建设的"崇高的使命"。文研会作家从"着眼于儿童，要给他们精美的营养料"的目的出发，全面系统地论述了儿童文学问题，对中国儿童文学理论体系的建立起了重要的开拓与奠基作用。他们关于提高儿童和儿童文学的地位，关于尊重儿童文学的特殊规律，关于注重儿童文学传统遗产的开发研究，关于坚持儿童文学"要能给儿童认识人生"的教育作用和社会作用等观点，对现代儿童文学的建设和发展起了重大的促进作用。文研会的儿童文学理论是中国现代儿童文学初创时期的重要理论收获，它奠定的儿童文学建设思想，尤其是儿童文学"要能给儿童认识人生"的观点，影响了整整一部现代儿童文学史。

① 茅盾：《关于"儿童文学"》，《文学》1935 年 2 月第 4 卷第 2 号。另见《茅盾全集》第 22 卷，人民文学出版社 1993 年版，第 361 页。

第十章　文学研究会儿童文学的翻译实绩与影响

文学研究会十分重视外国文学的译介与研究，在《文学研究会简章》里就确定"研究介绍世界文学"为其宗旨之一。它始终作为一个既是"作者"又是"译者"的文学社团活跃在新文学阵地，始终从翻译和创作这两个互为影响的环节推动着新文学发展。在儿童文学的建设方面也是如此。他们立足于洋为中用，目光四射，大胆"拿来"，十分重视外国儿童文学的翻译介绍。郑振铎1922年7月为《儿童世界》写的《第三卷的本志》中的一段话，最能概括当年文研会同人译介外国儿童文学的目的与态度："一切世界各国里的儿童文学的材料，如果是适合于中国儿童的，我们却是要尽量的采用的。因为他们是'外国货'而不用，这完全是蒙昧无知的话。有许多许多儿童的读物，都是没有国界的。存了排斥'外国货'的心理去拒绝格林、安徒生的童话，是很可笑的，很有害的举动。我们希望社会上能够去除这个见解。"正是基于这样的认识，文研会不少作家既当作者又当译者，热情地把外国儿童文学翻译介绍给中国的小读者和中国的儿童文学界，在当时产生了广泛的影响。

第一节　翻译的实绩

文研会译介外国儿童文学的成就是非常可观的。据笔者初步统计，五四以来，经文研会成员之手翻译的外国儿童文学作品集就多达46种。大凡在中国现代儿童文学史上产生过重要影响的译作，绝大多数均是由他们翻译的，或最早登载在文研会编辑的刊物、丛书上。诸如:《安徒生童话全集》154篇，主要译者有赵景深、周作人、茅盾、郑振铎、胡愈之、徐调孚、高君箴、张近芬、傅东华等;《格林童话集》12册，赵景深译;《爱的教育》《续爱的教育》《幸福的船》，夏丏尊译;《列那狐的历史》《印度寓言》《莱森寓言》《高加索民间故事》，郑振铎译;《天鹅童话集》，郑振铎、高君箴合译;《孟加拉民间故事》，许地山译;《东方寓言集》，胡愈之译;《木偶奇遇记》，徐调孚译;《给海兰的童话》，王鲁彦译;《青鸟的故事》，胡仲持译;《纺轮的故事》(法国孟代童话)，张近芬译;《红萝卜须》(法国儿童小说)，黎烈文译;《青鸟》，傅东华译;《孤零少年》(又名《苦儿努力记》)、《童话读本》(日本芦谷村等的童话14篇)，徐蔚南译;《天真的沙珊》，高君箴译;《能言树》(意大利民间童话)，赵景深译;《土之盘筵》《儿童剧》，周作人译;《日本传说十种》《日本故事集》《罗马故事集》，谢六逸译;等等。特别应指出，鲁迅先生当年虽没正式参加文研会，但他曾为"文学研究会丛书"翻译了《爱罗先珂童话集》。除了上述翻译作品集之外，刊登在文研会编辑的《小说月报》《文学旬刊》《文学周报》《诗》月刊以及郑振铎主编的《儿童世界》和黎锦晖主编的《小朋友》等刊物上的外国儿童文学散篇译作，更是无以计数。几乎世界上所有著名的儿童文学作家，如安徒生、格林兄弟、王尔德、贝洛尔、科洛迪、亚米契斯、爱罗先珂、克雷洛夫、莱森、豪福、法布尔、梭罗古勃、陀罗雪维支、小川未明等，都经文研会成员的介绍，来到了中国孩子们的中间。

　　文研会译介的外国儿童文学作家作品之多，影响之大，在现代儿童文学史上是十分引人瞩目的，他们的工作对现代儿童文学的建设起到了非常积极的促进作用。限于篇幅，本书不可能对外国儿童文学诸作家作品的影响一一赘述，下面仅就《爱的教育》《列那狐的历史》与安徒生童话的影响力做点简要评述，以见一斑。

　　五四以来，最受孩子们欢迎的外国儿童文学译作当推夏丏尊翻译的意大利亚米契斯的儿童小说《爱的教育》。这是一部以温柔亲切的情调讴歌心灵美的世界儿童文学名著，夏丏尊"曾流了泪三日夜读毕"，将它译成中文。1923 年，先在《东方杂志》上连载，尔后出版单行本。夏译本曾风行 20 余年，再版 30 多次，誉满全国。《爱的教育》以日记体形式，通过一个小学生日常生活中的所见所闻、所作所为，塑造了女教师、校长、小石匠、扫烟囱孩子等众多的人物形象，歌颂了这些主人公的高尚品质与情操，抒发了他们对祖国、对人民、对亲人、对师长同学的深厚而真挚的爱。这部作品具有陶冶孩子们的心灵的强大艺术力量。自夏译本问世以后的数十年间，中国"许多中小学把《爱的教育》定为学生必读的课外书，许多教师认真地按照小说中写的来教育他们的学生"①，影响了成千上万的少年儿童。

1930 年，开明书店还专门出版过一本由小学教师撰写的《〈爱的教育〉实施记》，陈伯吹的儿童小说《学校生活记》也是得益于《爱的教育》的启示而写成的。

郑振铎是最早译介欧洲中世纪动物故事代表作《列那狐的历史》的译者。这部法国长篇动物故事叙事诗向来被当作传统儿童文学读物。1922 年，郑振铎曾就其中片段改写为《狐与狼》；1925 年，他又根据歌德的改写本，将它全部译成中文，深受中国小读者的欢迎。郑振铎认为《列那狐的历史》是"一部伟大的极有趣的禽兽史诗"，"又是一部最可爱的童话"。此书"最可爱最特异的一点，便是善于描写禽兽的行动及性格，使之如真的一般"。读者"都可为她所描写的逼真的禽兽国的情景与书中主人翁列那的绝世聪明所感动"②。《列那狐的历史》将动物世界完全拟人化了，惟妙惟肖地刻画了众多动物形象的性格，最为成功的是塑造了一个惯于欺骗、诡计多端的动物典型——狐狸列那。这部书对中国儿童文学的深刻影响正在于此。"狐狸列那"使狐狸这种本来在中国传统读物中就情态不一、好坏有之的形象（如《聊斋志异》中的狐狸），成了童话创作中的一个特定的反面角色。例如 30 年代董纯才的《狐狸的故事》《狐的智谋》、许景明的《兽家村》、陈伯吹的《万兽之狐》，以及其他举凡有狐狸出场的童话，无不如此。《列那狐的历史》所加以拟人化的其他动物的典型性格，也直接影响到我国现代童话创作中的动物形象与性格特征，如熊的愚蠢、狼的凶残、

① 叶至善：《译林版〈爱的教育〉序》，载《叶至善集 1：编辑卷》，开明出版社 2014 年版，第 506 页。
② 郑振铎：《介绍〈列那狐的历史〉》，《小说月报》1926 年 6 月第 17 卷第 6 号。

狮的狂妄、兔羊鸡的善良懦弱等。

第二节　全方位介绍安徒生

文研会翻译外国儿童文学最用心力、最有成绩的，是对丹麦童话大师安徒生作品的连续介绍。

周作人是介绍安徒生的第一人。1913 年 9 月，周作人在《教育部编纂处月刊》上发表的《童话略论》中就介绍说："今欧土人为童话唯丹麦安兑尔然（即安徒生——引者注）为最工，即因其天性自然，行年七十，不改童心，故能如此，自郐以下皆无讥矣。故今用人为童话者，亦多以安氏为限"。同年 12 月，他又在绍兴《爰社丛刊》创刊号上发表《丹麦诗人安兑尔然传》，全文约三千言，向中国读者第一次详细介绍了安徒生的生平与创作，赞其童话"取民间传说，加以融铸，皆温雅美妙，为世希有"。周作人还较早翻译了安徒生的名作《皇帝之新衣》《卖火柴的女儿》，后者刊登在 1919 年 1 月的《新青年》上。由于《新青年》影响广大，安徒生童话很快就引起了国人的注意。翻译安徒生童话贡献较大的有赵景深、张近芬、徐调孚等。赵景深译的《安徒生童话集》（1924 年 6 月，新文化书社出版），是五四以后的第一种安徒生童话单行本，收录了作家的 14 篇童话；他还译有单行本《月的话》（1929 年 6 月，上海开明书店出版）。张近芬与人合译了《旅伴》，包括《丑小鸭》《小人鱼》等 11 篇安徒生童话。据郑振铎在 1925 年的统计，截至《小说月报·安徒生号》出版之前，当时全国共翻译了安徒生童话 43 种共 68 篇，其中文研会成员的译作有 25 种 48 篇；

全国共有介绍安徒生生平与作品的论文 15 篇，其中 9 篇出自文研会成员之手，其余 6 篇也全刊登在文研会主持的刊物上。①

1925 年是安徒生诞辰 120 周年和逝世 50 周年，为了全面介绍这位世界童话大师，由郑振铎主编的《小说月报》以整整两期的篇幅，史无前例地刊出了《安徒生号》，这在中国现代儿童文学史上是一件了不起的大事。当时的《小说月报》已是名扬海内的文学权威刊物，文研会竟如此关心儿童文学，这在当时是一个创举，也是其他文学社团所不能比拟的。主编郑振铎在"卷头语"中对安徒生推崇备至，称他是"世界最伟大的童话作家。他的伟大就在乎以他的童心与诗才开辟一个童话的天地，给文学以一个新的式样与新的珠宝"。郑振铎还写了长篇评论《安徒生的作品及关于安徒生的参考书籍》。《安徒生号》共刊登了安徒生童话译作 22 篇，史料与评论 13 篇，其中《安徒生传》《安徒生年谱》《安徒生评传》《安徒生童话的艺术》等都是首次发表的重要研究文章。这些译文和论文主要是由文研会成员提供的。安徒生是从北欧升起的世界儿童文学的太阳，他的童话传遍寰宇，影响着各个国家的儿童和儿童文学。在中国，正是文研会成员的大力介绍，才使安徒生童话家喻户晓。从此，中国的儿童认识了"丑小鸭""海的女儿"和"卖火柴的小女孩"，中国的儿童文学作家有了最好的可资借鉴的艺术童话。

文研会不但注重外国儿童文学作品的译介，而且通过各种形式介绍世界儿童文学的现状与发展历史。茅盾在《小说月报》的《海外文坛消息》专栏上，发表过《神仙故事集汇志》（1921 年 6 月）、《最近

---

① 郑振铎:《安徒生的作品及关于安徒生的参考书籍》,《小说月报》1925 年 8 月第 16 卷第 8 号。

的儿童文学》（1924年1月）。前者介绍和评论了捷克、波兰、印度等国的7种民间童话故事集，后者评介了41本外国儿童文学作品。郑振铎主编的《小说月报》第17卷（1926年）曾分9期连载由顾均正编写的长篇史料《世界童话名著介绍》，详细评介了《鹅母亲的故事》（法）、《镜里世界》（英）、《匹诺契奥的奇遇》（意大利）、《空想的故事》（美）等12种外国著名童话。像这样大规模地连续介绍外国儿童文学作品，在中国现代文坛还是第一次。《小说月报》号外《俄国文学研究》登载过夏丏尊编译的《俄国底童话文学》，介绍了克雷洛夫寓言，普希金童话诗，托尔斯泰、契诃夫、特米托利哀夫等的童话与儿童小说。此外，茅盾还写过《儿童文学在苏联》，胡愈之写过《法国的儿童小说》，赵景深写过《英国童话略谭》《俄国的儿童文学》。这些介绍工作，大大地开阔了我国儿童文学工作者的视野，对认识和借鉴外国儿童文学，显然是大有裨益的。

第三节　翻译的原则及意义

文研会对外国文学的译介，提出了翻译必须忠实原著的原则。茅盾指出："现在文学家的责任是将西洋的东西一毫不变动的介绍过来。"[①] 他认为"文学作品最重要的艺术色就是该作品的神韵。灰色的文学我们不能把他译成红色"，翻译作品"如果能不失这些特别的艺术色，便转译亦是可贵；如果失了，便从原文直接译出也没有什么可贵。不朽的译本一定是具备这些条件的，也惟是这种样的译本有文学

① 茅盾：《现在文学家的责任是什么？》，《东方杂志》1920年第17期。

的价值”。之所以要这样“介绍西洋文学”，其目的“一半果是欲介绍他们的文学艺术来，一半也为的是欲介绍世界的现代思想——而且这应是更注意些的目的”。[①] 对于外国儿童文学的翻译，茅盾提出了更为严格的要求：“翻译‘儿童文学’真不容易。译文既须简洁平易，又得生动活泼；还得‘美’，而这所谓‘美’绝不是夹用了‘美丽的词句’（那是文言的成分极浓厚的）就可获得；这所谓‘美’，是要从‘简洁平易’中映射出来。我们的苛刻的要求是：‘儿童文学’的译本不但要能给儿童认识人生，……不但要能启发儿童的想象力，并且要能给儿童学到运用文字的技术。”他尖锐批评当时的外国儿童文学译本“大多数犯了文字干燥的毛病，引不起儿童的兴味。往往有些在西洋是会叫儿童读了忘记肚子饿的作品翻译了过来时，我们的儿童读了却感得平淡”。[②]

对于这种弊病，周作人也做过同样的批评。1918 年，周作人在《新青年》上发表《安得森的〈十之九〉》，激烈批评陈家麟、陈大镫的文言译作《十之九》，把“照着对孩子说话一样写下来”的安徒生童话，全都变成了“用古文来讲大道理”的“班马文章，孔孟道德”，使安徒生童话“最合儿童心理”的艺术特色都“‘不幸’因此完全抹杀”。他为这位“声名已遍满文明各国，单在中国不能得到正确理解”的童话大师深感“伤心”。他慨叹说：“凡外国文人著作被翻译到中国的，多是不幸。其中第一不幸的，要算丹麦诗人‘英国安得森’（陈家麟等将“丹麦安徒生”误译为“英国安得森”——引者注）。中国用

---

① 茅盾:《新文学研究者的责任与努力》,《小说月报》1921 年 2 月 10 日第 12 卷第 2 号。
② 茅盾:《关于“儿童文学”》,《文学》1935 年 2 月第 4 卷第 2 号。另见《茅盾全集》第 22 卷，人民文学出版社 1993 年版，第 361 页。

单音整个的字，翻译原极为难；即使十分仔细，也止能保存原意，不能传本来的调子。又遇见翻译名家用古文一挥，那更要不得了。他们的弊病，就止在'有自己无别人'，抱定老本领旧思想，丝毫不肯融通；所以把外国异教的著作，都变作班马文章，孔孟道德。"郑振铎曾对周作人的批评做过这样的评价，"使安徒生被中国人清楚的认识的是周作人先生"，正是由于周作人"在《新青年》批评陈君译的安徒生童话集，题为《读十之九》的。此后，安徒生便为我们所认识，所注意，安徒生的作品也陆续的有人译了"，[①] 安徒生童话的真实特色才被中国读者所了解。徐调孚主编的"世界少年文学丛刊"，对于译文的要求也很严格，"务求吻合原文，绝对不要节译本"。为此，赵景深还专门做了返工，把他以前译的《皇帝的新衣》和《柳下》都取牛津本补译节略掉的文字。《月的话》……也根据《英语周刊》上桂裕的译文仔细校改，并加注释"。[②]

　　文研会坚持的翻译必须忠实原著的主张，对于促醒中国儿童文学的发展具有特别深刻的意义。这里有必要简略地回顾一下历史经验。

　　晚清以来，我国文坛曾翻译过不少外国儿童文学读物，但由于受到当时翻译界并不恪守忠实原著，而根据"国情"需要任意增删、窜改的译风影响，绝大多数译作均系改译、改编，有的甚至在译作中随意添加译者自己的创作，使原作改头换面、削足适履、不中不西，以致大大削弱了原作的真实思想与艺术特色，削弱了异国作品的民族情调与独特风格，削弱了作为儿童读物必备的"儿童化"特色，也因此

① 郑振铎:《安徒生的作品及关于安徒生的参考书籍》,《小说月报》1925 年 8 月第 16 卷第 8 号。
② 赵景深:《我与儿童文学》,载浙江师范学院中文系儿童文学研究室编《我与儿童文学》,浙江师范学院 1980 年, 第 14 页。

削弱了这些译作的影响、传播与借鉴作用。

为什么同样一种外国儿童文学作品,五四以前的译本远远没有五四以后那样影响广大?例如意大利儿童小说《心》的两种译本,1909 年包天笑的《馨儿就学记》就远远不及 1923 年夏丏尊的《爱的教育》影响深广。究其根由,就在于前者是不中不西的改译,并加入了不少译者的创作,失去了原作的本来面貌,而后者完全是老老实实的翻译,忠实原作,尽传精神。五四文学革命使中国新文学体验到了学习借鉴外国文学的重要性,也使儿童文学翻译者充分认识到了忠实原作对于汲取外国儿童文学养料的重要意义。于是,不少译者把人们原先任意改译过的作品又做了一次重译,恢复了它们的本来面目。茅盾说:"我们有真正翻译(着重号系引者所加)的西洋'童话',是从那时候起的。"[1] 文研会同人正是在这方面做了大量努力,起了重要作用。他们坚持外国文学包括外国儿童文学必须"一毫不变动的介绍过来"的主张与翻译实践,影响并改变了现代中国整个外国儿童文学的翻译工作,对于加快现代儿童文学的发展步伐,起了积极的促进作用。

第四节　翻译对创作的促进

文研会作家普遍爱好外国文学,其中不少人精通外语,他们广泛地接触过世界文艺思潮,浏览过众多外国作家的作品,然后根据社会

---

[1] 茅盾:《关于"儿童文学"》,《文学》1935 年 2 月第 4 卷第 2 号。另见《茅盾全集》第 22 卷,人民文学出版社 1993 年版,第 361 页。

的要求、习性的异趋，"博采众家，取其所长"（鲁迅语），促进自己的创作。他们在儿童文学方面的翻译与创作，也同样互相影响，相得益彰。

叶圣陶说过，他的文学兴趣是受了翻译作品的影响而引起的。五四以前，他就"有意摹仿华盛顿·欧文的笔趣"[1]，"用文言文写了一篇贫苦的母子二人相依为命"的小说《穷愁》[2]。叶圣陶认为：译介外国文学"所以重要，所以有价值，乃在唤起我们的感受性，养成我们的创作力，也就是促醒我们对于文学的觉悟"[3]。这位中国艺术童话的奠基者，早年正是由于受到外国童话的启迪，因而产生了"创作力"。他说："我写童话，当然是受了西方的影响。'五四'前后，格林、安徒生、王尔德的童话陆续介绍过来了"，"对这种适宜给儿童阅读的文学形式当然会注意，于是有了自己来试一试的想头"。[4] 在这种强烈的创作欲驱使下，从 1921 年 11 月 15 日至 12 月 30 日，在不到两个月的时间里，他就写了《小白船》《一粒种子》《芳儿的梦》等 9 篇童话。这些作品充满幻想，诗意葱茏，富于儿童化，明显地受到了安徒生早期童话的影响。但是，学习外国文学不能代替自己独立的人生体验与哲学思考。叶圣陶强调，对于外来文化"感受而消化之，却是极关重要"，"因为感而有悟，悟发于内，是自己的创新和进步，是真实的获

---

① 叶圣陶：《杂谈我的写作》，载《叶圣陶论创作》，上海文艺出版社 1982 年版，第 149 页。

② 吕剑：《在叶圣陶家里》，载刘增人、冯光廉编《叶圣陶研究资料》，北京十月文艺出版社 1988 年版，第 173 页。

③ 叶圣陶：《文艺谈·二十七》，《晨报》副刊 1921 年 5 月 13 日。另见《叶圣陶论创作》，上海文艺出版社 1982 年版，第 52 页。

④ 叶圣陶：《我和儿童文学》，载叶圣陶等《我和儿童文学》，少年儿童出版社 1980 年版，第 3 页。另见《叶圣陶集》第 9 卷，江苏教育出版社 2004 年版，第 324 页。

得”，而“模仿或袭取是自堕魔道”。① 他的童话《皇帝的新衣》正是“感受而消化之”的典范。《皇帝的新衣》显然是受到安徒生同名童话的影响而写成的，前者是后者的续篇。叶圣陶从安徒生作品的结尾处写起。当小孩子揭穿皇帝赤裸身子游行的真相时，老百姓拍手大笑。皇帝恼羞成怒，下令禁止说笑，违者处死。但是众口难禁，皇帝就施加压力，最后凡是低语、窃笑、妇歌婴啼的都要杀头。老百姓忍无可忍，只有群起而攻之了。在强大的人民力量面前，高贵的皇帝终于被吓得“身体一软就瘫在地上了”。叶圣陶这篇童话巧妙地利用安徒生笔下的皇帝形象，深刻地揭露了法西斯统治的政治制度、法律制度的专制与残暴，显示了人民群众团结战斗的伟大力量，它所揭示的思想意义显然要比安徒生同名童话深刻广泛得多。

如果说叶圣陶的童话创作曾经受到西方安徒生的影响，那么冰心的儿童散文则是受了东方泰戈尔的启示。冰心十分喜爱泰戈尔的作品，尤其是那部被郑振铎誉为“叙述儿童心理、儿童生活的最好的诗歌集”——《新月集》。冰心说过：“泰戈尔是我青年时代所最爱慕的外国诗人。……他的诗中喷涌着他对于祖国的热恋，对于妇女的同情和对于儿童的喜爱。”泰戈尔的诗使冰心“游历了他的美丽富饶的国土，认识了他的坚韧温柔的妇女，接触了他的天真活泼的儿童”。② 洋溢在泰戈尔诗中的对大自然、对祖国、对儿童和对妇女——母亲们的爱，深深地影响了青年的冰心，从而构成了冰心《寄小读者》的主题：她充满激情地歌颂大自然的美，倾心地热恋祖国，以无限的柔情倾吐

---

① 叶圣陶：《文艺谈·二十七》，《晨报》副刊 1921 年 5 月 13 日。另见《叶圣陶论创作》，上海文艺出版社 1982 年版，第 52 页。

② 冰心：《〈泰戈尔诗选〉译者序》，载〔印度〕泰戈尔著，冰心译《吉檀迦利 园丁集》，湖南人民出版社 1982 年版，第 1 页。

着她对儿童的爱；她尤以最大的热情、最动听的音符，歌颂"普天下的母亲的爱"。冰心的小诗集《春水》与《繁星》也同样以讴歌母爱、童真、自然美为主要内容，她所追求的是"我在母亲的怀里，母亲在小舟里，小舟在月明的大海里"这种爱与美交融的境界。从冰心这些描写温柔的母爱、纯洁的童心、优美的自然的作品里，完全可以看到泰戈尔的鲜明印记。冰心自己也说过："我自己写《繁星》和《春水》的时候，并不是在写诗，只是受了泰戈尔《飞鸟集》的影响，把自己许多'零碎的思想'收集在一个集子里而已。"①

文研会对外国儿童文学的译介，比较注重"被损害民族"的作品，如安徒生、爱罗先珂、艾克多·马洛、契诃夫等描写苦难人生与不幸孩子的现实主义作品。这类题材对文研会的叙事性作品尤其是儿童小说的创作影响甚深。如与安徒生《卖火柴的小女孩》、契诃夫《万卡》等同类型思想内容的作品，就有王统照的《湖畔儿语》、叶圣陶的《阿凤》、赵景深的《红肿的手》等。文研会作家的儿童戏剧创作也受到过外来文化的影响。儿童戏剧是现代儿童文学的一个新品种，是在五四前后随着西方话剧输入我国而出现的。20世纪20年代初期，黎锦晖、郑振铎、赵景深都为孩子们编写过剧本。如赵景深根据安徒生童话《天鹅》改编的同名儿童剧，周作人根据外国儿童剧本编译的《儿童剧》。尤其是黎锦晖，他融合中西音乐舞蹈艺术创作的十多部儿童歌舞剧，曾在20年代风行全国。

向外国儿童文学学习，这是加快中国现代儿童文学发展步伐的一个重要因素。五四以来的儿童文学作家包括文研会成员，几乎没有一个不是受到外国儿童文学尤其是安徒生童话的影响，或内容的启发，

① 冰心:《我是怎样写〈繁星〉和〈春水〉的》,《诗刊》1959年4月25日第4期。

或形式的借鉴，或表现手法的吸纳，或兼而有之，融会贯通。这些都为他们在中国的土壤上创造自己的儿童文学提供了有益的借鉴。文研会对外国儿童文学的大力译介，正是在这个意义上起了十分积极的促进作用，同时极大地丰富了当时少年儿童的精神食粮。他们翻译工作中的许多成功经验，例如：大胆"拿来"，消化吸收；忠实原著，精益求精；对重点作家连续介绍，出刊专号；注重文体多样化；编写外国儿童文学发展史料与信息动态等，对于今天的外国儿童文学译介工作，同样有着借鉴意义。

虽然文学研究会不是一个纯儿童文学社团，没有专门的儿童文学刊物，但这个社团始终关心和重视儿童文学的编辑出版工作，通过各种渠道为少年儿童提供精神食粮，在中国现代儿童文学编辑史上写下了闪光的篇章。

第一节　三方面的工作

文研会编辑儿童文学的工作主要体现在以下三方面：

一是文研会的机关刊物（《文学旬刊》《文学周报》和《诗》月刊）与由文研会成员主编的刊物《小说月报》十分重视为孩子们提供精美读物，积极编辑和刊载儿童文学作品。如郑振铎主编《小说月报》期间，从第 17 卷第 1 期起专门设立《儿童文学》专栏，开了现代中国在大型文学刊物上设立儿童文学专栏的先河，意义十分深远。《文学旬刊》《文学周报》和《诗》月刊等也刊载过许多儿童文学作品。

二是文研会编辑的"文学研究会丛书"热心编印儿童文学读物，不但组织本会成员撰稿，而且还向其他作家征稿。例如鲁迅翻译的《爱罗先珂童话集》就被列入这套丛书。据统计，这套丛书编辑的儿童文学读物共有 8 种：《稻草人》（叶圣陶著），《天鹅歌剧》（赵景深著），《爱罗先珂童话集》（鲁迅译），《天鹅童话集》（郑振铎、高君箴合译），《青鸟》（傅东华译），《印度寓言》《莱森寓言》《希腊罗马的神话与传说》（郑振铎译）。"文学周报丛书"也有 3 种儿童文学出版物：《东方寓言集》（胡愈之译），《列那狐的历史》（郑振铎译），《童话论集》（赵景深著）。《小说月报》与"文学研究会丛书"是新文学史上历时最长、影响很大的权威性文学阵地，萃海内之名家，汇天下之大作。文研会如此重视儿童文学，是当时其他文学刊物与丛书所不能比拟的，这也与轻视儿童文学的偏见形成强烈的对照。

三是文研会的一些中坚作家曾经长期担任儿童读物的编辑工作，他们的编辑思想、编辑实践直接体现了文研会的儿童文学观，成为这个社团儿童文学编辑活动不可分割的重要组成部分。其中比较主要的编辑工作有这样一些：茅盾从 1917 年下半年起至 1920 年，为商务印书馆编辑《童话》丛书与《中国寓言初编》；郑振铎在 1922 年 1 月创办《儿童世界》，担任主编；夏丏尊曾主编《中学生》杂志，后又任《新少年》杂志社社长；叶圣陶、丰子恺也为《中学生》担任过多年编辑；谢六逸为中华书局编辑过《儿童文学》；黎锦晖为中华书局主编过多年《小朋友》；徐调孚曾主编开明书店的"世界少年文学丛刊"。

第二节　郑振铎与开风气之先的《儿童世界》

文研会成员以上三方面的编辑工作，曾在 20 世纪二三十年代的中国儿童文学界产生过很大的影响，其中尤以郑振铎主编的《儿童世界》最为突出。

在探讨郑振铎主编的《儿童世界》之前，有必要简略回顾一下我国儿童报刊的发展史。

本书第二章已经述及，我国最早的儿童期刊是 1875 年（光绪元年）3 月由上海基督教清心书院编印的《小孩月报》。这是一份兼有文字和图片的画刊，主编系美国传教士 J.M.W.Franham，内容以传播教义为主。最早由中国人自己创办的儿童刊物是 1897 年在上海创刊的《蒙学报》。中国人自己创办的第一种儿童画刊是 1902 年在北京创刊的《启蒙画报》。1911 年 2 月和 1914 年 7 月，商务印书馆又创办了两种面向少年读者的刊物:《少年杂志》和《学生杂志》。中华书局也于 1914 年 7 月创办了《中华童子界》月刊。此外，商务印书馆还先后编辑了《童话》丛书以及"少年丛书"。中华书局出版了专供儿童阅读的"小小说"一百种。这些书刊的发行，对于改变当时儿童书刊严重缺乏的状况，无疑起了很大作用。但是，由于受到时代的局限，又缺乏对儿童特点的研究，一切尚在实践与探索之中，尽管主观上希望办成专供儿童阅读的书刊，除了《童话》丛书办得比较成功外，大部分书刊实在少有儿童化的特色，与年幼一代的欣赏情趣相去甚远，绝大多数都被成人形象（主要是帝王将相）统治着，以成人心理代替儿童心理，用成人的欣赏情趣支配儿童的欣赏情趣，几乎办成了"新的'缩小'了的成人读物"①。例如"少年丛书",写的大都是帝王将相名利史,其内容正如茅盾所批评的"大多数不合于现代思潮"②。儿童"小小说"一百种,内容都取材于历代"说部","像历史、故事、滑稽、神怪、义侠无一不有",缺少反映儿童生活的作品,很难跳出成人生活圈子。正是在儿童书刊跳不出成人化格局的背景下,1922年1月,由郑振铎创办的《儿童世界》脱颖而出,以崭新的面貌自立于现代儿童书刊之林。

《儿童世界》为32开的周刊,商务印书馆出版,读者对象主要是10岁左右的儿童。这家刊物有三大特色:一是文学性强,二是儿童味浓,三是专门以发表儿童文学作品为主。《儿童世界》以儿童文学作品为主要内容,并为小读者提供音乐、美术、科学等方面的知识,主要内容有童话、儿童诗、图画故事、儿童剧本、儿童小说、寓言、滑稽画(即漫画)、儿童歌曲、插图等。童话是该刊的重点,每期必备,且占的篇幅很多。迎合儿童心理,强调儿童欣赏情趣,这是《儿童世界》一以贯之的编辑方针。郑振铎认为,"把成人的读物,全盘的喂给了儿童,那是不合理的;即把它们'缩小'了给儿童,也还是不合理的"③,"儿童文学是儿童的——便是以儿童为本位,儿童所喜看所能看的文学"④。为了纠正儿童读物成人化的倾向,郑振铎在《〈儿童世界〉宣言》中明确宣布,要以麦克林东所著《小学校的文学》中的三条原则作为办刊方针,即:"(一)使他适宜于儿童的地方的及本能的兴趣

---

① 郑振铎:《儿童读物问题》,《大公报》1934年5月20日。
② 茅盾:《对于〈小学生文库〉的希望》,《申报·自由谈》,1933年10月13日。
③ 郑振铎:《儿童读物问题》,《大公报》1934年5月20日。
④ 郑振铎:《儿童文学的教授法》,宁波《时事公报》1922年8月10—12日。参见金燕玉等《郑振铎〈儿童文学的教授法〉考评》,《福建论坛》1984年第2期。

及爱好。（二）养成并且指导这种兴趣及爱好。（三）唤起儿童已失的兴趣与爱好。"[1]

1922年8月，郑振铎在浙江宁波暑期教师讲习所所做的《儿童文学的教授法》报告中又强调了这三条原则，同时提出供给儿童的读物"应适宜于儿童的性情和习惯，而增之减之。儿童所欢喜的材料，不妨加入，不欢喜的地方，不妨减去"。这段话正是郑振铎编辑《儿童世界》的经验之谈。为了"适宜于儿童的性情和习惯"，他编辑的《儿童世界》内容经常更新，"几乎时时都在改良之中，所以一期出版总比前一期不同"[2]。例如：该刊第1卷多为童话、故事，为了适应孩子们的不同兴趣，以后增加了儿童剧本、科学知识读物、游戏等；在插图方面，原先刊登珍奇动植物照片较多，以后用彩色的儿童生活画代替；在文字方面，减少长篇，增加短篇，尤为重视微型作品，如卓西写的《马智》《表上针》等20多篇小故事，有童话，有寓言，每篇仅100余字，颇为儿童喜爱。特别应提出的是，《儿童世界》从第2卷起开辟了《儿童创作》专栏，热情鼓励小读者自己动笔创作。郑振铎多次在该刊发布征稿启事，"尤望各学校教师能鼓励儿童的投稿"，"对于儿童自己的创作尤为热忱地承受"，如儿童自由画、儿歌、童谣、童话等。这一倡导极大地激发了孩子们的创作兴趣。《儿童创作》专栏中发表了不少孩子们的精彩作品，如12岁的杨云珠写的儿童歌剧《骑竹马》，12岁的谢冰季写的长达一千四五百字的童话《绿宝石》等。《儿童世界》还举办征文比赛，鼓励儿童创作，仅在创刊第一年中就办过两次

---

[1] 郑振铎：《〈儿童世界〉宣言》，先后刊登于1921年12月28日《时事新报·学灯》，12月30日《晨报》副刊及《妇女杂志》。

[2] 《儿童世界》，1922年第3卷第4期。

征文。此外，该刊还专门在封二刊登小读者寄来的自己的照片，并写上他们的名字。这些活动十分吸引孩子，给他们的儿童时代留下了美好的记忆。

作为文研会重要台柱的郑振铎，自然也将"为人生"的宗旨贯穿于他的编辑工作中。他十分注重儿童刊物的思想性，曾在《儿童世界》的《第三卷的本志》中声明："本志所报的宗旨，一方面固是力求适应我们的儿童的一切需要，在另一方面却决不迎合现在社会的——儿童的与儿童父母的——心理。我们深觉得我们的工作，决不应该'迎合'儿童的劣等嗜好，与一般家庭的旧习惯，而应当本着我们的理想，种下新的形象，新的儿童生活的种子，在儿童乃至儿童父母的心里。"因此，他"极力的排斥"那种"非儿童的""不健全的"，容易"养成儿童劣等嗜好及残忍的性情的东西"。在强调儿童刊物趣味性、思想性的同时，郑振铎也注重知识性。他认为："'知识'的涵养与'趣味'的涵养，是同样的重要的。所以我们应他们（指儿童——引者注）的需要，用有趣味的叙述方法来叙述关于这种知识方面的材料。"为此，他曾专门编译了反映原始时代人类生活的长篇科学故事《巢人》，在《儿童世界》第 4 卷连载 13 期（后改名为《树居人》，由商务印书馆在 1924 年出版单行本）。郑振铎认为："这种书对于儿童有两重的价值：一方面是给他们以故事的趣味，一方面是给他们以科学的知识。而对于中国素未受科学洗礼的儿童尤有重大的价值。"[①]

郑振铎主编《儿童世界》期间，紧紧依靠了文研会同人的全力支持。1922 年《儿童世界》刚刚创刊，第 1—4 卷的大多数作品，就是

① 郑振铎：《〈巢人〉序言》，转引自郑振铎著，郑尔康、盛巽昌编《郑振铎和儿童文学》，少年儿童出版社 1982 年版，第 347 页。

由文研会成员撰写的，其中有：郑振铎、叶圣陶、赵景深创作的童话和图画故事，胡愈之、耿济之、耿式之、高君箴编译的外国童话，俞平伯、严既澄、顾颉刚、章锡琛写的儿童诗和儿歌，王统照的儿童小说，周建人的自然故事，徐调孚的谜语，等等。特别应提出的是叶圣陶和周建人。叶圣陶最初是写小说的，由于郑振铎邀请他为《儿童世界》撰稿，他才开始写作童话。他的40多篇童话多数刊登在《儿童世界》上，为我国的艺术童话创作起了开山的作用。周建人发表在《儿童世界》上的《蜘蛛的生活》等"自然故事"，实际上是我国早期的知识（科学）童话或科学散文，这些作品为儿童科学文艺创作提供了新鲜经验。茅盾在1924年9月到1925年4月之间，曾编译了16篇希腊神话与北欧神话故事，也全部刊登在《儿童世界》上，这是现代儿童文学史上向小读者系统介绍西方神话故事的开端。《儿童世界》不但团结了文研会一批热心于儿童文学的作家，还向其他作家和有经验的教师征稿，培养和发现了不少儿童文学人才，胡绳、吴怀琛、吴研因、许敦谷、沈志坚、卓西等，都是从《儿童世界》崭露头角的。《儿童世界》的出现，彻底改变了我国儿童刊物的面貌，一扫过去儿童刊物成人化的弊病，以其崭新的内容、多样化的形式、生动活泼的版面赢得了小读者的广泛欢迎，不但风行全国，而且流传到日本、新加坡等地，创下了中国儿童刊物从未有过的崭新局面。

第三节　《小说月报》《文学周报》与儿童文学

1921年1月，经过彻底革新的《小说月报》以崭新的面貌出现于现代文坛。该刊由文研会编辑，成为文研会重要的文学阵地。第 12 卷（1921 年）与第 13 卷（1922 年）由茅盾主编，自第 14 卷（1923 年）起改由郑振铎主编，直至终刊。其中，1927 年 5 月至 1929 年 2 月郑振铎赴欧期间，由叶圣陶负责编辑了第 18 卷第 7 号至第 20 卷第 6 号，共 24 期。[①]《小说月报》一贯重视儿童文学，念念不忘为少年儿童提供"精美的营养料"，文研会作家的儿童文学作品，除了发表在《儿童世界》外，主要就发表在《小说月报》上。在茅盾主编期间，刊载过庐隐的儿童小说《两个小学生》、冰心的儿童小说《离家的一年》、郑振铎翻译的克雷洛夫寓言、沈泽民的《王尔德评传》、茅盾的《海外文坛消息·神仙故事集汇志》等。郑振铎接编《小说月报》以后，儿童文学有了新的发展，《小说月报》主要做了以下几个方面的工作：

一是大量介绍外国儿童文学作品。主要有：俄国《爱罗先珂童话集》（鲁迅译），《莱森寓言》《印度寓言》《高加索寓言》（郑振铎译），意大利科洛狄的长篇童话《木偶的奇遇》（徐调孚译），英国爱特加华士的长篇儿童小说《天真的沙珊》（高君箴译），日本小川未明童话（张晓天译），日本民间童话十种（谢六逸译），《拉封丹寓言》（张若谷译），等等。

二是重视发表儿童文学创作。在儿童小说方面有叶圣陶的《小铜匠》，赵景深的《红肿的手》，徐玉诺的《在摇篮里》《到何处去》，许志行的《师弟》，废名的《小五放牛》等；在散文方面有丰子恺的《华瞻的日记》，许地山的《落花生》等；童话方面有叶圣陶的《牧羊儿》，严既澄的《春天的归去》，徐蔚南的《蛇狼》，郑振铎的《朝霞》《七星》，敬隐渔的《皇太子》，褚东效的《喜鹊教造窠》等；儿童诗方面

①《小说月报》1982 年影印本《索引》卷叶圣陶《序言》，书目文献出版社 1984 年版。

有朱湘的《摇篮歌》《猫诰》等；儿童剧本方面有顾仲彝的《讲道》《用功》等；寓言有燕志儒的《夜莺》《乌鸦与天鹅》等。此外，后起的儿童文学新秀张天翼的儿童小说《小彼得》、老舍的长篇童话《小坡的生日》，也最先刊登在《小说月报》上。

三是注意介绍外国儿童文学信息资料。除了《海外文坛消息》继续报道外国儿童文学创作情况以外，最引人注目的是从第17卷第1号起分做9次连续刊登顾均正的长篇文章《世界儿童文学名著介绍》，第19卷第3号发表了阿英的专论《德国〈劳动儿童故事〉》。这在当时的大型文学刊物中实属罕见。

四是在第16卷第8、9两期出刊《安徒生号》，大张旗鼓地宣传介绍安徒生的童话（他的作品一直是《小说月报》经常刊登的）。通过出刊专号，使这位丹麦童话大师在中国得到了极高的声望，使他的作品也广泛地传播开来。这是文研会的一大功劳。

五是从第15卷第1号（1924年）起开辟《儿童文学》专栏，这更是一件值得大书一笔的事。儿童文学长期以来不受重视，被当作"小儿科""等外文艺"，处于文坛末流地位。而今，由于文研会的创举，它理直气壮地登上了当时国内权威性的大型文学刊物，地位为之大变，引起举国瞩目。主编郑振铎曾发布声明，指出："儿童读书的福气，在我们中国是最坏，除了一二百种一刻可读毕的童话及短小如中国整脚的下等小说外，还有什么给他们读？我们将特辟一栏'儿童文学'，每期都介绍些新的东西给我们的教师们和儿童们。"①文研会如此关心年幼一代的精神食粮，这不但在20世纪20年代是一个创举，即使在今天也值得我们的文学刊物深思。正是由于文研会的热情关心与

①《小说月报》1926年第17卷第1号"内容预告"。

高度重视，儿童文学在文学领域中的地位得到了极大的提高，这是新文学史上无法否定的事实。

文研会机关刊物之一的《文学旬刊》，于 1921 年 5 月 10 日在上海创刊（最初附于上海《时事新报》发行），1923 年 7 月改为周刊，刊名也改成《文学周报》。历任主编有郑振铎、谢六逸、徐调孚、赵景深等。至 1927 年 12 月停刊，共出 380 期。《文学周报》是文研会作家发表儿童文学的又一阵地，先后刊布的儿童文学文论主要有《〈稻草人〉序》（郑振铎），《〈天鹅〉序》（叶圣陶），《研究童话的途径》《中西童话的比较》《马旦氏的中国童话集》（赵景深）等；译作主要有安徒生童话《美人鱼》《雏菊》（徐调孚译），《印度寓言》（郑振铎译），《吉伯兰寓言选译》（赵景深译），《亚谷和人类的故事》（胡愈之译）等；创作主要有儿童诗《儿和影子》《拜菩萨》（叶圣陶）以及《童心》（谢六逸），童话《太阳姑娘和月亮嫂子》（刘大白）等。《文学周报》还发表过不少非文研会成员的儿童文学文章，如顾均正的文论《童话与短篇小说》《托尔斯泰童话论》《童话与想象》《童话的起源》，汪静之的童话《地球上的砖》，何味辛的童话《虹的桥》《田鼠的牺牲》等。《诗》月刊是叶圣陶、朱自清等于 1922 年在上海创办的诗刊，共出版 2 卷 7 期，至 1923 年 5 月停刊。文研会早期诗人的一些儿童诗大多刊登在《诗》月刊上。

文研会倾力编辑儿童文学的工作，在我国儿童刊物编辑史上写下了闪光的新篇章。它不但极大地丰富了年幼一代的精神食粮，团结和培养了一大批热心儿童文学的作者队伍，提高了儿童文学的地位，扩大了儿童文学的影响，而且为儿童文学的编辑工作提供了十分可贵的经验，比如：注重少年儿童的欣赏情趣，强调儿童刊物的儿童化与趣味性、思想性、知识性；出版专号、专刊，扩大影响；重视外国儿童文学的翻译介绍；鼓励小读者自己动手创作；每期登载小读者的照片，用各种方法把儿童刊物真正办成少年儿童自己的园地，成为他们的良师益友。这些理念和方法，都值得今天的儿童文学编辑工作者继承与借鉴。

以上文字较为系统地评述了文研会在儿童文学的理论、翻译、编辑尤其是在创作方面取得的实绩。历史的实践已经证明：文研会是中国现代儿童文学光荣的拓荒者与建设者。正是这个社团的辛勤开垦与创造性劳动，促成了现代中国儿童文学第一个全方位推进的高潮，这已是毋庸置疑的历史事实。文研会之所以能掀起卓有识见的"儿童文学运动"并在各方面取得巨大成果，并不是偶然的，既有时代与社会的外部因素，也有这个社团自身具有的内部因素。

第一节　文学研究会掀起"儿童文学运动"的外因与内因

现代儿童文学的发生、发展受惠于五四新文化运动的"天赐"良机。五四新文化运动的核心是"人的觉醒与解放"，而在中国，"人的觉醒与解放"的重中之重，就是妇女、儿童与农民的独立价值的发现与充分肯定。这三种人都处于社会的最底层，在中国的传统社会和文化中是长期被忽略的存在。因此，妇女的发现、儿童的发现、农民的发现就充分地显示了五四新文化运动的民主主义与人道主义的特质，特别是儿童的发现，可以说是"人的觉醒与解放"之最后的觉醒与解放。从文学演进的角度说，五四新文化运动对农民的发现，直接导致了与农民、农村、农业气脉相连的民间文学的发现；而对儿童的发现，则促进了现代品质的儿童文学的发现与儿童文学地位的提升。儿童与儿童文学地位的提升，促成了教育界、知识界普遍提倡宣传儿童文学的新气象，这种新气象包括：儿童文学走进学堂，小学教科书把儿童文学作为主要教材，教授儿童文学、学习儿童文学、讲演儿童文学蔚然成风；《新青年》《妇女杂志》《教育杂志》以及著名的四大副刊（《晨报》副刊、《京报》副刊、《民国日报·觉悟》及《时事新报·学灯》）等重要报刊热心讨论儿童文学并发表儿童文学作品；出版机构认准潮流，迎合时好，注重编印儿童文学读物；外国进步的文学思潮和包括儿童文学名著在内的文学作品的引进，丰富了中国儿童文学的现代性格与异域营养；五四文学革命进行的反对文言文、提倡白话文的运动，带来了文学语言的大革新、大解放，而白话文的应用则为儿童文学提供了一个浅显明白的语言表达工具，促使儿童文学在语言形式上与孩子们接近了一大步；儿童教育的发展，促进了儿童心理学的研究，儿童心理学的成果则从科学的高度对儿童文学提出了尊重儿童年龄特征的要求。凡此种种，都为振兴中国儿童文学创造了极为良好的时机，并提供了有利的条件。正是得益于五四时期新文化运动的伟力，现代儿童文学才蓬蓬勃勃地成长了起来。时代的呼唤、社会的需要和五四新文化运动的哺育与催化，是文学研究会掀起"儿童文学运动"的外部因素，同时也为这场运动铺平了道路，创造了条件，并促成了它的顺利开展。

但是，外因只是事物变化的外部条件。为什么"从民国十一年（1922 年）到十四年（1925 年），先后成立的文学团体及刊物，不下一百余"[①]，唯独只有文研会始终如一地热心儿童文学并在各个领域都能取得卓越成就呢？显然，这只有从文研会这个社团的内部因素去寻找答案。

我们知道，文学社团是文学流派的一种表现形式。所谓文学流派，就是在一定社会条件下，一些思想倾向、文学观点、创作方法和审美趣味相同或相近的作家自觉或不自觉地结合起来的派别。任何一个文学社团或流派，总有基本一致的人生态度和艺术倾向，这是社团能够维系、流派可以形成的基本条件。文研会是我国新文学史上第一个完备、成熟的社团。它有比较明确统一的文学主张和创作方法，即"为人生而艺术"与"写实主义"。它从成立第一天起，就高扬为社会人生服务的旗帜，把斗争锋芒指向无病呻吟、言之无物的旧文学，对鸳鸯蝴蝶派、唯美主义派、名士派和感伤派等文艺思潮进行了坚决的斗争。它强调文学对于民众的启蒙作用和对黑暗社会的反抗作用，把文学当作思想教育的直接手段和武器，借此来激励人民，鼓舞大众，拯救中国。既然从"为人生"的文学主张出发，以改造社会为己任，文研会作家必然把目光投向祖国的未来，寄希望于年幼一代，极为关

---

① 茅盾：《中国新文学大系·小说一集·导言》，载茅盾编《中国新文学大系·小说一集》，上海良友图书印刷公司 1935 年版，第 5 页。

心与重视深刻影响年幼一代精神成长的儿童文学。他们满怀着对光明未来的热烈向往和对年幼一代无比热爱的真挚感情和"救救孩子"的强烈社会责任,掀起了中国文学史上的第一次"儿童文学运动",切切实实从各个领域垦辟了现代性儿童文学。这就是文研会热心儿童文学并能取得巨大成就的基本内因。这种内因,我们可以从以下四个方面加以具体分析。

第一,从文研会的文学主张考察。"为人生而艺术"的文学主张决定了文研会关心儿童、重视儿童文学的必然性。

文研会是新文学史上的"为人生派",它在公开发表的《文学研究会宣言》中指出:"将文艺当作高兴时的游戏或失意时的消遣的时候,现在已经过去了。我们相信文学是一种工作,而且又是于人生很切要的一种工作。"作为文研会文学理论方面实际指导者的茅盾,曾多次引用这句话,并解释说:"这一句话,不妨说是文学研究会集团名下有关系的人们的共通的基本的态度。这一个态度,在当时是被理解作'文学应该反映社会的现象,表现并且讨论一些有关人生一般的问题'。"[①]"反映社会"和"表现人生",这就是文研会文学主张的两大要素。他们认为只有"表现社会生活的文学是真文学"[②];抨击旧文学的"最大病根,是太空洞,太不切人生,恰和写实主义相反背"[③];新文学必须直面人生,关切人生,"欲使文学更能表现当代全体人类的生活,更能宣泄当代全体人类的感情,更能声诉当代人类的苦痛与期望,

① 茅盾:《中国新文学大系·小说一集·导言》,载茅盾编《中国新文学大系·小说一集》,上海良友图书印刷公司 1935 年版,第 5 页。
② 茅盾:《社会背景与创作》,《小说月报》1921 年 7 月第 12 卷第 7 号。
③ 胡愈之:《近代文学上的写实主义》,《东方杂志》1920 年第 17 卷第 1 号。

更能代替全体人类向不可知的命运作奋抗与呼吁"①。

正是基于这种崭新的、清醒的文学主张，文研会作家"着眼于人生，托命于文艺"②，以敏锐的目光，洞悉着严峻的人生，关注着丰富复杂的社会生活，关注着"当代人类的苦痛与期望""奋抗与呼吁"。当他们把目光投向年幼的一代，很快就发现了中国儿童的不幸命运。他们看到了中国儿童在传统社会和文化中是长期被忽略的存在，甚至"还未曾发见了儿童"③："中国向来对于儿童，没有正当的理解"，"不是将他当作缩小的成人，拿'圣经贤传'尽量的灌下去，便将他看作不完全的小人，说小孩懂得甚么，一笔抹杀，不去理他"；④"对于儿童，旧式的教育家视之无殊成人"，"根本蔑视有所谓儿童时代，有所谓适合于儿童时代的特殊教育"。⑤他们看到了中国儿童精神食粮的短缺与儿童读物的不足："儿童读书的福气，在我们中国是最坏"⑥；"中国向来以为儿童只应该念那经书的，以外并不给预备一点东西，让他们自己去挣扎，止那精神上的饥饿"⑦。他们看到了儿童需要文学，新文学有供给他们儿童文学的义务与责任："文学是普遍的，成人和小孩子

① 茅盾:《新文学研究者的责任与努力》,《小说月报》1921年2月10日第12卷第2号。
② 叶圣陶:《文艺谈·六》》,《晨报》副刊1921年3月16日。
③ 周作人:《儿童的书》,《文学旬刊》1923年6月21日第3号。另见周作人《儿童文学小论》,上海儿童书局1932年3月版。又见《周作人自编文集·儿童文学小论》,止庵校订,河北教育出版社2002年版,第57页。
④ 周作人:《儿童的文学》,《新青年》1920年12月第8卷第4号。另见《周作人自编文集·儿童文学小论》,止庵校订,河北教育出版社2002年版,第38页。
⑤ 郑振铎:《中国儿童读物的分析》,《文学》1936年7月第7卷第1号。
⑥ 转引自盛巽昌:《郑振铎和儿童文学》,载郑振铎著,郑尔康、盛巽昌编《郑振铎和儿童文学》,少年儿童出版社1982年版,第577页。
⑦ 周作人:《儿童的书》,《文学旬刊》1923年6月21日第3号。另见周作人《儿童文学小论》,上海儿童书局1932年3月版。又见《周作人自编文集·儿童文学小论》,止庵校订,河北教育出版社2002年版,第57页。

都有这种需要，不过儿童期似乎更需要些"[1]；"我们最当注意的还要数到儿童。……创作家怎得不多量地供给，安慰他们的渴望呢？这也是伟大的事业啊"[2]。他们看到了新文学发展儿童文学的重要性、紧迫性和责无旁贷："为最可爱的后来者着想，为将来的世界着想，赶紧创作适于儿童的文艺品，总该列为重要事件之一"[3]；"儿童的精神上的粮食和他们物质上的粮食是同样的重要。我们将怎样的去解决这个问题呢？但我们必得负责来解决它"。[4] "为人生而艺术"的文学主张与为下一代和"将来的世界"着想的社会责任感，必然促使文研会自觉地承担起"为儿童而艺术"的时代使命。"为人生"怎能不爱人类的未来、国家的希望——少年儿童？"为人生"怎能不关心深刻影响少年儿童成长的精神食粮？"为人生"怎能对年幼一代的精神饥荒与不幸命运不闻不问？只要"为人生而艺术"的文学主张不变，为儿童服务的责任也不会改变。这就是文研会始终热心儿童文学的根本原因，同时也是强调文学"必须是'为人生'，而且要改良这人生"[5]的"人生派"作家总是关心儿童、重视儿童文学的根本原因。鲁迅就曾发出"救救孩子"的呐喊，并在儿童文学的理论、翻译等方面付出了大量的心血。

第二，从文研会的创作方法考察。"写实主义"的创作方法把文研会推上了现实主义的儿童文学道路，从而有力地促进了他们的儿童文学创作，并扩大了影响。

---

[1] 郑振铎：《儿童文学的教授法》，宁波《时事公报》1922年8月10—12日。参见金燕玉等《郑振铎〈儿童文学的教授法〉考评》，《福建论坛》1984年第2期。

[2] 叶圣陶：《文艺谈·三十九》，《晨报》副刊1921年6月24日。

[3] 叶圣陶：《文艺谈·七》，《晨报》副刊1921年3月20日、21日。

[4] 郑振铎：《儿童读物问题》，《大公报》1934年5月20日。

[5] 鲁迅：《我怎么做起小说来》，载鲁迅《南腔北调集》，人民文学出版社1958年版，第82页。

文研会一些作家在开始从事儿童文学时，曾使用过浪漫主义的创作方法，神游于梦幻的儿童世界，在花儿、鸟儿的童话王国里寻找灵感。但是，严峻的现实人生使他们很快看到了要"在成人的灰色云雾里，想重现儿童的天真，写儿童的超越一切的心理，几乎是个不可能的企图"[1]。文研会在文学创作方法上提倡的"写实主义"即现实主义。他们主张"研究社会问题"，从事"客观描写"，作家应该"经过长期的实地观察的训练"，不允许"凭空想象""向壁虚造"[2]；认为"唯有写实文学可以纠正以前的形式文学、空想文学、非人的文学的弊病"[3]，"近代的时代精神是科学的。科学的精神重在求真，故文艺亦以求真为唯一目的"[4]。这就必然促使他们在儿童文学创作中很快地走出梦幻的童话世界，面向真实的人生。从梦幻走向现实，使作家们跳出了儿童文学局限于写花儿、鸟儿的狭小圈子，突破了"不写王子，便写公主"的西方模式，把现实社会中各阶级、各阶层的各类人物均引进了儿童文学的园地。从梦幻走向现实，也扩大了儿童文学的题材范围，使丰富多彩的人间百态进入作家的创作视野。这一转变不仅大大增强了文研会作家创作的儿童文学作品的思想意义和社会作用，而且对现代儿童文学创作产生了极其深刻的影响。叶圣陶的童话就是最好的例证。叶圣陶在创作了《小白船》《芳儿的梦》之后，很快就把关注点转换到描写现实人生。他从《稻草人》开始为"发抒自己对一切不

① 郑振铎:《〈稻草人〉序》,《文学周报》1923 年 10 月 15 日第 92 期。另见郑振铎著,郑尔康、盛巽昌编《郑振铎和儿童文学》,少年儿童出版社 1982 年版,第 32 页。
② 茅盾:《自然主义与中国现代小说》,载《茅盾全集》第 18 卷,人民文学出版社 1989 年版,第 225 页。
③ 胡愈之:《近代文学上的写实主义》,《东方杂志》1920 年第 17 卷第 1 号。
④ 茅盾:《文学与人生》,载《茅盾全集》第 18 卷,人民文学出版社 1989 年版,第 271 页。

幸东西的哀戚而歌唱"[①]，到《古代英雄的石像》更是暴露和讽刺现实，表达了对生活鲜明的爱憎。现实主义的思想精粹使叶圣陶的作品在中国艺术童话史上产生了里程碑式的意义，并"给中国的童话开了一条自己创作的路"。

文研会拥抱的现实主义正是中国现代儿童文学思潮的主流，是五四以来儿童文学发展的基本路径。现实主义之所以能成为现代儿童文学的主流思潮，有着多方面的因素。

一种文学思潮与流派的形成与发展取决于社会、政治、历史、思想和文化等多种因素。一般包括：（1）社会的阶级基础；（2）本民族文学的历史传统；（3）外国文学的影响；（4）特定历史时期的时代精神的要求。其中，本民族文学的历史传统和时代精神的需要尤为重要。

文研会坚持的现实主义之所以能源远流长地得到发展，最根本的原因是它适应了五四以来中国现实的时代精神的要求。反帝反封建的五四运动，对于文学革命提出了必须反映现实生活、表现人民的民主革命要求的原则。五四以来的中国现代的文学运动，包括运动的独立组成部分——儿童文学运动，始终是和中国现代的革命运动紧密联系在一起的，以新的题材、新的主题和新的人物，呈现出新的有别于原先传统文学的特征，并对中国人民的革命运动起着积极的配合和推进的作用；革命运动一直把文学运动当作自己的一个方面军，十分重视并力图使文学运动从属于革命运动。在这样的社会历史条件下，凡是脱离社会现实、回避社会问题、掩盖社会矛盾的反现实主义的倾向，就不可能得到人民大众的欢迎，也难以形成有力的影响，表现在儿童

---

① 转引自盛巽昌、张锡昌：《"五四"以来三十年童话简述》，载少年报社编《中国现代儿童文学选》，江苏人民出版社1980年版，第619页。

文学方面也是如此。例如，周作人在五四运动退潮以后，背弃了文研会的文学主张，否认文学的社会作用，提倡性灵、趣味、闲适以至文学无用论，片面强调儿童文学只在"顺应儿童"，反对儿童文学的教育作用和社会作用，更反对儿童文学与现代的时代精神相结合。这种反现实主义的倾向，自然遭到了时代的否定与历史的淘汰，他的观点也就不可能有发展的土壤。而以茅盾、郑振铎、叶圣陶为首，始终坚持现实主义方向的文研会作家，主张包括儿童文学在内的文学应当"反映社会""表现人生""研究社会问题"；主张儿童文学"要能给儿童认识人生"（茅盾语），强调儿童"需要知道人间社会的现状，正如需要知道地理和博物的知识一样"（郑振铎语）。这种清醒的现实主义儿童文学观，显然适应了中国现代的时代精神的要求，并与中国现代的革命运动、文学运动的目标完全一致。因此，文研会紧紧拥抱的现实主义自然成了现代儿童文学的中心思潮或主导思潮，并能源远流长地发展下去，产生深广的历史影响。由此可见，正是"写实主义"即现实主义的创作方法，促进了文研会的"儿童文学运动"，使他们的创作深深扎根于现实生活的土壤，与时代脉搏和人民的感情息息相通，从而保证了运动沿着正确的方向前进。

第三，从文研会对外国儿童文学的态度考察。文研会十分重视翻译介绍外国儿童文学，这一工作促使他们的儿童文学创作脱离了原先传统文学的封闭性体系而走向现代化，加快了儿童文学的发展步伐。

文研会成员开始从事儿童文学的时期，正是"收纳新潮，脱离旧套"的五四时代。社团的不少成员精通外语，广泛地接触过世界文艺思潮。他们对外国儿童文学的态度十分明确：大胆"拿来"，凡是"一切世界各国里的儿童文学的材料，如果是适合于中国儿童的，我们却是要尽量采用的"①。积极译介外国儿童文学作品,这是文研会"儿童文学运动"十分重要的组成部分。译介,一方面使他们高瞻远瞩,了解和认清世界儿童文学的发展历史与现状,能够从全局的高度提出和思考儿童文学问题;另一方面,翻译与创作互为影响,相得益彰,他们的创作实践或直接或间接地受到了外国儿童文学的影响,适时地汲取异域的营养,通过借鉴,提高自己文学创作的艺术水平;更重要的是,脱离了传统文学的封闭性体系,汇入和世界各国取得共同的思想语言的现代化的儿童文学潮流。文研会成员既是外国儿童文学的热心输入者,又把自己的创作深深扎根于中国现实生活的土壤,外来影响与时代精神、民族特色像合金一样出现在他们的创作中,融合成特别的神韵。这也是文研会之所以能取得"儿童文学运动"重大成就的一个重要原因。我们之所以重新提出这一问题,目的是要说明外国儿童文学对于文研会作家积极的影响,这也是研究中国现代儿童文学的发展轨迹时应当加以注意的一个重要问题。

第四,从文研会成员个人的经历考察。文研会不少成员的生活经历、创作道路与儿童文学有着十分密切的联系,这是他们从事儿童文学特别有利的因素。限于篇幅,我们试就文研会几位主要的儿童文学作家的经历简略地进行分析。

如前所述,作为文研会两大台柱的茅盾和郑振铎,最早接触的文学恰巧都是儿童文学。他们先后进入商务印书馆编译所,最初担任的编辑工作都是负责《童话》丛书,茅盾还为孩子们编辑了《中国寓言初编》,郑振铎则创办了《儿童世界》。可以说,这两位现代文学大师都是从儿童文学起步的。中国现代童话的奠基者叶圣陶,曾在江苏乡

① 郑振铎:《第三卷的本志》,《儿童世界》1922 年 7 月第 2 卷第 13 期。

镇当过十年小学教师。他长期生活在孩子们中间，熟谙儿童心理，深切地体验到儿童对文学的兴味与要求。教师和作家的双重责任感促使他拿起笔来，为孩子们写作。赵景深最早从事的文学活动是翻译外国童话，早在学生时代就开始译介安徒生的作品。正是从翻译入手，他走上了创作研究儿童文学的道路。女性与儿童和儿童文学有着天然的联系，文研会女作家冰心、庐隐、高君箴、张近芬等，都非常热爱儿童文学，以女性特有的温柔和丰富的感情，为孩子们写作、编译了许多作品。丰子恺最初从事儿童漫画创作，对儿童心理的长期观察和体验，促使他搞起了儿童文学创作。黎锦晖曾长期担任中小学校的音乐教师，当编辑后，又负责小学教科书与《小朋友》的工作，这就自然把他推到了儿童文学领域。此外，如夏丏尊、谢六逸、徐调孚等人，都长期在教育系统或儿童读物编辑部门工作，这些职业必然把他们与儿童文学牢牢地连在一起。

尤应指出的是，当文研会发起"儿童文学运动"时，他们都相当年轻。1921年，茅盾25岁，郑振铎23岁，叶圣陶27岁，冰心21岁，庐隐23岁，王统照24岁，俞平伯21岁，赵景深19岁。青年时代，刚刚脱离少儿时期，还保持着天真烂漫的童心。那炽烈的青春感情、活跃的形象思维、丰富的想象、好动的性格，都十分适合从事儿童文学。文研会这批青年作家的儿童文学活动，留下了他们那个青春初醒的时代的脚印，烙下了他们一颗颗热情奔放的活泼的童心。

文学是客观生活的直接反映。作为一种社会现象和美学现象的文学创作，虽然是由各种社会过程决定的，但是任何一个作家的文学实践，总是跟自己的个人生活经历有着或多或少的联系。文研会的不少成员，尤其是骨干作家的生活经历、创作道路乃至年龄特征，都与儿童文学有着非常直接和密切的联系,为他们从事儿童文学提供了特别有利的因素,对他们热心于儿童文学并能取得卓越成果无疑有着重要意义。

以上简略分析了文研会热心儿童文学并能对儿童文学做出重要贡献的外因和内因。从中我们不难看出,时代的呼唤、社会的需求、五四新文化运动的哺育和催化,这是文研会发起"儿童文学运动"的外部因素。没有新文化运动为"儿童文学运动"扫清障碍,创造条件,没有五四运动的伟力,文研会想要取得儿童文学建设的巨大成就是不可能的。但是,如果文研会不紧紧抓住时代造就的有利时机,如果没有其自身具备的从事儿童文学的诸多内部因素——坚持"为人生而艺术"的文学主张,坚持"写实主义"即现实主义的创作方法,积极译介外国儿童文学,成员个人的独特生活经历等等条件,那就不可能把五四时代破土萌生的现代儿童文学推向前去,也不可能长期坚持儿童文学活动并进行锲而不舍的探索与垦辟。

第二节 文学研究会"儿童文学运动"的巨大实绩

现代儿童文学史的实践表明,文研会是新文学运动中真正关心儿童、热心儿童文学并真正懂得儿童文学的社团。他们对中国儿童文学的历史贡献是多方面的,要而言之,可以归结为以下三点。

第一,全面展示了"儿童文学运动"的实绩,在儿童文学的各个领域做出了开创性的贡献,彻底改变了中国儿童文学的滞后局面,创建了与时俱进的新的儿童文学。

　　根据现有的资料考察，一般认为：17世纪以前是世界儿童文学的史前时期。虽然为儿童服务的语言艺术古已有之——主要是民间口头创作的童话、儿歌等，但它们处于民间流行状态，很少有人用文字记录成集。17世纪末至18世纪，是世界儿童文学正式诞生和发展的时期。这一时期出现了作家有目的地为儿童采集、创作的文学作品。1697年出版的法国作家贝洛的童话集《鹅妈妈的故事》以及后来出现的《敏豪生奇遇记》等，就是这方面的代表。19世纪是世界儿童文学的第一个繁荣时期。儿童文学的太阳——安徒生从丹麦升起，他的168篇童话开创了世界儿童文学的新纪元。《快乐王子集》《格林童话》《阿丽思漫游奇境记》《水孩子》《木偶奇遇记》《爱的教育》等的出现，构成了这一时期世界儿童文学的兴盛景象。进入20世纪，儿童文学产生了重大突破，在各个领域出现了蓬勃的生机。[①] 从世界儿童文学"史"的高度考察中国儿童文学，中国儿童文学的现代性变革与转型，主要出现在五四新文化运动前后，而文研会作家群就是在一片"绝大的荒原"上出现的儿童文学拓荒队伍。这个社团在新文学史上活跃了10年以上（1921年—1931年），这10年正是中国儿童文学实现跨越发展的10年。文研会团结了五四前后出现的热心于儿童文学的作家，组成了一支力量雄厚、人才济济的队伍，在儿童文学的各个领域做出了开创性的贡献。

　　首先，在理论方面，他们密切配合鲁迅"救救孩子"的时代呐喊，大力宣传尊重儿童的独立人格，提高儿童的社会地位，积极倡导为儿童的文学，对儿童文学建设提出了完整、系统的理论见解。中国

---

①《儿童文学概论》编写组编：《儿童文学概论》，四川少年儿童出版社1982年版，第439页。

现代儿童文学理论正是以鲁迅对儿童文学提出的一系列精辟见解和文研会的儿童文学观为基础发展起来的。

其次，他们积极热情地翻译介绍外国儿童文学作品，译作数量之多、规模之大、影响之广都是前所未有的，是其他任何文学社团望尘莫及的。

再次，他们认真从事儿童文学编辑工作，贡献出了《儿童世界》《小朋友》这样有全国性影响力的杂志，同时还最早在权威性的文学刊物《小说月报》上开辟《儿童文学》专栏，积累和丰富了编辑儿童文学的成功经验。

特别重要的是，他们在儿童文学创作的各个领域——童话、儿童诗、儿童小说、儿童散文、儿童戏剧、幼儿文学等，都做出了不可磨灭的贡献，产生了自己的代表性作家与代表性作品，叶圣陶的童话《稻草人》奠定了中国艺术童话创作的基础，被鲁迅誉为"给中国的童话开了一条自己创作的路"；俞平伯的《忆》、王统照的儿童小说、冰心的《寄小读者》、黎锦晖的儿童歌舞剧、郑振铎的图画故事，是我国现代儿童诗、儿童小说、儿童散文、儿童戏剧与幼儿文学的扛鼎之作，在各自的领域都有着里程碑式的意义。正是文研会卓越的儿童文学创作成果，才构成了20世纪20年代儿童文学的繁荣景象，告别了中国童书出版消极地依赖翻译外国儿童文学的历史，开创了完全由中国作家独创儿童文学的新时代。从此以后，中国才有了自己的儿童文学作家、理论家，自己的新儿童文学作品，自己的儿童文学理论。文研会的这一实绩提高了我们的民族自信心，这是何等的引人自豪！

第二，完全突破了中国儿童文学的传统格局，摆脱了原先的封闭性体系，促使儿童文学的内容和形式都产生了质的飞跃，实现了儿童文学的现代化，为发展中国现代儿童文学奠定了坚实的基础。

文学是社会生活的反映，并随着社会生活的发展而发展。文学艺术发展的历史就是它们的内容和形式不断演变——实质上不断现代化的历史，儿童文学发展的历史也如此。诚如刘勰所云，"时运交移，质文代变"，"歌谣文理，与世推移"，"文变染乎世情，兴废系乎时序"。① 文学的现代化是历史的必然，儿童文学的现代化也是历史的必然。

19世纪末、20世纪初勃兴的近代儿童文学，从总的倾向来看，也还是以成人为本位，用成人的心理代替儿童心理，用成人的欣赏情趣左右儿童的欣赏情趣。只有当中国社会进入五四时代，这种情况才有可能产生根本性的改变。五四是一个"收纳新潮，脱离旧套"的时代，从五四开始的文学创作，无论在内容、形式以及创作方法等方面都有明显的变化和发展。从五四起，我国才开始有了真正现代意义上的文学，有了和世界各国取得共同的思想语言的新文学。鲁迅正是这种从内容到形式都完全崭新的文学的奠基人。② 也正是从五四开始，儿童文学在儿童生活、儿童教育中的重要性才真正在中国得到重视。社会生活的发展给儿童文学提供了新的表现对象、新的社会内容和新的信息，迫切地要求儿童文学的思想、形式和创作方法都来一番革新改造，输入当代精神的血液，与整个文学步调一致地走向现代化。而文研会就是实现儿童文学现代化的开路先锋。他们用自己的理论见解与创作实践，完全打破了中国儿童文学的传统格局，脱离了原先的封闭性体系，创造了从内容到形式完全崭新的儿童文学，适时地完成了儿童文

---

① [南朝·梁] 刘勰:《文心雕龙·时序》，载周振甫译注《文心雕龙选译》，中华书局1980年版，第154页。

② 严家炎:《历史的脚印，现实的启示——"五四"以来文学现代化问题断想》,《文艺报》1983年第4期。

学现代化的历史使命。

首先，文研会实现了儿童文学思想内容现代化——突破了只写神仙、王子、花儿、鸟儿的狭小圈子，大刀阔斧地把现实生活引进儿童文学，从而使儿童文学的思想内容产生了全新的特色：立足现实，"反映社会"，"表现人生"，与时代的脉搏和现代人民的感情息息相通；告诉年幼一代"真的人""真的世界"和"真的道理"，帮助他们认识社会，了解世界，走向人生；培养他们向真、向善、向美的思想感情。

其次，实现了儿童文学文体样式现代化。文研会一直在孜孜不倦地垦辟与实践着儿童文学的各种样式。中国现代儿童文学的各类文体，主要依靠了文研会作家的合力培植，通过形式的横向移植和纵向继承，才彻底改变了原先的落后局面，建立起与世界先进儿童文学一致的完备且充实的样式，既有艺术童话、儿童诗、儿童散文、儿童小说、儿童戏剧、幼儿文学等大的门类，又有适合年幼一代不同欣赏口味的各种特殊门类，如儿童诗就有童话诗、散文诗、游戏诗、小诗以及儿歌等各种样式。从此，中国儿童文学以完全崭新的面貌出现于世界儿童文学之林。

再次，实现了儿童文学表现手法的现代化。即尊重小读者的年龄特征，明确了儿童文学为儿童服务的根本原则。文研会果断地抛弃了中国传统儿童读物用成人心理取代儿童心理、用成人趣味垄断儿童趣味、居高临下地训斥儿童的弊端，明确提出了"儿童文学是儿童的——便是以儿童为本位，儿童所喜看所能看的文学"①，儿童文学要

---

① 郑振铎：《儿童文学的教授法》，宁波《时事公报》1922年8月10—12日。参见金燕玉等《郑振铎〈儿童文学的教授法〉考评》，《福建论坛》1984年第2期。

"对准儿童内发的感情而为之响应，使益丰富而纯美"①的崭新见解。一般而言，他们的创作注重儿童心理与欣赏情趣，以描写儿童生活、儿童形象或与儿童亲近的世界为主，通过广阔多样的题材、引人入胜的魅力、深入浅出的语言，来吸引、感染儿童，从而受到了孩子们的广泛欢迎。叶圣陶的童话、冰心的《寄小读者》、郑振铎的图画故事、黎锦晖的儿童歌舞剧等，堪称这方面的代表。

文学的现代化指的是文学的现代性，文学的不断现代化是文学发展的历史规律。自从出现了文研会的儿童文学创作之后，中国的儿童才有了完全根植于中国现实土壤中的，具有鲜明的时代精神、民族特色与生活气息的现代化的新儿童文学作品，才告别了早期通过模仿、改编洋人与古人的东西来摸索着打造儿童文学的历史。文研会作家们用自己完全现代化的创作奠定了现代儿童文学的坚实基础，把中国儿童文学推到了全新的阶段。

第三，开辟了现实主义的儿童文学创作道路，在中国现代儿童文学史上产生了极其深广的影响。历史的实践已经证明，现实主义是中国现代文学思潮的主流，以文研会为核心形成的"人生派"是中国现代文学流派中最大和最有影响的流派。文研会紧紧拥抱的现实主义是中国现代儿童文学的中心思潮和主导思潮，文研会开辟的现实主义创作道路是现代儿童文学的宽广大道。一部中国现代儿童文学史，主体就是现实主义儿童文学创作的发展史。文研会作家从事儿童文学的过程，可以说是他们的现实主义特征逐渐形成并日趋成熟的过程。这种现实主义特征表现在以下几点：

首先，他们以清醒的现实主义精神，真实地描写现实社会，深刻

---

① 叶圣陶：《文艺谈·七》，《晨报》副刊 1921 年 3 月 20 日、21 日。

而有力地揭露了中国半殖民地半封建社会的"有关人生一般的问题",申诉了"当代人类的苦痛与期望",表达了人民大众的"奋抗与呼吁",从而使他们的作品成了"时代的生活和情绪的历史"(高尔基语),有着深刻的认识意义和教育意义。这种清醒的现实主义精神,在童话、儿童小说等叙事作品中表现得最为明显。如叶圣陶的《稻草人》《鲤鱼的遇险》《大喉咙》《画眉鸟》《克宜的经历》,王统照的《湖畔儿语》,冰心的《冬儿姑娘》《最后的安息》,庐隐的《两个小学生》,徐玉诺的《在摇篮里》,老舍的《小坡的生日》,等等。

其次,他们的现实主义是富有理想的。叶圣陶在谈到自己的创作为什么走上"为人生"的道路时说:"当时仿佛觉得对于不满意不顺眼的现象总得'讽'他一下。讽了这一面,我期望的是在那一面,就可以不言而喻。所以我的期望常常包含在没有说出来的部分里。"[1]文研会的儿童文学创作,一方面通过直接揭露黑暗现实,借助"讽了这一面",以激起人们对黑暗腐朽势力的憎恶和对"没有说出来的"光明未来的呼唤;另一方面,还常常通过热烈地讴歌纯洁的童心、描写富于理想色彩的美好世界来表明他们对新的生活、新的社会的执着追求。这两方面都显示了文研会的现实主义富有理想的鲜明特征。叶圣陶的《小白船》、冰心的《寄小读者》、俞平伯的《忆》、丰子恺的《华瞻的日记》、黎锦晖的《月明之夜》等,都是通过童心美、童稚美来讴歌"爱"与"美"的理想,表达了作家对光明未来的憧憬与呼唤。这种感情实际上反映了广大人民群众对新生活的向往和追求。

再次,他们的现实主义遵循了典型化的原则。对于小说、戏剧

---

[1] 叶圣陶:《叶圣陶选集·自序》,载新文学选集编辑委员会编《叶圣陶选集》,开明书店1951年版,第7页。

等叙事作品要求"真实地再现典型环境中的典型人物",这是现实主义创作的重要特征之一。文研会作家根据环境和性格统一的观点,把现实生活中的素材,经过提炼、概括、集中,使之成为具有高度典型性、概括性的文学形象,真实地反映出社会生活的本质和规律,营造出特定的社会心理氛围,塑造了一系列鲜明生动的儿童文学典型人物。例如:富有同情心却又没有力量,没有办法可以改变环境、帮助别人的稻草人(叶圣陶《稻草人》);舍己为人,一辈子为人民做好事的绿衣人(叶圣陶《跛乞丐》);大胆泼辣、勇于反抗命运的冬儿姑娘(冰心《冬儿姑娘》);备受生活折磨、可怜而早熟的小顺(王统照《湖畔儿语》);厌烦死读经书、追求艺术发展的小画家(黎锦晖《小小画家》);等等。这类典型作品的出现是文研会坚持现实主义儿童文学创作的一个重要成果,也是现代儿童文学创作的一大重要收获。

以叶圣陶童话《稻草人》为标志的文研会作家群合力开辟的现实主义儿童文学创作道路,不但在20世纪20年代是整个中国儿童文学创作的主导思潮,而且对20世纪三四十年代以至1949年以后的当代儿童文学,都产生了极其深刻的影响。这种影响可以从两个方面加以考察。

一是对文研会成员三四十年代创作的影响。尽管文研会在后期发生了分化,至1932年1月由于《小说月报》停刊而无形消亡,但其中坚作家仍然沿着现实主义道路继续前进,他们的儿童文学创作仍然继承着现实主义传统,并在新的历史时期有了新的发展。1933年,由傅东华、郑振铎、王统照(皆为文研会成员)先后主编的大型刊物《文学》,在第7卷第1号上推出了"儿童文学特辑",该辑刊载了4篇反映苦难中国儿童的不幸生活的小说《大鼻子的故事》(茅盾)、《一个练习生》(叶圣陶)、《小红灯笼的梦》(王统照)与《新爱弥尔》(老舍),以及傅东华翻译的苏联童话《筑堤》,同时还发表了 3 篇力主儿童文学应拥抱人生、表现新的时代与新的生活的重要文论:高尔基的《儿童文学的"主题"论》、茅盾的《儿童文学在苏联》、郑振铎的《中国儿童读物的分析》。编者在《编后记》中明确指出:"这特辑意在给儿童们与'大人'们一种新的提示,新儿童的社会观。"不难看出,这里所说的"新的提示"与"新儿童的社会观"正是 20 年代文研会高扬的现实主义精神,同时已明显地表现出社会主义儿童文学的时代走向。无论是《文学》发表的儿童小说,还是 30 年代叶圣陶所写的其他童话(如《火车头的经历》《鸟言兽语》)、茅盾的儿童小说(《少年印刷工》《儿子去开会去了》等),无不以反映现实人生为主题,表现了对生活鲜明的爱憎。不同的是,由于作家的世界观和创作指导思想比 20 年代有了不同程度的进步和发展,他们的创作达到了新的高度。茅盾的儿童小说在广阔的背景前展开丰富的故事情节,通过典型形象与人物命运的真实描写,比较充分地反映了时代生活内容。这些作品,理所当然地在现代儿童文学史上有着重要地位。丰子恺在 40 年代创作了《伍圆的话》《明心国》《大人国》等十多篇童话,这些作品与他 20 年代的儿童散文相比,明显地增强了现实主义精神,有着强烈的时代特色和生活气息。如《伍圆的话》,通过一张五元纸币自述不平凡的经历,巧妙而真实地反映了 20 世纪 40 年代中国社会物价飞涨、钞票贬值、民不聊生的现实,记录了旧中国历史上黑暗的一页。

二是对其他作家创作的影响。现实主义的儿童文学创作传统,不但为原来的文研会作家所继承,更被后起的儿童文学作家发扬光大,得到了源远流长的发展。这在 30 年代崭露头角的张天翼的儿童文学创作中表现得特别突出。张天翼的长篇童话《大林和小林》（1932年）、《秃秃大王》（1933年）、《金鸭帝国》（1933年）与儿童小说《奇怪的地方》（1936年）等，都是现实主义的儿童文学杰作，包含着十分丰富的社会生活内容。尤其是写于抗战烽火中的《金鸭帝国》，作者以无比的激愤，有力地抨击了日本帝国主义。与叶圣陶直面人生的童话创作相比，张天翼的作品紧密结合社会现实斗争，更加贴近时代，从而把文研会开辟的现实主义推到了一个新的高度。紧扣时代脉搏、反映社会现实生活、与人民的呼声相应答，这成了三四十年代儿童文学创作的思想基调。贺宜与苏苏曾被当时的评论者称为"是把战争和血泪的现实，表现在儿童文学作品里的勇敢的尝试者"[1]。巴金的《长生塔》、陈伯吹的《华家的儿子》《火线上的孩子们》、严文井的《南南和胡子伯伯》、华山的《鸡毛信》、管桦的《雨来没有死》，以及金近、仇重、吕漠野、何公超、鲁兵、圣野、包蕾等创作的一系列反抗黑暗、呼唤光明的儿童文学作品，无不继承了现实主义的传统，反映了真实的社会生活和中国人民的革命斗争，极大地鼓舞了年幼一代。在1949年以后的当代儿童文学发展中，现实主义思潮曾几度崛起，而每一次的崛起，总是使现实主义得到进一步的深化。

第三节　文学研究会"儿童文学运动"的历史贡献

历史的实践已然证明：文研会是中国现代儿童文学光荣的拓荒者与建设者。正是他们，最为热忱地响应鲁迅"救救孩子"的时代号令，

---

[1] 范泉：《新儿童文学的起点》，《大公报》1947年4月6日。

积极投入服务儿童、垦辟儿童文学的光荣事业，用自己切切实实的努力，尤其是在儿童文学创作方面的巨大实绩，彻底改变了中国儿童文学的滞后局面，开创了中国儿童文学史的新纪元，加快了儿童文学的发展步伐，揭开了新的历史篇章。

正如五四以后我国有了新文学一样，五四以后我国也有了自己的"新儿童文学"，而开拓和建设这种具有新内容、新形式、新精神、新素质的"新儿童文学"的拓荒者与建设者，正是文研会。自从有了文研会的儿童文学实绩，中国才有了完全现代化的各类新儿童文学的创作作品，有了中国特色的儿童文学理论体系，从而使儿童文学与成人文学相区别，理所当然地成为文学领域的一个独立门类。从此以后，中国儿童文学以完全崭新的面貌自立于世界儿童文学之林，并成为世界儿童文学潮流的一个重要组成部分，产生着日益深广的影响。这是文学研究会对中国新文学的一个独特而辉煌的贡献，是 20 世纪 20 年代其他任何文学社团所不具有的。

当然，20 年代的儿童文学也有其他文学社团与作家的参与。如创造社丛书中就有"世界儿童文学选集"，包括《王尔德童话》（1922年）、《蜜蜂》（1923 年）等多种儿童文学译著；周全平的《烦恼的网》（1924 年）、《呆子和俊杰》（1923 年）等，也是童话寓言故事。在童话创作方面，还有徐志摩的《小赌婆儿的大话》（1924 年）、敬隐渔的《皇太子》（1926 年）、汪静之的《地球上的砖》（1927 年）等。彭家煌也写过《牧童的过失》（1929 年）等多篇儿童小说。儿童文学在 20 年代受到普遍的重视，这是一个不争的事实。

附篇

现代儿童文学的理论深耕与生命共感

【内容提要】中国现代儿童文学的开创者、建设者，是将儿童文学视作国家与民族的"生命共同体"——儿童文学是联结上代与下代、人世与人心、历史与现实的民族生命共同感悟、感动、感奋的载体。思想家把它看成能使孩子"将来成为一个完全的人"的利器（鲁迅），文学家把它看成疗救中国社会"起死回生的特效药"（郭沫若），教育家把它看成"儿童精神方面最好的滋养料"（赵侣青）。现代儿童文学的理论建设是从中国社会文化的突出问题"儿童观"破题入手，重在建构"儿童本位"的儿童文学观，并在儿童文学融入国语教学改革方面取得突破，其间经历了多种观念的交锋与争辩，积累了丰富厚重的理论思维成果。现代儿童文学的理论深耕与多维建构所呈现的"历史观"，能使我们接近与还原现代儿童文学的历史图景与真相，从一个独特的维度丰富儿童文学、现代文学以及中国现代文学史、文论史的研究，并成为促进新世纪儿童文学发展及理论建设的借鉴。这篇长文的内容既可与《现代儿童文学的先驱——论文学研究会的"儿童文学运动"》形成互补,又从更宽阔的视野探讨了现代儿童文学始发时期的理论问题与文化语境。

儿童文学是整个文学系统中的独立门类与不可或缺的重要组成部分,就如同"失独"家庭不是完整的家庭一样,现代文学系统自然也不能缺失现代儿童文学这一子系统。"一切历史都是个人史。"对于那一段已成为历史的现代文学,我们自然不可能有参与其中的历史机遇,但按照历史真实和学术逻辑,试着从方法论上寻找突破,还原儿童文学的历史图景,则是一件可以尝试的工作。从某种角度说,历史观比历史的事实更真实,如同绘画比照相更真实。因而从现代儿童文学"历史观(理论)"的维度,探讨与还原现代儿童文学的历史地图,应是有可能符合历史真相与学术逻辑的。在现代儿童文学"历史观(理论)"(论文、文献、序跋、演讲等)的背后,涉及现代中国的儿童观、儿童文学观、儿童教育教学观,涉及儿童的社会地位、生存权、发展权、受保护权这些具有根本性的现代儿童问题与社会问题。特别是儿童观与儿童文学观的变革,直接影响与规范着现代儿童文学系统工程建设的方方面面——包括作家创作、编辑出版、学校教学、阅读推广、对外交流等。

第一节 现代儿童文学的理论起点: 从"儿童观"破题

现代儿童文学的发生、发展,是以理论导其先,实践继其后的。

这是民国儿童文学的基本特点与历史事实。

考察现代儿童文学（1912—1949），我们可以发现这样一个完全有别于当代儿童文学（1949年迄今）的事实：现代儿童文学一直没有专门的儿童文学作家，而是由一大批关心民族下一代、热心儿童文学的成人文学作家扛起了"双肩挑"的文学使命，他们既是杰出的成人文学作家，同时也是贡献卓著的儿童文学作家，如叶圣陶、冰心、茅盾、张天翼、郑振铎、老舍等。大致要到20世纪40年代，才出现陈伯吹、严文井、贺宜、金近等相对"专职"的儿童文学作家。而1949年以后的当代儿童文学则完全不同，专职的乃至一辈子以儿童文学为志业的作家数量庞大，代代相继。今天我国至少有百位以上成就卓越的专业儿童文学作家，如果加上经常涉足儿童文学领域的，应该在3000人左右。这说明什么呢？这说明理论与实践的关系：从整体上说，现代儿童文学的理论建设与影响要大于创作实践；而共和国时期正好相反，创作成就与影响远远高于理论思维成果。因而研究现代儿童文学，自然而然，对这一历史时期理论建设与创新的探讨就显得格外重要。同时，这一历史基本面貌也符合作为一种新式文学的儿童文学在现代中国发展的必然规律，正是理论观念的变革与创新，才为儿童文学的创作生产带来了思想动力与艺术准绳。事实上，现代儿童文学理论的最高成果，可以为研究现代中国的整个文艺学、美学、教育学、心理学、哲学等学科提供信息丰富的理论材料和"别有洞天"的社会精神史成果。

现代儿童文学理论建设的深耕工作，按其历史轨迹与逻辑顺序，集中在儿童观的转变→儿童文学本体话语的建构→儿童文学教育的深入→儿童文学作家作品批评。现代儿童文学的奠基者、建设者从不同维度、不同职场，投入了这一中国 20 世纪上半叶的精神思想与新式文学的拓荒、探索与建设工作。由于这一问题涉及面广，以下试作分项论述。先谈现代儿童文学的理论起点：从"儿童观"破题。

何为儿童文学？简单地说，儿童文学是大人写给小孩看的文学。具体地说，儿童文学（或称少年儿童文学）是以 18 岁下的儿童为本位而创作的，具有契合儿童审美意识与发展心理的艺术特征，有益于儿童精神生命健康成长的文学。儿童文学是一种文学类型，包含着丰富多样的文体。儿童文学的特别之处在于它是一种因读者对象而命名的文学类型。按照联合国 1989 年通过的《儿童权利公约》的界定，儿童"系指 18 岁以下的任何人"。因此，实际上，儿童文学的儿童读者隐含着 18 岁以下的任何人。但 18 岁以下的儿童读者，无论是年龄特征、思维特征、社会化特征，还是性别、民族、国别、生存环境等各个方面都千差万别。他们唯一的共同之处是他们都处在成长之中，"长大成人"是他们的生命共感与共性。这就意味着，儿童文学关注的是一个处于不断变动中的、丰富多样的生命群体。

但是，儿童文学的受众对象以及这一文学所要表现的儿童生活世界，在成人眼里通常是被忽视（轻视、漠视）的，人类在漫长的岁月中，并没有把儿童当儿童看。对此，鲁迅曾作过这样的分析批评："往昔的欧人对于孩子的误解，是以为成人的预备；中国人的误解，是以为缩小的成人。"[1] 儿童没有各种权利，甚至发言权，用鲁迅批评的话说，"孩子还没开口就已错了"。儿童的这种弱势地位天然地规定了儿童文学的生产者（包括创作、批评、编辑、阅读推广）与话语权掌控

---

[1] 鲁迅:《我们现在怎样做父亲》,《鲁迅全集》第 1 卷，人民文学出版社 2005 年版，第 140 页。

者只能是成年人。因而,成年人如何理解儿童与如何对待儿童的观念与行动,也即"儿童观",就成了决定儿童文学的根本。一部儿童文学史,实际上是成人社会儿童观的演变史,有什么样的儿童观,就有什么样的儿童的社会地位、权利、生存与命运,也就有什么样的儿童文学的题材内容、艺术表达与语言形式。在一切儿童文学现象背后,有一双无形的手在掌控着儿童文学,这就是成年人的儿童观。而儿童观的背后,则联系着社会历史文化的变革与思想精神的脉动。因而,解读某一历史时期的儿童观,就成了解读这一时期儿童文学的"钥匙"。对于民国儿童文学,尤其是如此。

现代儿童文学的发生发展与理论建设,是从"儿童观"问题破题的,担当这一使命的,是当时中国一批最优秀、最前卫的思想家、文学家;而五四新文化运动则为中国人发现儿童、解放儿童、创建完全崭新的"儿童观"与"儿童文学观"提供了最好的时机与思想资源。

作为解放思想"收纳新潮,脱离旧套"(鲁迅语)的五四时代,如同"天赐"一般地为改变中国人传统儿童观的误区进而发现儿童、"救救孩子"(鲁迅语)提供了最好的历史契机。茅盾指出:"人的发见,即发展个性,即个人主义,成为'五四'新文学运动的主要目标;当时的文学批评和创作都是有意识或下意识的向着这个目标。"[1] 五四新文化运动出现的重要社会思潮,如妇女解放的思潮、婚姻自由的思潮、表现自我的思潮、表现"爱"的思潮,再如关于父权、人生、国民性、个性解放、人格独立、青年、家庭、婚姻、贞烈观等问题的社会大讨论,无一不是向着"人的发现"这个总思潮的。如同欧洲文艺复兴运动经历了"发现人、解放人",进而"发现妇女、解放妇女",再进

---

[1] 茅盾:《关于创作》,《茅盾全集》第19卷,人民文学出版社1991年版,第266页。

而"发现儿童、解放儿童",使得儿童的发现和解放成为人的发现与解放的"最后之发现和解放"一样,在中国,五四新文化运动也同样经历了这一思想观念与人的发现和解放的"最后之发现和解放"的颠覆性变革,只是在时间上快速地重复了欧洲文艺复兴运动的经历而已。正是在这一前所未有的"人的发现"的总思潮的冲击下,传统帝国的"儒家三纲"之说土崩瓦解,其中的"父为子纲"奄奄一息,而"老者本位""祖先崇拜"意识的否定与"儿童本位""小儿崇拜"观念的肯定,终于使作为民族之未来的儿童问题得到了思想界、文化界、教育界的普遍重视。

文学革命主将鲁迅提出了一系列关于儿童问题的观点,特别是1919年10月发表的《我们现在怎样做父亲》,成为改变中国人传统儿童观的宣言书。鲁迅深刻地指出:"孩子的世界,与成人截然不同,倘不先行理解,一味蛮做,便大碍于孩子的发达。所以一切设施,都应该以孩子为本位""此后觉醒的人,应该先洗净了东方古传的谬误思想,对于子女,义务思想须加多,而权利思想却大可切实核减,以准备改作幼者本位的道德"。他呼吁社会对于儿童"应该健全的产生,尽力的教育,完全的解放","一切设施,都应该以孩子为本位";儿童解放"这是一件极伟大要紧的事,也是一种极困苦艰难的事"。他认为这有三方面的工作要做:"开宗第一,便是理解",理解儿童的心理、生理特征与精神世界,这是发现儿童的前提;"第二,便是指导",使孩子"将来成为一个完全的人";"第三,便是解放",社会要为他们"开辟新路",使他们"全部为他们的自己所有,成为一个独立的人"。中国千百年来以"父子为纲"为核心、视儿童为"缩小的成人"的儿童观,遭到了前所未有的挑战。

　　鲁迅把"儿童本位"作为一个社会目标与思想口号正式提出，这是其在 1918 年《狂人日记》中发出的"救救孩子"的呐喊的延续与生发，其目的都是为了人类"去上那发展的长途"，努力"肩住了黑暗的闸门"，"放后起的生命""到宽阔光明的地方去"①。从这一使命出发，鲁迅以极大的热情关注着深刻影响儿童精神生命成长的儿童读物与儿童文学，并在以后的文学理论中，对儿童文学提出了一系列精辟见解，而且还在自己创作的《故乡》《社戏》《药》《明天》等小说中，塑造了一批鲜活的少年形象，通过对农家少年（闰土、双喜等）的热情赞颂来表达对幼者深沉的爱，通过对摧残幼者（华小栓、宝儿等）的恶势力的鞭挞，以警醒全社会都来"救救孩子"。在鲁迅眼里，"童年的情形，便是将来的命运"②，儿童文学直接联系着民族未来一代国民性格的塑造与民族国家的命运。

　　与鲁迅一起并称为"兄弟作家"的周作人，是民国时期从事儿童文学研究的第一人。早在 1913 与 1914 年，周作人就发表了《童话研究》《古童话释义》《儿歌之研究》等文章，后来又在《新青年》上不断刊登安徒生、托尔斯泰等的童话译作。五四时期，周作人的反传统意识十分明显，在儿童观上也是如此。从 1918 年 12 月在《新青年》上发表的《人的文学》，1920 年 12 月发表的《儿童的文学》，1923 年发表的《儿童的书》《关于儿童的书》等文章中，周作人提出了一系列儿童教育、儿童文学的新观点。他认为"我们对于教育的希望是把儿

---

① 鲁迅:《我们现在怎样做父亲》,《鲁迅全集》第 1 卷, 人民文学出版社 2005 年版, 第 135 页。
② 鲁迅:《上海的儿童》,《鲁迅全集》第 4 卷, 人民文学出版社 2005 年版。

童养成一个正当的'人'"①，凡是"违反人性"的扼杀儿童精神的"习惯制度"都应加以"排斥"。他强调必须尊重儿童的社会地位与独立人格，"儿童在生理心理上，虽然和大人有点不同，但他仍是完全的个人，有他自己的内外两面的生活"，"儿童教育，是应当依了他内外两面生活的需要，适如其分的供给他，使他生活满足丰富"②。周作人还批评传统教育与旧文学漠视儿童的精神世界，感叹"中国还未曾发见了儿童，——其实连个人与女子也还未发现，所以真的为儿童的文学也自然没有"③。他认为"儿童同成人一样的需要文艺"，新文学有"供给他们文艺作品的义务"。从事儿童文学的人应当注重理解"儿童的世界"，"迎合儿童心理供给他们文艺作品"；并根据不同年龄阶段儿童的特征，对 3 至 6 岁、6 至 10 岁、10 至 15 岁三个时期的孩子对儿童文学的不同需要作了分析④。周作人认为："儿童的文学只是儿童本位的，此外更没有什么标准"⑤，儿童文学应当"顺应满足儿童之本能的兴趣与趣味"⑥，"顺应自然，助长发达，使各期之儿童得保其自然之本相"⑦。

---

① 周作人:《关于儿童的书》，载周作人《谈虎集（下卷）》北新书局1934年版。另见《周作人自编文集·谈虎集》，止庵校订，河北教育出版社 2002 年版，第 297 页。
② 周作人:《儿童的文学》，《新青年》1920 年 12 月第 8 卷第 4 号。另见《周作人自编文集·儿童文学小论》，止庵校订，河北教育出版社 2002 年版，第 38 页。
③ 周作人:《儿童的书》，《文学旬刊》1923 年 6 月 21 日第 3 号。另见周作人《儿童文学小论》，上海儿童书局 1932 年版。又见《周作人自编文集·儿童文学小论》，止庵校订，河北教育出版社 2002 年版，第 57 页。
④ 周作人:《儿童的文学》，《新青年》1920 年 12 月第 8 卷第 4 号。另见《周作人自编文集·儿童文学小论》，止庵校订，河北教育出版社 2002 年版，第 38 页。
⑤ 周作人:《儿童的书》，《文学旬刊》1923 年 6 月 21 日第 3 号。另见周作人《儿童文学小论》，上海儿童书局 1932 年版。又见《周作人自编文集·儿童文学小论》，止庵校订，河北教育出版社 2002 年版，第 57 页。
⑥ 周作人:《童话的讨论》，载赵景深编《童话评论》，上海新文化书社 1924 年版。
⑦ 周作人:《童话概论》，《教育部编纂处月刊》1913 年 9 月第 1 卷第 8 期。另见《周作人自编文集·儿童文学小论》，止庵校订，河北教育出版社 2002 年版，第 8 页。

深受五四新文化思潮影响的郭沫若，在去日本留学多年后，于1921年回国，与郁达夫等成立创造社。郭沫若同时是一位坚定地倡导儿童文学的作家。他在1922年1月11日写的《儿童文学之管见》[①]一文，从文学影响人性素养与国民精神的维度，强调儿童文学不仅对儿童，而且对社会也有"宏伟的效力"："人类社会根本改造的步骤之一，应当是人的改造。人的根本改造应当从儿童的感情教育、美的教育着手。有优美纯洁的个人才有优美纯洁的社会。""文学于人性之熏陶，本有宏伟的效力，而儿童文学尤能于不识不知之间，导引儿童向上，启发其良知良能。"因而他认为"儿童文学的提倡对于我国社会和国民，最是起死回春的特效药，不独职司儿童教育者所当注意，举凡一切文化运动家都应当别具只眼以相看待"，因为"今天的儿童便为明天的国民"，儿童的状况关系着民族的未来。像这样将儿童文学视为疗救中国社会的"起死回春的特效药"，这是何等的重视与推戴！

儿童一旦真的被"发现"，深刻影响儿童教育、儿童精神的儿童读物与儿童文学立刻得到了一代五四精英的极大关注。陈独秀曾明确指出："'儿童文学'应该是儿童问题之一"[②]。鲁迅、胡适、周作人、沈尹默、刘半农等先后在《新青年》发表了以儿童生活为题材的白话诗；《新青年》还破格为儿童文学提供园地，在全国各大报刊中，率先登载了安徒生、托尔斯泰、梭罗古勃等的童话译作，并发表周作人热情鼓吹儿童文学的文章《读安徒生童话〈十之九〉》（1918年9月）与《儿童的文学》（1920年12月）。由于《新青年》的大力倡导，文学界、

---

① 郭沫若：《儿童文学之管见》，《民铎》月刊1922年第2卷第4期。另见《沫若文集》第10卷，人民文学出版社1957年版。
② 茅盾：《关于"儿童文学"》，《文学》1935年2月第4卷第2号。另见《茅盾全集》第22卷，人民文学出版社1993年版，第361页。

教育界、新闻界、妇女界普遍开展了儿童教育新途径的探讨，呼吁人们改变传统儿童观，强调"儿童一样爱好文学，需要文学，我们应当把儿童的文学给予儿童"[①]。《教育杂志》《中华教育界》《妇女杂志》《东方杂志》以及著名的四大副刊（《晨报》副刊《京报》副刊《民国日报·觉悟》《时事新报·学灯》）纷纷发表文章，热烈探讨儿童读物与儿童文学，刊登儿童文学作品；有的还开辟了专栏，如《晨报》的《儿童世界》，《京报》的《儿童周刊》。叶圣陶在《晨报》副刊发表的《文艺谈》（1921年3月）中大声呼吁：新文学战士应当"为最可宝爱的后来者着想，为将来的世界着想，赶紧创作适于儿童的文艺品"，这是新文学面临的"重要事件之一"，"这也是伟大的事业啊！"冰心以强烈的社会责任感，用诗的语言热切地呼唤："万千的天使 / 要起来歌颂小孩子; / 小孩子！ / 他细小的身躯里, / 含着伟大的灵魂。"[②] 1922年，黎锦熙等国语运动的推行者们，也在《国语月刊》创刊号上开设《儿童文学》专栏，疾呼"'国语化的儿童文学读物'，确是国语中紧要分子。"

第二节　建构"儿童本位"的儿童文学观

"儿童文学"对于现代文坛无疑是一种全新的文学，因为至少在1920年12月《新青年》杂志发表周作人《儿童的文学》一文之前，

[①] 吴研因：《清末以来我国小学教科书概观》,《中华教育界》1935年5月第23卷第11期。另见张静庐辑注《中国出版史料补编》，中华书局1957年版，第149页。

[②] 冰心：《繁星·三十五》，载《冰心文集》，海峡文艺出版社1994年版，第243页。

中国的文学界似乎还没有正式提出"儿童文学"这一概念。当时提得最多的是"童话"。自 1909 商务印书馆孙毓修编选《童话》丛刊以来,"童话"已广泛地为读书界、文学界所熟知,因而在很长时间,"童话"几乎成了"儿童文学"的代名词,两者之间常可通用。试举两例:1924 年 1 月,上海新文化书社出版的由赵景深编选的《童话评论》一书,所选 18 位作者的 30 篇论文,其中有不少与童话无关,此书实际上是我国第一部儿童文学论文集。再如,1935 年鲁迅翻译出版的苏联班台莱耶夫作品《表》,标明为"童话",而实际上是中篇儿童小说。

中国儿童文学史上究竟何时何人最先提出或使用"儿童文学"一词?现在碍难考订。但据茅盾在 1935 年发表的《关于"儿童文学"》[①]一文的说法,大致在 1921 年至 1922 年间。茅盾这样说:"'儿童文学'这名称,始于'五四'时代。大概是'五四'运动的上一年罢,《新青年》杂志有一条启事,征求关于'妇女问题'和'儿童问题'的文章。'五四'时代的开始注意儿童文学是把'儿童文学'和'儿童问题'联系起来看的,这观念很对。记得是一九二二年顷,《新青年》那时的主编陈仲甫先生在私人的谈话中表示过这样的意见,他不很赞成'儿童文学运动'的人们仅仅直译格林童话或安徒生童话而忘记了'儿童文学'应该是'儿童问题'之一。"

"儿童文学"一词被中国社会开始接受并流行开来,应在 1921 与1922 年之间,我认为这是可信的。其中的重要原因之一,是受 1920年 12 月周作人发表的《儿童的文学》一文之影响。以周作人当时的文学地位以及此文在《新青年》杂志上发表的学术影响,周作人提出的

---

① 茅盾:《关于"儿童文学"》,《文学》1935 年 2 月第 4 卷第 2 号。另见《茅盾全集》第
  22 卷,人民文学出版社 1993 年版,第 361 页。

"儿童的文学"的口号迅速得以流传，以后顺理成章地演变、简化成了"儿童文学"。

1921 年 3 月 5 日起，《晨报》副刊开始连续刊登叶圣陶的《文艺谈》，全文共 40 则。其中 3 月 12 日发表的第 7 则是专谈"儿童的文艺品"，此文最后一段是这样的："我想，儿童若是有适宜的营养品——文艺品，一定可以有更高的创作力，成就很好的儿童作品。因此，文艺家对于儿童文艺更不可不努力。"这是媒体上最早出现"儿童文艺"一词。叶圣陶在 3 月 22 日发表的《文艺谈》第 8 则中，竟有 5 处使用"儿童文艺"，可见叶圣陶对"儿童文艺"一词之喜爱。

从现有文献资料考察，1921 年暑假应是"儿童文学"正式登场的时机。1921 年，商务印书馆在上海举办讲习所，在为期 3 个月的师范班毕业之时，正值暑假，于是又续办了五个星期的"暑假专修班"，听讲者多达 500 余人，来自全国 15 个省。这个专修班除了讲习国语外，还举办了多次演讲会，演讲者都是当时文化界、教育界的名人或新从欧美考察回国的学者、教授，如胡适、黄炎培、马寅初、陈鹤琴等。演讲内容涉及欧美教育新潮，哲学、经济学、心理学、教育学等。教育家严既澄在这个专修班上作了题为《儿童文学在儿童教育上之价值》的演讲[1]。严既澄开篇就对儿童文学作了明确界说："儿童文学，就是专为儿童用的文学。他所包涵的，是童谣，童话，故事，戏剧等类，能唤起儿童兴趣和想象的东西。"严既澄认为，从科学的儿童观出发，儿童教育必须适应儿童内部的心理发展规律与精神需求，特别是"儿童时代的想象力，是很关重要，很应当尽力去发展他的"。"人生在小学的时期内，他的内部生命，对于现世，都没有什么重要的要求，只有

---

[1] 严既澄:《儿童文学在儿童教育上之价值》,《教育杂志·讲演号》1921 年 11 月。

儿童的文学，是这时期内最不可缺的精神上的食料。因此，我以为真正的儿童教育，应当首先著重这儿童文学"。严既澄的这番讲演，对于当时的学校教育重视儿童文学起了积极的促进作用，同时由于明确采用了"儿童文学"一词，通过全国性暑假专修班的传播影响，"儿童文学"自然被广泛流传开来。

"儿童文学"一词以及这种新式文学最先在小学教育界受到欢迎并得以普及。五四以后的 1921 至 1924 年间，全国普遍出现了儿童文学热潮。诚如当时的儿童文学研究者所言："近几年来，小学教育界表面的进步，可算一日千里了。旁的不用说，年来最时髦，最新鲜，兴高采烈，提倡鼓吹，研究试验的，不是这个'儿童文学'问题么？教师教，教儿童文学，儿童读，读儿童文学，研究儿童文学，演讲儿童文学，编辑儿童文学，这种蓬蓬勃勃勇往直前的精神，令人可惊可喜。"①

走进中小学校去演讲新文学与儿童文学，或直接参与中小学国语教学改革，这是五四新文学的一道"风景"（今天有不少著名儿童文学作家、评论家与阅读推广人，走进中小学校，进行儿童文学的阅读推广活动，从某种角度说，是继承了五四新文学的这一"传统"）。鲁迅曾多次到中学演讲，阐发新文学理念，强调阅读新文学的重要性；胡适曾两次发表《中学国文的教授》，并参与中小学学制改革；钱玄同帮助孔德学校编纂国语教材；周作人《儿童的文学》就是其 1920 年 10 月 26 日在北京孔德学校所作的演讲。1922 年暑假期间，郑振铎与茅盾应邀去宁波"四明夏期教育讲习会"讲学。讲习会自 7 月 24 日开始，至 8 月 12 日结束，学员是来自宁波及周边鄞县、镇海、奉化、慈溪、余姚、上虞等县的中小学教师，共 300 多人。茅盾演讲了《文学上各

① 魏寿镛、周侯予：《儿童文学概论》，商务印书馆 1923 年版，第 1 页。

种新派兴起的原因》，郑振铎则演讲了《儿童文学的教授法》，大力推广儿童文学，强调儿童文学与学校教育的结合。

这时期，不少新文学家与教育家发表了一大批儿童文学研究与演讲文章，重要者有：郭沫若的《儿童文学之管见》（1922），郑振铎的《儿童文学的教授法》（1922），周邦道的《儿童的文学之研究》（1922），刘衡如的《儿童图书馆和儿童文学》（1922），戴渭清的《儿童文学的哲学观》（1924），陈学佳的《儿童文学问题》（1924），张九如的《儿童文艺教学法》（1924）等。1922 年 9 月，我国第一本以儿童文学为题的教学用书《儿童文学读本教学法》（周尚志、沈百英等编）由商务印书馆出版。1923 年 8 月，我国第一本探讨儿童文学基本原理的专著，同时也是师范院校的儿童文学教材《儿童文学概论》（魏寿镛、周侯予著）也由商务印书馆出版。自此，"儿童文学"一词终于在中国文化版图上扎下了深根。

在现代儿童文学的初创阶段，"儿童本位论"几乎成了许多儿童文学理论的立论依据。郭沫若在《儿童文学之管见》（1922.1）中提出了儿童文学是"儿童本位的文学"的看法："儿童文学，无论采用何种形式（童话、童谣、剧曲），是用儿童本位的文字，由儿童的感官以直诉于其精神堂奥，准依儿童心理的创造力的想象与感情之艺术。"郑振铎在《〈儿童世界〉宣言》（1921.9）中明确宣布，要以美国麦克·林冬提出的"儿童文学及其他学问都要：（一）使他适宜于儿童的地方的及其本能的兴趣及爱好。（二）养成并且指导这种兴趣及爱好。（三）唤起儿童已失的兴趣与爱好"作为办刊宗旨[①]。以后，他又在《儿童文

---

① 郑振铎：《〈儿童世界〉宣言》，先后刊登于 1921 年 12 月 28 日《时事新报·学灯》，12 月 30 日《晨报》副刊及《妇女杂志》。

学的教授法》（1922.7）中给儿童文学下了如下定义："儿童文学是儿童的——便是以儿童为本位，儿童所喜看所能看的文学。"① 严既澄的《儿童文学在儿童教育上之价值》（1921.7）一文认为，儿童教育必须"顾全儿童的时期，用适当的教材，来谋他内部的发展"；"儿童文学，就是专为儿童用的文学"，它所包涵的，是"能唤起儿童的兴趣和想象的东西"。冯国华在《儿歌底研究》（1923.11）中也发表了类似的见解："我以为儿童文学，就是儿童的文学；详细地说：用儿童本位的文字组成的文学，由儿童底感官可以直接诉于其精神之堂奥者；换句话说，就是明白浅显，富有兴趣，一方面投儿童的心理所好，一方面儿童能够自己欣赏的，就是儿童文学。"②

　　以上诸家的意见正是五四前后最有影响的儿童文学观，尽管表述的方式不同，但都指出了同一问题：儿童文学必须以儿童为本位，"迎合儿童心理"，服务于儿童。强调儿童文学应以儿童为本位，即以儿童为中心、以儿童为主体；强调儿童文学应迎合儿童心理，即以儿童的心理特征及其认识水平、接受能力、精神需求为准绳，使之成为儿童所喜看、所能看的文学。这实在是中国儿童文学一个划时代的变革，一个革命性的进步！五四儿童文学的观念更新已成定势，民国儿童文学的历史在这里举行了隆重的奠基礼。

---

① 郑振铎：《儿童文学的教授法》，宁波《时事公报》1922 年 8 月 10—12 日。参见金燕玉等《郑振铎〈儿童文学的教授法〉考评》，《福建论坛》1984 年第 2 期。
② 冯国华：《儿歌底研究》，《民国日报·觉悟》1923 年 11 月 23 日、27 日、29 日。

第三节　现代儿童文学的教育之路

一、教改目标："从成人本位变到儿童本位"

清末民初是中国教育体制颠覆性变革的时期，可谓"千年未有之大变局"。1903 年，清廷宣布"立停科举以广学校"，从隋唐开始传承1300 余年的帝国科举制度终被废弃，代之而起的是深受西方教育影响的新式学堂。1898 年戊戌变法时创设的京师大学堂，是中国近代最早的大学，也即北京大学之前身。1902 年京师大学堂正式附设师范馆，此为北京师范大学之前身。京师大学堂师范馆所设课程有经学、习字、作文等，由此开启中国语文教育的百年历程。据资料，至 1910 年，全国用来培养中小学教师的师范学校已达 415 所，学生 28572 人。[①]

进入民国时期，1912 至 1913 年，教育部颁布实施《壬子癸丑学制》，确定从小学到大学的各级各类学校的教育制度。1920 年，教育部公布修正《国民学校令》，要求废弃文言，采用国语。同年 4 月，教育部发出通告，要求国民学校文言教科书分期作废，逐渐改用语体文。自此中国教育正式开启将文言文改为白话文的教学。

我国自 20 世纪初兴办新式学堂、实行分科教学开始，最初数理化音体美等科目都借鉴欧美、日本等国的经验编制相关科目的新式教材，唯独国语（语文）一科还是沿袭传统老例，仍由自己编制，先是袭用旧式选本，后来部分地采用新制选本。民国以后，进入五四新文化运动，深受五四时代精神影响的中国教育界，进入了一个前所未有的改

---

① 张岱年主编：《中国文史百科》，浙江人民出版社 1998 年版，第 467 页。

革活跃期，很多改革一直持续到抗日战争爆发。其中，儿童文学与小学国语（语文）教材改革之间的关系尤为突出。

国语教材改革之前的最大问题是"成人本位"。清末民初，国语教育的"旨趣"重在灌输"儿童出校后必须之知识"，以"藉立将来独立营生之基础"，同时也灌输一些"国民教育精神"，以备"他日儿童出而问世"之用①。显然，这种国语教育观并没有把儿童当儿童看，不认为儿童在生理、心理上和成人有极大的差异，而只是把儿童看成"缩小的成人"与"成人的预备"。在这种成人本位实用主义观念指导下的小学国语教材，自然远离儿童生活经验与阅读兴趣，只是按照成人主观意志与兴趣的"灌输"。如 1912 年民国出版的第一种新编小学教科书，其中的《新国文》"编辑大意"有"详言国体政体及一切政法常识，以普及参政之能力""选录古今名人著作以养成文字之初基"。教育家吴研因批评说："从前的教科书，内容太'现实'而且用抽象的说明文叙述，好比前几年《申报附刊》的常识，没有几个人要看。"②1921 年，作为小学教师的叶圣陶，曾对当时的教科书与成人化的"儿童读物"发出过这样的抱怨："我所见的，充满于我眼前的，只是些古典主义的，传道统的，或是山林隐逸、叹老嗟贫的文艺品。""欲选没有缺憾而也可以使他们欣赏的文艺品，竟不可得。"真能供少年儿童欣赏而"没有缺憾"的读物，在叶圣陶眼里就是"对准儿童内发的感情

---

① 参见张心科《清末民国儿童文学教育发展史论》，北京师范大学出版社 2011 年版，第97 页。
② 吴研因：《清末以来我国小学教科书概观》，《中华教育界》1935 年 5 月第 23 卷第 11 期。另见张静庐辑注《中国出版史料补编》，中华书局 1957 年版，第 149 页。

而为之响应"的"儿童本位"的教材与读物①。因而深受五四新文化运动影响的小学国语教材改革的目标，就被历史地定位为"从成人本位变到儿童本位"。

二、儿童文学进入国语教材的制度保障

儿童文学的受众对象是少年儿童，学校教育的受教对象也是少年儿童，因之，儿童文学与学校教育在目标群体上具有一致性。儿童文学与学校教育中的国语（语文）教学可以说是"一体两面""手心手背"之事。儿童文学只有走进学校，与语文教学和校园文化紧密结合，才能真正走向广大少年儿童，找到最广阔的天地，发挥最大的效益。叶圣陶曾就儿童文学与语文教学的关系作过相当精辟的论述，他认为："给孩子们编写语文课本，当然要着眼于培养他们的阅读能力和写作能力，因而教材必须符合语文训练的规律和程序。但是这还不够。小学生既是儿童，他们语文课本必得是儿童文学，才能引起他们的兴趣，使他们乐于阅读，从而发展他们多方面的智慧。"② 但这毕竟是一位教育工作者与儿童文学作家的观念。儿童文学能否进入学校教育，能否与语文教学相结合，最终取决于制订教育制度与课程标准的教育行政部门。

历史在民国时期的 20 年代作出了一个重要选项，毕竟当时的中国社会"民主""科学"的五四精神正席卷神州大地，五四时代精神与变革、创新的思想意识，为儿童文学长驱直入学校教育提供了最佳历

---

① 叶圣陶:《文艺谈》,《晨报》副刊 1921 年 3 月 5 日。另见《叶圣陶论创作》,上海文艺出版社 1982 年版。又见《叶圣陶集》第 9 卷,江苏教育出版社 2004 年版,第 15 页。
② 叶圣陶:《我和儿童文学》,载叶圣陶等《我和儿童文学》,少年儿童出版社 1980 年版,第 3 页。另见《叶圣陶集》第 9 卷,江苏教育出版社 2004 年版,第 324 页。

史契机——由教育家与儿童文学家来直接主持、参与课程标准的研制与教材的编写，而不是由政府教育主管部门指手画脚，这是民国教育的一道独特风景，也是民国儿童文学与语文教育互动关系的基本特点，其结果是使儿童文学大举进入学校教育，走进课本，走进校园，走进孩子们的精神世界。这道"独特风景"的最大表现之一是居然由民间学术社团来主持制订并在全国推行"课标大纲"。

1922 年，全国教育联合会组建专家团队"新学制课程标准起草委员会"，负责起草各课程标准草案。其中各年级国语课程纲要起草人均为一人，小学、初中和高中的起草者分别为吴研因、叶圣陶、胡适 ①。1923 年 6 月，全国教育联合会公布了由吴研因起草制订、"新学制课程标准起草委员会"复订的《新学制课程标准纲要 · 小学国语课程纲要》②，这是中国有史以来第一份系统完备的指导小学语文教学的课程标准与"法规"。这份《纲要》当时虽未经民国政府部门正式颁布，并非官方文件，但由于全国教育联合会在中国教育界所具有的代表性、权威性和影响力，因而全国各地基本上都按照这份《纲要》施行，许多书局也据此编写出版国语教材。

问题的重要性在于，这份《纲要》深受美国杜威实用主义教育与"儿童本位"思想的影响，强调以儿童为中心，规定小学语文教材总的原则是"从儿童生活上着想，根据儿童生活之需要编订教材，形式则注重儿童化，内容则适合儿童经验"。因而《纲要》自然而然地将儿童文学放在了课程内容的主要位置，不但对儿童文学的教学做出了规

①《新学制课程纲要总说明》，载课程教材研究所编《20 世纪中国中小学课程标准 · 教学大纲汇编 · 课程（教学）计划卷》，人民教育出版社 2001 年版。

②载课程教材研究所编《20 世纪中国中小学课程标准 · 教学大纲汇编 · 语文卷》，人民教育出版社 2001 年版。

定，并对各个学年段文体的安排有非常详细的说明。

例如：第一学年"记载要项和字句多反复的童话故事，并儿歌、谜语等的诵习"；第二学年也是"字句多反复的童话故事，和儿歌、谜语等的诵习"；第三学年为"童话、传记、剧本、儿歌、谜语、故事、诗、杂歌等的诵习"；第四学年文体略有变化，小说代替了童话，民歌代替了杂歌，变为"传记、剧本、小说、儿歌、民歌、谜语、故事、诗等的诵习"，并提出"指导阅儿童报和参考图书"；第五学年在第四学年的基础上强调"注重传记，小说"；第六学年"同第五学年，可酌加浅易文言的诗，文的诵习"。在课程纲要的"方法"一栏里特别强调："注重欣赏，表演，取材以儿童文学（包含文学化的实用教材）为主。"《纲要》还规定了"毕业最低限度的标准"，其中初级阶段阅读需"读语体儿童文学等书八册（以每年二册计，每册平均四五千字）"，高级阶段阅读需"读儿童文学等书累计至十二册以上"。

这实在是中国儿童之幸！自此，儿童文学在语文教材中的"合法化"地位，在制度层面得到了确认与保障。重要性还在于，由于这份《纲要》的实际效果和影响实在太大太广，致使后来由民国政府教育部制定颁布实施的两份官方版新课标——1929 年的《小学课程暂行标准·小学国语》与 1932 年的《小学课程标准·国语》①，基本上延续了 1923 年"民间版"的《新学制课程标准纲要·小学国语课程纲要》的内涵，只是在此基础上稍作修订补充，主体内容变化不大，依然突出"儿童本位"与"儿童经验"，强调儿童文学的重要性与地位。如1929 年的《小学课程暂行标准·小学国语》所提出的课标五项目标之

---

① 载课程教材研究所编《20 世纪中国中小学课程标准·教学大纲汇编·语文卷》人民教育出版社 2001 年版。

一是："欣赏相当的儿童文学，以扩充想象，启发思想，涵养感情，并增长阅读儿童图书的兴趣。"因而 20 世纪二三十年代中国影响最大、使用最广的小学国语（语文）教材的内容，儿童文学始终是重中之重，占有突出位置。诚如吴研因概括的那样，当此时也"新学制小学国语课程，就把'儿童的文学'做了中心，各书坊的国语教科书，例如商务的《新学制》，中华的《新教材》《新教育》，世界《新学制》……就也拿儿童文学做标榜，采入了物话、寓言、笑话、生活故事、传说、历史故事、儿歌、民歌等等"。[1]

特别使人欣然的是，主持编制这些小学国语教材的，不是别人，正是那些力主"儿童本位"、谙熟儿童文学的教育家与作家，其中贡献最大的是吴研因与叶圣陶。

三、吴研因与商务版《新学制国语教科书》

吴研因（1886—1975）是一位有自己教育理想的教育家与实践者。他在 1922 年发表的《新学制建设中小学儿童用书的编辑问题》[2]一文中，围绕"小学儿童用书由谁编辑？怎样编辑？内容应该是什么样？怎样实验和审定？"四个方面，对新学制教材的研制做了系统、深入的探讨，并提出了自己鲜明的观点。这四个方面涉及儿童教材用书的编写主体、编写方法、教材内容的选择与呈现，以及教材的实验与审定。这四大问题均是教材编写的焦点与难点问题，因而此文的观点既充满了挑战性、前瞻性，同时具有很大的指导性。

---

[1] 吴研因：《清末以来我国小学教科书概观》，《中华教育界》1935 年 5 月第 23 卷第 11 期。另见张静庐辑注《中国出版史料补编》，中华书局 1957 年版，第 149 页。
[2] 吴研因：《新学制建设中小学儿童用书的编辑问题》，《新教育》1922 年第 5 卷第 1、2 期合刊。

关于小学生教学用书由谁来编，吴研因认为最适合的是"书坊"，即图书编辑出版机构，因为书坊既有专门的编辑资源，又易于发行。但要警惕书坊编辑的儿童文学素养不够、编订程序不科学、自私心重等问题。吴文呼吁"除了书坊，著名学校和各省各县组织的教育团体也编书"，尽可能多渠道地为儿童提供优质的教学。吴研因认为最不适合编写儿童用书的是教育部，他们要么"大而无当"，要么"总有些官气"，与"民主"精神不合，这是非常有胆识和批判力的。关于怎样编辑小学生教学用书，吴研因提出"要换一个见解说：教育儿童，要选社会经验中极精粹经济，儿童极需要并且一定能够学习的材料给他"。显然这是"儿童本位"的教育观。关于儿童用书的内容，吴研因详尽地提出了 7 个方面具有很强操作性的建议：要用语体文不用文言文，应当含文学趣味，提倡鼓励，单元少而叙述详，用儿童心理学的方法编排，插图多、想象多，书籍要编订精巧等。这些举措无一不是站在"儿童本位"立场，从儿童出发。

吴研因提出的这份具有很强纲领性、指导性观点的《新学制建设中小学儿童用书的编辑问题》，对于实行新学制后的教育界、出版界与儿童文学界产生了很大影响。如同 1920 年周作人发表的《儿童的文学》一文揭开了儿童文学的观念更新和现代性儿童文学建设问题的讨论一样，吴文则揭开了儿童文学在学校教育与阅读发展中的作用和儿童教材用书的编写原则与方法问题的讨论。

1923 年 6 月，由吴研因主编的供初级小学使用的 8 册《新学制国语教科书》由商务印书馆出版，由于课文内容突出儿童化与儿童文学，因而大受欢迎，出版当月就再版 30 次（民国教科书一版通常为 5000 册）！这套商务新学制教材的内容，几乎全采用"儿歌、童话、寓言、民谣之类做材料",并得到了教育部的首肯。

教材第 1 册第 1 课是"狗、大狗、小狗",第 2 课是"大狗叫,小狗跳,大狗小狗叫一叫,跳两跳"。当时曾有人以吴研因主编的这套商务教材与清末《最新国文教科书》中的第 1 册第 1 课"天、地、日、月"、民初《共和国国文教科书》第 1 册第 1 课"人、手、足、刀、尺"作比较,讥讽说这是"从天到人"又"从人到狗"的变化,意谓国语教材的品质越来越低。但如果用"儿童本位"的教育观反观这种变化,则正是教材的"儿童化"与"儿童文学化"越来越高。这些"猫狗教科书"的盛行,标志着儿童文学全面进入小学国语教学领域,"总看教材的变迁,可用一句话来包括净尽,就是从成人本位变到儿童本位"[1]。

正是五四新文化运动的伟力,正是当时中国一批思想家、教育家力倡"儿童本位"与"儿童文学",这才使"民十(即民国十年,1921 年——引者注)左右,儿童文学的高潮就大涨起来。所谓新学制的小学国语课程,就把'儿童文学'做了中心。"[2]儿童文学成了当时教育界、文学界、出版界"最时髦、最新鲜、兴高采烈、提倡鼓吹"的热门话题[3]。语言学家、教育家黎锦熙在总结国语运动史时曾给这一时期的教学状况下了这样的评判:"'儿童文学'这一股潮流……达到最高点。"[4]

---

[1] 吴研因、沈百英:《小学教学法概要》,《教育杂志》1924 年第 16 卷第 1 号。

[2] 吴研因:《清末以来我国小学教科书概观》,《中华教育界》1935 年 5 月第 23 卷第 11 期。另见张静庐辑注《中国出版史料补编》,中华书局 1957 年版,第 149 页。

[3] 魏寿镛、周侯予:《儿童文学概论》,商务印书馆 1923 年版,第 1 页。

[4] 黎锦熙:《国语运动史纲(上)》,上海商务印书馆 1934 年版。另见张心科《清末民国儿童文学教育发展史论》,北京师范大学出版社 2011 年版,第 130 页。

四、叶圣陶与《开明国语课本》

自五四新文化运动以降，直至三四十年代，儿童文学一直与语文教学紧密融合。在将儿童文学全方位引入小学教材方面，二十年代以吴研因为开启者与代表，三四十年代则以叶圣陶为贡献最大的后继者与代表。

叶圣陶（1894—1988）虽也是一位教育家，但不同于吴研因的是，他还是成就卓著的小说家、儿童文学家、中国现代原创童话的奠基者；同时他曾长期从事小学语文教学，对少年儿童的阅读兴趣、喜好有充分的了解。他在 1921 年 3 月写的《文艺谈》中这样说："我是个小学教师，我的学生都是十一二岁的少年。我选国文给他们读，各种性质和形式的文字都要选，而他们最喜欢富于感情的。"这就是文学作品，特别是儿童文学，如"莫泊桑的《两个朋友》，都德的《最后一课》和《柏林之围》"。教育实践经验使叶圣陶深刻认识到："儿童若是有适宜的营养品——文艺品，一定可以有更高的创作力，成就很好的儿童作品。因此，文艺家对于儿童文艺更不可不努力。"[①] 正是这种来自底层的切身经验与对民族下一代的责任担当，促使叶圣陶走上了为儿童创作儿童文学的道路，同时也使他走上现代语文教育改革的道路。一旦有机会从事小学国语教材的研制，他也就自然而然地将儿童文学全方位引入了教材。

1923 年，叶圣陶进入商务印书馆从事编辑出版工作。1930 年起他长期在上海开明书店任职，并与夏丏尊主办《中学生》杂志。抗战期

[①] 叶圣陶：《文艺谈》，《晨报》副刊 1921 年 3 月 5 日。另见《叶圣陶论创作》，上海文艺出版社 1982 年版。又见《叶圣陶集》第 9 卷，江苏教育出版社 2004 年版，第 16 页。

间，他前往四川继续主持开明书店编辑工作。1946 年随开明回到上海后，曾担任过上海市小学教师联合进修会和中学教育研究会的顾问等。作为教育家和儿童文学家双重身份的叶圣陶，曾在民国时期先后编写了 14 套教材，共 65 册，工作量与贡献之大实在惊人。其中，叶圣陶单独编写的国语教材有《开明国语课本（初小)》8 册（1932)、《开明国语课本（高小)》4 册（1934)、《少年国语课本》4 册（1947)、《儿童国语课本》4 册（1948)、《幼儿国语课本》4 册（1949)，与夏丏尊、顾颉刚、陈望道、郭绍虞、徐调孚、朱自清、李广田、吕叔湘等合编有《国语》(1923)、《国文百八课》(1935)、《初中国文教本》(1937)、《开明新编高级国文读本》(1948)等。这些教材，尤其是叶圣陶以一己之力编写的《开明国语课本》，在三四十年代畅销各地，产生过深广影响。

为什么叶圣陶编选的国语教材如此受欢迎呢？前已述及，这与叶圣陶的儿童观、语文教育观密不可分。首先这些教材都是他为实现自己的教育理念由自己确定标尺、自己动手撰写的。他说："1932 年，我花了整整一年时间编写了一部《开明小学国语课本》，初小八册，高小四册，一共十二册，四百来篇。这四百来篇文章，形式和内容都很庞杂，大约有一半可以说是创作，另一半是有所依据的再创作，总之没有一篇是现成的，是抄写的。"[①] 如初小课文《一箩麦》："一箩麦，二箩麦，三箩麦，大家来拍麦。劈劈拍，劈劈拍！小麦新，做面粉。大麦黄，做麦糖。劈劈拍，劈劈拍！拿点面粉给张家，拿点麦糖给李家。张家送我一瓶新蜂蜜，李家送我一枝石榴花。劈劈拍，劈劈拍！"像这样童趣洋溢、寓教于乐，而又充满情境化、艺术美的儿童诗课文，

---

① 叶圣陶：《我和儿童文学》，载叶圣陶等《我和儿童文学》，少年儿童出版社 1980 年版，第 3 页。另见《叶圣陶集》第 9 卷，江苏教育出版社 2004 年版，第 324 页。

小学生怎会不喜爱？出自儿童文学作家之手的课文，自然比纯教育专家编制的课文要高出一筹。——行文至此，笔者实在忍不住要补写一笔。笔者的儿童时代是在浙东上虞度过的，当时大人逗我快乐、教我学唱的游戏儿歌中，就有这一篇《一箩麦》，足见《开明国语课本》影响之深。

第二，更重要的是，叶圣陶确定的小学国语教材编写标准坚持了儿童化与儿童文学优先的原则，坚持教材的文学性与人文性。这套开明教材"编辑要旨"（共8条）中特别强调："本书内容以儿童生活为中心。取材从儿童周围开始，随着儿童生活的进展，逐渐扩展到广大的社会。与社会、自然、艺术等学科密切联系，但本身仍是文学的。""本书尽量容纳儿童文学及日常生活上需要的各种文体、词、字，语调力求与儿童接近，同时又和标准语相吻合，适合儿童诵读和吟咏。"

特别需要提出的是，作为儿童教材，叶圣陶还充分关注到了儿童的阅读兴趣，做到图文并茂，"图画和文字为有机的配合，图画不但是文字的说明，而且可以拓展儿童的想象，涵养儿童的美感。"而这些充满着童趣美、艺术美的插图，全部由同样童心洋溢、热爱儿童的丰子恺绘画，初小课本文字采用学生喜爱的手写体，也全部由丰子恺亲笔书写，因而真可谓"文、书、图三绝"。开明教材影响了中国整整两代人。有意思的是，进入新世纪，国内有出版社将它找出来重印出版，居然也轰动一时，成为畅销教材。这就是先进的教材编写理念的力量，是"儿童本位"与儿童文学的力量。

五、"猫说狗说"打败"文武官员"

民国期间的小学国语教材"儿童文学化""猫狗占位"的格局，并不是一帆风顺的，其间也曾遭遇过各种反对与危机，最大的一次危机是三十年代初期。1931 年 3 月，时任湖南省政府主席的何键，公开刊文并上书教育部，激烈反对"猫说狗说"的儿童文学化国语教材，由此引发了教育界的一场激烈论辩（关于这场论辩的情况，本文将在下文"观念的分歧与争鸣"一节中详作评述，此不赘言）。但这场由"文武官员"挑起的论战，最终还是敌不过教育专家与儿童文学家的力量，"猫说狗说"的儿童文学化教材，不但没有消亡，反而势头更大。纵观民国小学教育与国语教材：第一，儿童文学已深入人心；第二，为了使小学教科书与欧美"儿童文学化"的国际潮流接轨，因而"全国一致地主张"力挺儿童文学。这就是当年"猫说狗说"打败"文武官员"的原因，足见制度与文化比人更长久。

第四节　观念的分歧与争鸣

文学争鸣往往是文学史上最夺目的现象。文学争鸣是由于人们对作家、作品或文学理论观念产生不同的评价而引起的论辩。文学争鸣联系着社会思潮、政治、文化等诸多问题，是政治的、社会的、文艺的各种力量与思潮对话、碰撞、冲突的产物。通过文学争鸣，人们不仅可以透视出彼时彼地在文学观念、文学批评、文学创作与鉴赏等方面的信息，而且也可窥见社会思潮、文化趣味与意识形态的博弈。从现有文献资料考察，现代中国的儿童文学，曾发生过多次重要的争鸣。有意味的是，这些争鸣并不是由具体的作家、作品引起，而是由不同的思想观念与文学理论触发。下面按时间顺序，择要加以评析。

一、神话对儿童是否"有害"。

民主、科学是五四新文化运动高扬的两面旗帜，追求科学与科学精神成为一种思想时尚与"进步"标识。作为人类童年期思维结晶的神话，在五四时期遭到了某种质疑。在一些人眼里，神话是与科学、理性背道而驰的，因为神话是有关超自然力的幻想，是无法经由逻辑、理性和实验手段验证的迷信。这种观点一经与正在兴起的儿童文学相联系，势必引起儿童文学问题的争鸣。

民间流传的神话故事，是儿童文学的重要来源与组成部分。民国初年，由商务印书馆、中华书局等出版机构编辑印行的儿童读物中，就有为数不少的神话故事，如"儿童古今通丛书"、儿童"小小说"一百种中就包含着这种小读者喜闻乐见的"乡土读物"。从外国引进的儿童读物中，也有大量的神话。如茅盾翻译的《希腊神话》（1924）、《北欧神话》（1925），郑振铎翻译的《英国的神话故事》（1932）等。这些西方神话最初都发表在《儿童世界》杂志（1921 年创刊）上，作为适合儿童阅读的文学推荐给中国孩子。《儿童世界》杂志主编郑振铎还把"神仙故事"列为该刊的重要内容之一，认为神话对于丰富儿童的想象力，满足儿童对神秘精神的补偿有着特殊意义。[①]但在五四运动前后，对神话故事可否作为儿童读物，意见颇有分歧。持反对论者认为，神话故事容易使儿童信神信怪，"养成迷信心"；即使神话真能丰富儿童的幻想，而幻想于人生是无价值的，因为儿童长大后不能凭幻想去解决科学问题与现实问题。

---

① 郑振铎：《〈儿童世界〉宣言》，先后刊登于 1921 年 12 月 28 日《时事新报·学灯》，12 月 30 日《晨报》副刊及《妇女杂志》。

　　针对儿童阅读神话有害无益、只会"养成迷信心"的说法，周作人接连发表了《神话与传说》（1922）、《神话的辩护》、《神话的趣味》（1924）、《桃太郎之神话》（1925）等文。周作人明确提出："文艺不是历史或科学的记载。""中国凡事多是两极端的，一部分的人现在还抱着神话里的信仰，一部分的人便以神话为不合科学的诳话，非排斥不可。我想把神话等提出在崇信与攻击之外，还他一个中立的位置，加以学术的考订，归入文化史里去。"① 周作人在《神话的辩护》中认为，产生"神话有害论"这种偏见的原因，在于对神话价值的误解，他们把神话传达的信息当成了真的"事实和知识"，儿童读了"就要终身迷信，便是科学知识也无可挽救"。其实，神话只是虚构的艺术（原始人或许会把它当真），它的价值只在于"滋养儿童的空想与趣味"，丰富小读者的幻想世界与浪漫精神。

　　严既澄发表的《神仙在儿童读物上之位置》② 一文，则针对"神话有害论"与"幻想无用论"，从儿童文学与儿童心理的角度作了批判，论述了神话故事对儿童的特殊作用及神话在儿童文学中应有的地位。作者具体剖析了这两种论点的根子在于儿童观的错误：一是将儿童看成缩小的成人，不承认儿童的独立精神与社会地位；二是以成人为本位，用成人的利害标准去束缚儿童自由想象的精神世界。作者用"复演说"解释了儿童精神，认为犹如人类经历过野蛮——原始——文明三个时期一样，人的一生也要经历同样的心理发展历程，儿童期正处于人生"自野蛮以至于文明"的时期，而神话、童话等幻想性读物正

---

① 周作人：《神话与传说》，载周作人《儿童文学小论》，上海儿童书局1932年版。另见《周作人自编文集·儿童文学小论》，止庵校订，河北教育出版社2002年版，第49页。
② 严既澄：《神仙在儿童读物上之位置》，《教育杂志》1922年11月第14卷第7号。

适合于这一时期的心理。儿童富于幻想，"神游天外"，儿童心理中的好奇性、恐惧性、游戏性、同情性等特征必然驱使他们喜欢神话。"儿童读物，第一要以儿童为主体，要按照着他的兴味和要求，去供给适应的材料"，神话正是切合儿童精神的重要读物。

这场讨论的意义在于肯定了儿童的独立精神世界，肯定了幻想读物对丰富儿童精神性格的重要性及在儿童文学中的地位。值得一提的是，民国时期有关神话到底有没有价值、对儿童是"有害"还是"有益"的争鸣，实际上涉及学校、家长普遍关心的一个问题：知识比想象力重要，还是想象力比知识更重要？历史已经进入了 21 世纪，使人困惑的是，这一问题至今依然在困扰着我们的学校与家长。君不见，不少家长、教师不是都把童话、神话等视为与考试、作文无关的"闲书"，不准孩子阅读吗？

二、关于童话的讨论。

这场讨论的主角是一位 20 岁的年轻学子赵景深与北京大学教授周作人。二人以书信的形式，展开有关童话问题的论辩。这些书信最初发表于《晨报》副刊 1922 年 1 月 25 日，2 月 12 日，3 月 28、29 日，4 月 9 日，后收入 1924 年新文化书社出版的《童话评论》（赵景深编）一书。

在中国现代文坛，周作人是研究童话的第一人，他在 1913 年就写了《童话研究》《童话略论》等论文。继周作人之后，赵景深是 20 世纪 20 年代出现的一位有成绩的童话研究者，他主要做了三方面的工作：一是介绍外国的童话学理论，曾编译成《童话概要》（1927）、《童话学 ABC》（1929），写过多篇评介安徒生、王尔德、格林兄弟童话的文章；二是批评外国学者马旦氏、皮特曼、费尔德等研究中国民间童话、故事的文论；三是从比较文学的角度，探讨中外民间童话的异同，提出创建中国儿童文学的意见。他的散篇论文大多收录在《童话论集》（1927）一书中。1922 年，赵景深以初生牛犊的勇气，向北大教授周作人叫板，他们以书信形式，就"童话"一词的由来，童话的定义、性质、演变，童话与神话、传说的区别，童话对儿童的教育作用，中外童话的比较等问题进行了论辩。这场讨论扩大了童话的影响，对于纠正当时文坛对童话的一些错误见解、使"童话"这一古老而新鲜的文体立足于儿童文学领域起了一定作用。但他们的讨论主要是从人类学、民俗学的跨学科角度立论，在阐释（民间）童话的起源、历史演变、与其他文体的比较等方面较有说明力；至于童话的文学性、与儿童的联系这一方面，并不是这场讨论的重心。

三、左翼文艺关于儿童文学的主张。

1930 年 3 月，中国左翼作家联盟（简称"左联"）在上海宣告成立，左翼文艺运动从一开始就高度关注儿童文学。3 月 29 日，在左联成立半个月之际，左联机关刊物之一的《大众文艺》便举行了座谈会，就如何建设儿童文学及《大众文艺》创办《少年大众》专栏的编辑方针进行了专题讨论。与会者有蒋光慈、冯乃超、洪灵菲、田汉、华汉、钱杏邨（阿英）、孟超、潘汉年、戴平万、白薇、邱韵铎等左翼作家、诗人和批评家，由龚冰庐主持会议。

这次座谈会讨论的虽是《少年大众》的编辑问题，但却涉及儿童文学领域中的诸多重大问题。大家对儿童文学的价值功能、题材内容、创作方法及大众化等问题，提出了许多建设性意见，取得了一致的看法。主要意见有这样几个方面：（1）坚持儿童文学的教育方向性。儿童文学应"给少年们以阶级的认识，并且要鼓动他们，使他们了解，并参加斗争之必要，组织之必要"，要努力给少年们"新的""有益的东西"，帮助他们抵抗"封建的思想"。（2）按照儿童文学自身的艺术规律办事。"儿童读的东西与成人读的不同，儿童读物应该要有趣味"，所以"《少年大众》应该是大众化而且要少年化"，要"时时征集小朋友们的意见"。（3）扩大儿童文学的题材、内容。在"题材方面应该容纳讽刺，暴露，鼓动，教育等几种"，"应该尽可能地利用富于宣传性和鼓动性的文字、插图，等等式样来形成他们的先入的观念。"应吸收"歌谣，传说故事中"有关"农村和工厂的材料"，使儿童文学"竭力和一切革命的斗争配合起来"。

这次座谈会的讨论内容刊发于 1930 年 5 月 1 日《大众文艺》第 2 卷第 4 期（该期为《新兴文学专号》下册），该期同时还发表了《少年大众》发刊词《给新时代的弟妹们》，提出建设新型儿童文学的理论原则及办刊宗旨是要告诉孩子们现实社会正在经历的、已经过去的、将要来临的"真的事情"。

左联座谈会的召开及其提出的崭新的儿童文学理论主张，充分体现了左翼文艺运动对儿童文学的高度重视，同时体现了左联所要坚持的现实主义精神在儿童文学领域的延续与发展，对于促进 30 年代初期革命儿童文学的发展，起到了指导性的作用。特别是关于儿童文学要竭力配合"一切革命的斗争"的主张，这是左翼文艺运动在 30 年代上半期的特定历史背景下对儿童文学价值功能的一种必然选择，是对五四时期倡导的"儿童本位"的儿童文学观的一次重大调整，也是将儿童文学纳入政治斗争轨道的第一个路标。中国儿童文学以前所未有的激进姿态从一个方面参与了历史的进程。

20世纪30年代，茅盾、柔石、胡也频、应修人、洪灵菲、冯铿、阿英、沙汀、艾芜、草明、戴平万、于伶、王鲁彦、王统照、宋之的、杨骚、蒲风、蒋牧良、舒群、叶刚等许多左联成员，都从不同角度参与了左翼儿童文学的建设，创作了一大批富于战斗性、倾向性的作品。左翼文艺社团的刊物除《大众文艺》设立的《少年大众》专栏外，其他如《创造月刊》《太阳月刊》《萌芽月刊》《拓荒者》《北斗》《文学》《小说家》《文学丛报》《文化月报》《文学界》《光明》《中流》《译文》等，也都发表了各种体裁的儿童文学作品及评论文章。

四、关于"鸟言兽语"的论辩。

关于"鸟言兽语"的论辩，这是发生在20世纪30年代初期中国儿童文学理论批评史、教育史上的一场特殊论战，影响深广。1931年3月5日，《申报》发表了当时国民党湖南省政府主席何键《咨请教部改良学校课程》一文。咨文全面否定五四新文化运动的成就，声言"民八（即民国八年，1919年——引者注）以前，各学校国文课本，犹有文理"，攻击"近日"小学课本中"狗说""猪说""狗大哥""牛公公"之词"充溢行间，禽兽能作人言，尊称加诸兽类，鄙俚怪诞，莫可言状"，而描写工农群众"天天帮人造屋，自己没有屋住""我的拳头大，臂膀粗"等语，"不啻鼓吹共党，引诱暴行"，宣称此类课本"不切实用，切宜焚毁"，需另选"中外先哲格言"充任教材。国民党政府教育部为此竟下令查禁"鸟言兽语"的童话、教材，儿童文学与小学国语教材遭到严重打压。

面对儿童文学将被开除出教科书的非常时刻，鲁迅第一个拍案而起，奋然予以反击。他在同年 4 月 1 日写的《〈勇敢的约翰〉校后记》中，尖锐地批驳了"文武官员"发表的关于童话的"高见"，指出童话的幻想作用对儿童是"有益无害"的，因为"孩子的心，和文武官员的不同，它会进化"；所谓猫狗说话、称作先生将会"失去人类的体统"等"高见"，纯属"杞人之虑"。鲁迅不但在理论上卫护着童话，而且身体力行，亲自校改、介绍了匈牙利革命诗人裴多菲的代表作——长篇童话叙事诗《勇敢的约翰》，为它的出版奔忙努力。正是鲁迅，以其在现代文坛的卓杰影响和无畏的战斗精神，保护了 30 年代的童话与整个儿童文学的生存权。

　　围绕童话及"鸟言兽语"问题，1931 年的初等教育界和儿童文学界展开了一场激烈的论辩，论辩双方都是一些从事实际教育、研究工作的人士。初等教育专家尚仲衣在上海举行的"中华儿童教育社"年会上作了《选择儿童读物的标准》[①]的发言，认为"鸟言兽语"就是神怪，低年级读物采用"鸟言兽语"是"教育中的倒行逆施"，并给童话开列了五大罪状。尚仲衣的童话观显然明显地倾向于何键"打破鸟言兽语的童话"的谬论。这篇讲话在 1931 年 4 月 20 日上海各报披露后，立即遭到了教育家吴研因的批评。吴研因在《致儿童教育社社员讨论儿童读物的一封信——应否用鸟言兽语的故事》[②]一文中认为，假若"鸟言兽语"都是有害无益的"神怪"，以此类推，那么中国的许多古典读物都得"销毁"。他要尚仲衣回答神怪故事与"鸟言兽语"的关系问题。尚仲衣依然坚持自己的观点，全面否定了童话对儿童

---

① 尚仲衣：《选择儿童读物的标准》，《儿童教育》1931 年 5 月第 3 卷第 8 期。
② 吴研因：《致儿童教育社社员讨论儿童读物的一封信——应否用鸟言兽语的故事》，《申报》1931 年 4 月 29 日。

"启发想象，引起兴趣，包含教训"的作用，也即从根本上否定了童话的"幻想性"特征的价值；并且他认为童话存在着五大"危机"，提出"童话的数量"要"大加删削，格外审慎地选择"，即使"全部流放"也不妨碍教科书与儿童读物。① 尚的这些论说在 5 月份出刊的《儿童教育》上发表后，迅即引起了初等教育界与儿童文学界的普遍愤怒。

陈鹤琴、吴研因、魏冰心、张匡及儿童文艺研究社同人等纷纷撰文，批驳尚仲衣的观点。著名儿童教育家、中华儿童教育社创立者陈鹤琴教授撰写了《"鸟言兽语的读物"应当打破吗？》②，他以丰富的儿童心理实践材料，证明"鸟言兽语的读物"是低幼儿童"最喜欢听最喜欢看的"，童话对于儿童教育"自有他的相当地位，相当价值"，谁也"没有权力去剥夺儿童所需要的东西"！吴研因在题为《读尚仲衣君〈再论儿童读物〉乃知"鸟言兽语"确实不必打破》③ 一文中，用"以子之矛，攻子之盾"的手法，指出了尚仲衣理论上的逻辑混乱及政治上的明显糊涂。魏冰心的《童话教材的商榷》一文，从三个方面批驳了尚仲衣的"童话有害论"，证明"鸟言兽语的童话"是打不破的：第一，描写动植物生活与自然现象的"物话"必然要采用"鸟言兽语"式的拟人手法；第二，"鸟言兽语"的童话最能满足儿童的想象世界与阅读兴趣；第三，儿童阅读童话是有益无害的。张匡的《儿童读物的探讨》④ 一文，"以儿童兴趣为出发点"，对童话的编写、译介工作提出了自己的看法，肯定了童话的价值。"儿童文艺研究社"同人也表示了

① 尚仲衣：《再论儿童读物——附答吴研因先生》，《儿童教育》1931 年 5 月第 3 卷第 8 期。
② 陈鹤琴：《"鸟言兽语的读物"应当打破吗？》，《儿童教育》1931 年 5 月第 3 卷第 8 期。
③ 吴研因：《读尚仲衣君〈再论儿童读物〉乃知"鸟言兽语"确实不必打破》，《申报》1931 年 5 月 19 日。
④ 张匡：《儿童读物的探讨》，《世界杂志》1931 年 8 月第 2 卷第 2 期。

肯定童话价值、反对尚仲衣观点的意见。

维护童话的生存权利及其在儿童教育和国语教材中的地位与价值，这是民国儿童文学史、教育史、教材出版史上的一场"非常特殊"的论战，这场论战既有意识形态背景，也是学术争鸣。这场论辩深化了童话与幻想、童话与想象力、童话与儿童文学的价值作用等一些重要问题的探讨，同时也涉及学校教育与国语教材方面的重要问题，即如何"保卫儿童的想象力"。

1935 年，吴研因曾对这场"狗说猫说"打败"文武官员"的论战作过如下评述："民十（即民国十年，1921 年——引者注）以后的教科书，采入了和儿童生活比较接近的故事，诗歌，好比是比较有趣的画报，电影刊物，要看的人，也当然多起来了。儿童文学在教科书中抬头，一直到现在，并没有改变。近几年来，虽然有人因为反对所谓'鸟言兽语'，反对整个的儿童文学（鸟言兽语不能代表整个的儿童文学），恨不能把儿童文学撵出小学教科书去。可是据教育部去年拟了问题发各省市小学教育界研究的结果，小学教育界仍旧全国一致地主张国语课程，应当把儿童文学做中心。我们环顾欧美各国的小学教科书，差不多早已'儿童文学化'了。美国的小学教科书尤甚。苏联文坛近年也竭力提倡儿童文学，创造儿童文学，可见儿童文学决不会跟小学教科书分起家来。即使有时被强迫而分家，也只是一时的现象。"①

五、关于"儿童年"谈儿童文学问题。

1933 年 10 月，上海儿童幸福委员会呈准国民党上海市政府定

---

① 吴研因:《清末以来我国小学教科书概观》,《中华教育界》1935 年 5 月第 23 卷第 11 期。
另见张静庐辑注《中国出版史料补编》,中华书局 1957 年版,第 149 页。

1934 年为儿童年。1935 年 3 月，国民党政府又根据中华慈幼协会的呈请，定 1935 年 8 月 1 日开始的一年为全国儿童年。全社会理应关心、爱护儿童的生存与幸福，可是在风雨如晦、动荡不安的 30 年代，所谓的"儿童年"又是怎样呢？

陶行知在《儿童年献歌之四》（1935）[1] 中沉痛地写道："穷孩肚子快饿通，饿死穷孩大不公。"茅盾在《"不要你哄"》（1936）[2] 中指出："能够参与儿童节的一场热闹的，不用说只是全国儿童中的最少数。"电影导演石凌鹤在《由儿童年的儿童电影谈到〈迷途的羔羊〉》（1936）中感叹："千千万万的中国儿童，在外来侵略和天灾兵祸的虐杀之下，连生存权也给掠夺了"，他们哪里有什么"儿童年"？[3] 1934、1935、1936 这三年都曾有过"儿童年"的活动，在一片似乎"热闹"的气氛中，供给儿童们的精神食粮又是怎样呢？鲁迅在《新秋杂识》[4] 中曾深表忧虑："不是教科书，便是儿童书，黄河决口似的向孩子们滚过去。但那里面讲的是什么呢？却还没有看见战斗的批评家论及，似乎已经不大有人注意未来了。"

鲁迅的警言使战斗的批评家看出了"儿童年"中的乱象，他们相继发表文章，揭示在这种"热闹"的假象下潜伏着的危机与暗流。陶行知对当时那种"哄"与"捧"的做法深表厌恶，他以诗人的激情，发出"不要你哄，不要你捧"的批评，认为重要的是懂得儿童，理解

---

① 陶行知：《儿童年献歌之四》，参见《行知诗歌集》，三联书店 1981 年版。
② 茅盾：《"不要你哄"》，《文学》1936 年 5 月第 6 卷第 5 号，署名"波"。另见《茅盾全集》第 19 卷，人民文学出版社 1991 年版，第 119 页。
③ 石凌鹤：《由儿童年的儿童电影谈到〈迷途的羔羊〉》，《妇女生活》1936 年 8 月第 3 卷第 2 期。
④ 鲁迅：《新秋杂识》，载《鲁迅全集》第 5 卷，人民文学出版社 2005 年版，第 287 页。

儿童，关心他们的疾苦，尊重他们的人格，并呼吁广大少年儿童要关心国家民族的前途，"懂得帝国主义该打倒，联合小拳总进攻"。茅盾在分析了《全国儿童少年书目》（1935 出刊）后，尖锐地批评说：里面大多数读物是"哄"，"是承袭谬误理论与学识，或者是支离割裂凑搭敷衍"的"哄"。评论家孔罗苏在"写于 1935 年儿童节"的《关于儿童读物》[①] 一文认为，不少儿童读物"或多或少的含了毒素"，里面的内容会诱导儿童"养成崇拜黄金心理的""养成崇拜权力的心理的""养成迷信心理的"。石凌鹤指出，将《荒江女侠》这样的影片在儿童年推荐给儿童实在是一种"罪孽"。针对儿童文学这种"拼命的在向后转"（鲁迅《〈表〉译者的话》）的状况，一大批文艺工作者以高度的社会责任感，对儿童文学的建树与创作发表了新锐的意见。他们提出："新的时代要为新的儿童创作新的童话"，儿童文学必须要"注意到今后儿童的身心的健康"（孔罗苏）；要坚持现实主义的方向，"将地狱中儿童们的非人生活毫不掩饰的用笑和泪暴露出来"（石凌鹤）；儿童文学创作既要"明快扼要有趣，又要观点正确"，而不能用"哄"把他们"教成小老翁"（茅盾）。这些见解对于廓清 20 世纪 30 年代童书出版的乱象、促进儿童文学朝着正确的方向发展起了重要的作用。

六、儿童文学应否描写社会阴暗面。

关于儿童文学应否描写社会阴暗面问题的讨论，这是中国儿童读物作者联谊会于 1949 年年初举行的座谈会的中心议题，发表于 1949 年 4 月 15 日与 5 月 15 日出刊的《中华教育界》（复刊）第 3 卷第 4、5 期。

---

① 孔罗苏：《关于儿童读物》，载孔罗苏《野火集》，一般文化出版社 1936 年版。

　　这场讨论的意见颇有分歧，明显地形成对立的两派。一派是教育工作者，如孔十穗、汪国兴、阮纪鹤等。他们从儿童的"心理卫生"着眼，认为儿童涉世尚浅，可塑性大，其模仿心与好奇心更易接受消极因素的影响，因此儿童读物不宜描写阴暗面，而应采取防范措施，"暴露社会阴暗面的作品是残忍的反人道的"，是有害儿童心理健康的。为了使儿童"纯洁的梦做得长些，社会的黑暗，最好让他们知道得少些"。另一派是文学工作者，如龚炯、黄衣青、杨光、黄植基、徐恕等。他们从文学的认识功能立论，认为"文学是生活的反映，生活有阴暗在，就应该暴露"，"社会上有丑恶的一面，就不能抹煞真实"。儿童不是生活在真空里，他们应当了解这个真实的社会。"瞒和骗"的文学是对儿童的不忠实，"少讲黑暗的事实，把光明太平粉饰现社会，这倒是向儿童不负责任的毒素"。只有把真实的社会告诉儿童，才能使他们"健全的生活，健全的做人"。儿童文学不但要暴露阴暗面，而且要向小读者指出光明的出路。如果因为暴露阴暗而对儿童有"反效果"而反对描写，那是"因噎废食"，是不足为训的。

　　陈伯吹对这场论战作了总结，他的结论是："儿童读物应该描写阴暗面，应该从阴暗写到光明，但描写阴暗面应该有个限度，这限度的条件是至少要顾及儿童的年龄（也应该顾到性别），理解的程度，心理的卫生。"这些意见的提出，对于揭露当时中国社会的弊端，帮助小读者认识社会、呼唤光明的到来，无疑是正确的，其积极作用是十分明显的。

第五节　现代儿童文学的理论遗产

民国肇始的 1912 年，中国还没有"儿童文学"一词。当然这并不意味着中国没有传统儿童文学遗产。按照周作人的观点："中国虽古无童话之名，然实固有成文之童话，见晋唐小说，特多归诸志怪之中，莫为辨别耳。"[①]事实上，中国传统儿童文学的遗产是十分可观的。历史文献表明，早在 9 世纪的唐代，由段成式（803—863）采风整理的笔记故事集《酉阳杂俎》，就收录有中国古代"灰姑娘型"的童话故事《叶限》，里面所描写的叶限姑娘比 17 世纪法国贝洛的《鹅妈妈的故事》中的灰姑娘故事，还要早出七八百年，这是世界上最早用文字记录下来的灰姑娘型童话。明代嘉靖年间（1522—1566），我国就已有了上图下文的儿童图画故事读本《日记故事》，此书分为 10 卷，共有 168 幅版画插图。《日记故事》大多是描写儿童智慧、阳光的小故事，我们耳熟能详的曹冲称象、灌水浮球、司马光破缸等就源出于此，这些故事影响了无数代的中国儿童。值得一提的是，《日记故事》还是世界上最早有插图的儿童读物，比之捷克杨·夸美纽斯（1592—1670）编写的儿童插图读物《世界图解》还要早。

但是，作为五四前后发生和发展起来的现代性中国文学之重要组成部分的现代性儿童文学，以及 1949 年以后的共和国儿童文学，则是全部中国儿童文学历史进程中最为丰富最激动人心也最值得大书特书

[①] 周作人:《古童话释义》，《绍兴县教育会月刊》1914 年 7 月第 7 号。另见周作人《儿童文学小论》，上海儿童书局 1932 年版。又见《周作人自编文集·儿童文学小论》，止庵校订，河北教育出版社 2002 年版，第 23 页。

的篇章。正是这一历史时段的百年儿童文学，不但成为滋养数代中国少年儿童精神生命成长的文学养料，成为现代中国语文教育重要的课程资源，而且创造出了现代中国文学新的人物谱系（现代中国文学创造的人物谱系，除农民、知识分子、妇女外，还有儿童形象的谱系），极大地丰富了中国与世界儿童文学的艺术宝库，而其中的儿童文学理论思维部分，则从一个特别的方面，丰富了中国的文学理论与精神史。

一、丰饶的原野。

当我们站在 21 世纪的门槛，回望早已成为历史过去时的现代儿童文学艺术版图，我们不由地对那一时代"本性酷爱着童话"的一大批儿童文学工作者——他们绝大多数都是在从事成人文学的同时，"双肩挑"起了儿童文学的重任——包括儿童文学小说家、散文家、诗人、戏剧家、儿童文学理论家与批评家生发敬意。正是他们艰苦卓绝的创造性劳动，才使现代性中国儿童文学，从提出"儿童文学"这一概念与名词开始，一点点地添砖添瓦，深耕培植，直至成为世界儿童文学艺术之林中的参天大树。而儿童文学理论建设，尤其艰苦卓绝。如果说民国时期的儿童文学创作，还可以借鉴吸收外国儿童文学经典作家作品（如安徒生、格林兄弟、王尔德等），而理论批评几乎是在一片荒原之上的开拓垦殖，甚少有国外的现成材料可以"拿来"，如果有也主要是借助儿童教育学、心理学、人类学等方面的"外围"资源。从 1919 年鲁迅发表《我们现在怎样做父亲》，1920 年周作人发表《儿童的文学》，1922 年郑振铎发表《儿童文学的教授法》起，到 1948 年陈伯吹发表《儿童读物的检讨与展望》，1949 年上海儿童文学界展开《儿童文学应否描写阴暗面问题的讨论》，现代儿童文学的理论深耕，已经取得了可谓丰硕的成果。

鲁迅、周作人、茅盾、郑振铎、赵景深、陈伯吹等是民国时期最具影响力的儿童文学理论家与批评家。他们的论著不但对促进当时的儿童文学创作与发展思潮产生过重要影响，而且对创建具有中国民族特色的儿童文学理论话语，做出了重要贡献。特别是鲁迅的《我们现在怎样做父亲》（1919）、周作人的《儿童的文学》（1920）、郑振铎的《〈稻草人〉序》（1923）、茅盾的《关于"儿童文学"》（1935），已成为中国儿童文学理论批评史上的经典性论文，研究百年中国儿童文学，非得从读这几篇文章开始。

鲁迅的《我们现在怎样做父亲》，是一篇改变中国人传统儿童观的宣言书，其中精句如："往昔的欧人对于孩子的误解，是以为成人的预备；中国人的误解，是以为缩小的成人。直到近来，经过许多学者的研究，才知道孩子的世界，与成人截然不同；倘不先行理解，一味蛮做，便大碍于孩子的发达。所以一切设施，都应该以孩子为本位。"

周作人的《儿童的文学》，则是一篇关于创建中国现代意义的儿童文学的宣言书，甚至"儿童文学"一词，都是从这篇文章中演变来的。其中的精句如："儿童的生活，是转变的生长的。儿童相信猫狗能说话的时候，我们便同他们讲猫狗说话的故事，不但要使得他们喜悦，也因为知道这过程是跳不过去的……等到儿童要知道猫狗是什么东西的时候到来，我们再可以将生物学的知识供给他们。"

郑振铎为叶圣陶的短篇童话集《稻草人》所作的《〈稻草人〉序》，是一篇力倡中国儿童文学坚持直面人生、反映人生的现实主义精神的宣言书。其中的精句如："把成人的悲哀显示给儿童，可以说是应该的。他们需要知道人间社会的现状，正如需要知道地理和博物的知识一样，我们不必也不能有意地加以防阻。"鲁迅曾高度肯定《稻草人》是"给中国的童话开了一条自己创作的路"（鲁迅《〈表〉译者的话》），这条创作道路就是中国儿童文学的现实主义道路。这条道路经由 20 年代叶圣陶开创，30 年代张天翼的童话《大林和小林》的推进，40 年代陈伯吹、严文井、贺宜、金近等的继续，源远流长地延续至今，成为百年中国儿童文学的创作主潮。而最先肯定与力倡《稻草人》创作思想的，则是郑振铎。

茅盾的《关于"儿童文学"》，是一篇最早探讨现代儿童文学发展轨迹的文章，同时提出了儿童文学"认识人生"的价值导向。其中的精句如："'儿童文学'这名称，始于'五四'时代。""儿童文学"不但要能给儿童认识人生，并且构成了他将来做一个怎样的人的观念。

以上不厌其烦地抄录下来的"精句"，在我看来，都是研究中国儿童文学的人必须烂熟于心的，因而我在开设儿童文学课时，要求听我课的所有博士生、硕士生、访问学者必须把它们背诵下来，否则"考试不予及格"。

二、单篇文章。

从我有限的资料发掘与搜集工作看，现代儿童文学的理论资源可以说是"丰富多彩""琳琅满目"。文学研究包含史、论、评三个方面，民国儿童文学理论研究的史、论、评三大板块，就数量而言，评第一，论第二，史最少。这也是符合作为新兴文类的民国儿童文学发展的实际逻辑的。

现代儿童文学的理论批评与学术研究的单篇文章，主要发表在当时的教育类刊物与文学杂志上，如《教育杂志》《中华教育界》《妇女杂志》《东方杂志》《小说月报》《文学周报》等，五四前后，则以《新青年》刊文最多。民国时期的四大著名副刊，即《晨报》副刊、《京报》副刊、《民国日报·觉悟》、《时事新报·学灯》，也是刊发儿童文学及理论批评的集中之地。当时的大学学报较少，三四十年代上海高校的学报如《光华大学半月刊》等也曾有儿童文学理论文章的刊载。抗战以后，现代文学的地图包括儿童文学地图，被分割为以重庆为中心的大后方、延安根据地、上海"孤岛"等版块，这时期的儿童文学与理论批评文章大多发表在重庆与延安的报刊上，如《新华日报》《解放日报》等；二三十年代，则主要发表在北京、上海的报刊。按照理论批评与学术研究的内容和主题分类，现代儿童文学的单篇理论文章大致可以分为以下七个方面：

一是儿童文学理论建设。主要探讨儿童文学的基本原理与哲学，包括儿童文学的价值、作用、接受对象、范围，儿童文学对儿童精神世界的意义与呈现方式、艺术审美，儿童观与儿童文学的关系等。

二是儿童文学问题论争。这是从不同的思想观念、意识形态、文学趣味立论，展开的儿童文学相关问题的论辩。从这些论辩中，可以看出民国儿童文学的观念演变，看出儿童文学与现实社会生活，与时代、政治、意识形态，与教育、国语运动等的关系。儿童文学绝不是长在温室里的花卉，而是大时代中的浪花。

三是儿童文学的教育推广。参与这一工作的主要是教育工作者，既有教育家，也有一线教师。这方面的文章涉及儿童文学与国语（语文）教学、课程资源、校园文化的关系，同时也有具体探讨儿童文学在学校教育中的应用、推广等方法问题。

四是儿童文学发展史论。这方面的文章相对较少，毕竟现代儿童文学只有几十年的历史，同时对中国传统儿童文学遗产的整理研究也刚起步。但这些文章的资料相当珍贵，对于我们解读中国儿童文学史的发展轨迹具有重要价值。

五是儿童文学文体研究。涉及童话、寓言、儿歌、儿童诗、儿童戏剧、儿童故事、儿童科学文艺与民间儿童读物等。从现代儿童文学文体建设的实际情况考察，童话创作是数量最多、成就最大、发展最快的主体文体，因而有关童话研究的文章最多，而儿童诗、儿童小说、儿童戏剧等的研究文章尤其是小说相对要少一些。

六是儿童文学作家作品批评与书刊评论。这些文章都是从现代儿童文学某一时段的创作思潮出发，从具体的作家作品出发，既有作品批评，也有作家论，同时也有作家写的书序或评论家写的书评。将它们集中在一起，可以看出现代儿童文学始终以现实主义精神、浪漫主义情怀为追求的创作脉络。

七是对外国儿童文学的评介。这是现代儿童文学放开眼光，大胆"拿来"外国儿童文学的有益东西，为我所用，用以促进自己的创造。这些文章多以外国儿童文学的经典作家作品为目标，二三十年代以西欧为主，三四十年代多有苏联儿童文学的介绍，从中可以看出现代儿童文学发展思潮的一个侧面。

三、理论著作与教材。

现代儿童文学理论著作的数量大概不足 40 种，可以分为研究专著与作为教育用书的教材两大类。

据不完整统计，研究专著有约 20 种，作者多是文学评论家、作家。周作人一种：《儿童文学小论》（儿童书局 1932 年版）。赵景深 5

种:《童话评论》(上海文化书社 1924 年版),《童话概要》(北京书局 1927 年版),《童话论集》(上海开明书店 1927 年版),《童话学 ABC》(世界书局 1929 年版),《〈儿童文学小说〉参考资料》(儿童书局 1933 年版)。其中《童话评论》是赵景深选编的五四前后散见于全国各地(主要是上海、北京)报刊的 18 位作者的 30 篇儿童文学论文,这也是我国第一部儿童文学论文集。茅盾 3 种:《中国神话研究 ABC》(世界书局 1929 年版),《神话杂论》(世界书局 1929 年版),《北欧神话 ABC》(世界书局 1930 年版)。谢六逸 1 种:《神话学 ABC》(世界书局 1928 年版)。陈伯吹 2 种:《儿童故事研究》(北新书局 1932 年版),陈伯吹与陈济成合著《儿童文学研究》(上海幼稚师范学校丛书社 1934 年版)。1948 年中华书局出版的《儿童读物研究》,是一部别开生面的多人合集,全书 9 位作者大多是当时活跃在上海文坛的知名儿童文学作家,包括吕伯攸、仇重、金近、贺宜、包蕾、何公超等。全书按文体类别进行专题探讨,涉及故事、小说、童话、游记、"阅读兼表演"(戏剧)、"有韵读物"(儿歌、诗歌)、"读物与图画"(图画书)、连环画等。每一专题既有理论的阐述,又有具体作品的赏析,对于普及儿童文学极具现实意义。

民国时期主要作为学校教学用书的"儿童文学概论"类教材,约有十余种,作者基本上是活跃在师范院校一线的教师。

中国第一部儿童文学基础理论专著与教材用书,是 1923 年 8 月由商务印书馆出版的《儿童文学概论》,作者是两位在江苏无锡师范学校任教的一线教师,一位是江苏常熟人魏寿镛,另一位是江苏江阴人周侯予。他们被五四以后中国小学教育界"一日千里"的"进步"势头所鼓舞,特别是"教师教,教儿童文学,儿童读,读儿童文学"的蓬勃气象，促使他们生发起撰写填补师范教学儿童文学教材"空白"的愿景。

这部《概论》虽只有 6 章 2 附录 109 页，但已建构起了儿童文学基本原理的框架，依次探讨了儿童文学定义、儿童文学的重要性、儿童文学的内容与形式、儿童文学的来源、儿童文学的文体分类，并结合当时教学实际，提出儿童文学的教学法，并附有儿童文学课文实例与课堂教学教案。因而这本《概论》既具有学理性、系统性，又有鲜明的应用性与操作性。20 世纪二三十年代出版的儿童文学教材，大多延续了魏寿镛、周侯予的这一思路，如江苏无锡第三师范学校附小教师朱鼎元著的《儿童文学概论》（中华书局 1924 年版），江苏省立第一师范学校张圣瑜著的《儿童文学研究》（商务印书馆 1928 年 9 月版），赵侣青、徐迥千的《儿童文学研究》（中华书局 1933 年 1 月版），吕伯攸所写作为"师范学校教科书'丛书'"之一种的《儿童文学概论》（上海大华书局 1934 年 6 月版），钱畊华的《儿童文学》（世界书局 1934 年 7 月版），陈济成、陈伯吹合著的《儿童文学研究》（上海幼稚师范学校丛书社 1934 年版）等。这些儿童文学论著，都是作为师范学校儿童文学课程的教学用书，作者大多集中在江苏与上海，从中也可看出民国时期江浙一带儿童文学教学的发达。

20 世纪三四十年代，大学师范学院的课程中普遍开设有"儿童文学及青年读物"，供三、四、五年级选修，共三学分。1934 年大华书局出版的吕伯攸著《儿童文学概论》的扉页广告特别标明该书是"给简易师范学校、乡村师范学校、县立师范学校、师范讲习所等编辑的"教材。由此可见当时师范学校重视儿童文学的普遍性，师范学校培养的是小学教师，小学教师如果具有良好的儿童文学素养与知识结构，在他们的教学实践中，自然会将儿童文学推广普及开来，惠泽千百万少年儿童。这是儿童文学与学校教学的良性循环。1932年3月28日，上海的赵侣青、徐迥千在《儿童文学研究》一书的结语中，情不自禁地作了这样的感叹："儿童文学，为儿童精神方面最好的滋养料，所以儿童文学教育，在初等教育即儿童教育段应占着十分重要的地位。我们如把儿童来比做一棵植物——一株可爱的花，那么学校就是长养这花的园地，教师就是培植这花的园丁，儿童文学就是维持滋补这花的生命的最适合的肥料与及时的雨露和水浆，儿童文学教育，就是园丁利用园地来培植扶持这可爱的花前后必须做到的各项工作。"[1] 将儿童文学看成滋养儿童精神生命成长的必不可少的甘露、养料，这是一种何等的重视、责任与担当！

余论：历史的经验值得注意。

考察现代儿童文学的理论遗产，使人感触最深的是：现代中国的那一代儿童文学开创者、建设者，是将儿童文学视作一个国家与民族的"生命共感体"——儿童文学是联结上代与下代、人世与人心、历史与现实的民族生命共同感悟、感动、感奋的载体。思想家把它看成能使孩子"将来成为一个完全的人"的利器（鲁迅）；文学家把它看成疗救中国社会"起死回生的特效药"（郭沫若）；教育工作者把它看成"儿童精神方面最好的滋养料"（赵侣青、徐迥千）。儿童文学绝不是什么"闲书""低俗""小儿科"。诗人屠岸曾用诗的语言痛斥那些视儿童文学为"小儿科"的人："天使在云端轻声说：撒旦才讲'小儿科！'"[2]

---

① 赵侣青、徐迥千：《儿童文学研究》，上海中华书局1933年版，第107页。
② 屠岸：《安徒生爷爷》，载屠岸《窗里窗外》，天天出版社2015年版，第96页。

现代儿童文学虽只有 37 年（1912—1949）的历史，但却是一个奇迹。尽管“儿童文学这名称，始于‘五四’时代”。（茅盾）大致在 1921—1922 年间，中国才出现“儿童文学”一词。从启用“儿童文学”之词、确定这种新式文学类型不到 40 年间，现代儿童文学就从无到有、从小到大、从弱到强，跨越式地发展起来，即使在日本侵华、炮火连天的岁月，也没有停止过。当读到赵侣青等写于 1932 年“在敌人炮火飞机下面”“一二八淞沪国难”的《儿童文学研究》一书序言时，我的眼眶忍不住湿润起来。中国文化、中国文学包括中国儿童文学，正是因为有这种坚不可摧的民族精神，才能以优雅昂扬的姿态挺立在世界民族之林。

现代儿童文学在漫长的中国儿童文学历史长河中，其作用意义是值得我们认真加以研究和总结的。历史的经验值得注意。我认为现代儿童文学理论可为我们发展新世纪的儿童文学及其理论提供借鉴的“经验”大致有下列这些：

第一，坚守“儿童本位”的儿童文学理念。

儿童文学说到底是为儿童的，为儿童而写，为儿童精神生命的健康成长、为陪伴儿童愉悦地度过最初的生命历程而服务的。因而，儿童文学必须坚守鲁迅的观念——“一切设施，都应该以孩子为本位”，坚守教育家吴研因当年编制语文教材的做法——“从成人本位变到儿童本位”。

第二，千方百计使儿童文学界与教育界两界高度融合。

儿童文学的接受对象就是千千万万在校的中小学生（特别是小学生）与幼儿园小朋友，如果儿童文学不能走进课本、走进课堂、走进校园，那就“必死无疑”。现代儿童文学之所以能在短时间里出现跨越式发展，重要原因就是当时的学校教育高度重视儿童文学，许多教育家都是儿童文学的热烈鼓吹者、实践者、推广者，从而使儿童文学与语文教育一直"不分家"。我们看今天中国小学语文教学的现状，实在太需要儿童文学了，太需要有关教育行政部门以及教育家们来关心孩子们须臾不可分离的儿童文学了。

第三，文学理论批评必须紧贴创作实际。

儿童文学理论批评必须紧贴中国的土地，将批评置于实在的文学创作沃土之中，从丰富生动的文学现状出发，不断走向理论，又以理论为根据，阐释和把握现象，以不断影响文学现状。郑振铎的《〈稻草人〉序》，立足中国社会的苦难现状，高度肯定叶圣陶童话"把成人的悲哀显示给儿童看"的创作倾向。茅盾的《关于"儿童文学"》，力倡儿童文学"要能给儿童认识人生"，"构成了他将来做一个怎样的人的观念"。他们的批评锋芒，直指创作现实，直面中国现状，从而影响了整个百年中国儿童文学坚持的现实主义创作思潮。中国儿童文学理论批评，实在太需要像郑振铎、茅盾当年那种锐利、睿智的批评眼光和智慧了。

第四，儿童文学需要跨学科的研究方法。

儿童文学的一切特点，皆是因其受众对象少年儿童的特点，诸如年龄特点、心理特点、社会化特点而引起的。因此儿童文学研究既要"身在此山中"，又要"跳出圈子外"，借用多学科的知识与资源，特别是教育学、心理学、人类学、文化学、民俗学、传播学等知识，进行跨学科、多维度的研究。这既是一种研究方法，也是是否真正懂得"儿童文学为何物"的理论素养。1924 年赵景深选编的我国第一本儿童文学论文集《童话评论》，就将所选论文分为三大"跨学科"板块：一是民俗学上的研究，二是教育学上的研究，三是文学上的研究。①1932 年，周作人在为其出版的《儿童文学小论》一书的自序中深有感触地写道："要研究讨论儿童文学的问题，必须关于人类学民俗学儿童学等有相当的修养。"接着又写："根据人类学派的学说来看神话的意义，根据儿童心理学来讲童话的应用，这个方向总是不错的。"②赵、周的这些见解实在是高明之极，可惜我们今天的儿童文学研究界对跨学科研究还是"不甚了了"。

第五，全球视野与中国文化自信。

现代儿童文学，尤其是在它的早期阶段，很多东西都是从外国"拿来"的，正如鲁迅所说："没有拿来的，人不能自成为新人，没有拿来的，文艺不能自成为新文艺。"这就是海纳百川的中国襟怀，放眼世界的全球视野。"儿童本位"是从美国杜威的实用主义教育思想那里"拿来"的，"童话"一词是从日本"拿来"的。但学习借鉴洋人，决不能丧失民族文化自信，全盘洋化，使自己也成为洋人，而是为我所取，为我所用，为发展我们民族自己的文化服务，使中国人更成为中国人。对于建设儿童文学也是如此。民国儿童文学理论从整体上坚守了这一中国文化自信的精神。最典型的是童话。"童话"一词，是中国人直接从日本"拿来"的，但当中国学者在弄明白了童话是怎么一回事之后，就理直气壮地说："中国虽古无童话之名，然实固有成文之

---

① 赵景深编:《童话评论》，上海新文化书社 1924 年版，共 250 页。
② 周作人:《儿童文学小论·序》，上海儿童书局 1932 年版。另见《周作人自编文集·儿童文学小论》，止庵校订，河北教育出版社 2002 年版，第 3 页。

童话，见晋唐小说，特多归诸志怪之中。"①又说："中国童话自昔有之，越中人家皆以是娱小儿，乡村之间尤多存者。"②。这就是中国文化的自信，中国儿童文学的自信。儿童文学理论研究，今天依然需要这种文化自信。我们实在没有必要在阅读推广中，张口闭口就是欧美日韩的绘本、童话如何如何，而将叶圣陶、张天翼、曹文轩等的作品置于脑后。中国儿童文学丧失自信了吗？完全没有丝毫理由。

1933 年，鲁迅在《我们怎样教育儿童的？》③一文中说过这样一段意味深长的话："倘有人作一部历史，将中国历来教育儿童的方法，用书，作一个明确的记录，给人明白我们的古人以至我们，是怎样的被熏陶下来的，则其功德，当不在禹下。"在鲁迅眼里，有关中华民族下一代的工作，包括从事儿童教育与从事"熏陶"儿童精神生命成长的儿童"用书"工作，其功绩都是可比大禹治水的。鲁迅所说的儿童"用书"，显然主要是指儿童文学与儿童教材。数十年前，当我第一次读到鲁迅的这段话时，直读得热血沸腾：从事儿童文学，竟然是一件可比大禹治水，而且其"功德"还不在大禹之下的伟大工作！

鲁迅生活的民国时代早已成为历史，远离了我们。但鲁迅与他那一个时代的人们所创造的文学，包括儿童文学及其理论思维，依然鲜活地存活在我们今天的历史之中。毕竟精神的生命比物质更长久，何况是"文锦识成便不磨"的文字与文学。现代儿童文学的理论成果，

---

① 周作人：《古童话释义》，《绍兴县教育会月刊》1914 年 7 月第 7 号。另见周作人《儿童文学小论》，上海儿童书局 1932 年版。又见《周作人自编文集·儿童文学小论》，止庵校订，河北教育出版社 2002 年版，第 23 页。

② 周作人：《童话研究》，《教育部编纂处月刊》1913 年 8 月第 1 卷第 7 期。另见周作人《儿童文学小论》，上海儿童书局 1932 年版。又见《周作人自编文集·儿童文学小论》，止庵校订，河北教育出版社 2002 年版，第 22 页。

③ 鲁迅：《我们怎样教育儿童的？》，载《鲁迅全集》第 1 卷，人民文学出版社 2005 年版。

是我们解读百年中国儿童文学发展历史的重要材料与资源，而且，如我在本文开头所说，解读现代儿童文学的"历史观"（理论），更能使我们接近与还原现代儿童文学的历史图景与真相。同时，现代儿童文学理论中的"经验"，可以成为促进今日儿童文学及理论研究的借鉴。因而研究、探讨现代儿童文学理论是一件意义自存的学术工作。本文所做的工作，只是一种尝试，希望对研究现代儿童文学、现代文学，研究中国儿童文学史，有所助益；同时，这也是对鲁迅那一时代为中国儿童文学建设作出艰苦卓绝的劳动和贡献的"其功德，当不在禹下"的人们作出的一种学术致敬！

后记

　　《现代儿童文学的先驱——论文学研究会的"儿童文学运动"》是我从事中国儿童文学发展历史研究的第一份思维成果，当时作为硕士研究生的毕业论文，于1987年由上海文艺出版社列入"中国现代文学研究丛书"出版。这本薄薄的小书出版后曾引起一些关注，北京大学王瑶教授在给我的来信中说："本书材料丰富，论述精当，足补现代文学史之阙，足见用力之勤。尚望今后在研究工作上取得更丰硕之成果，特此预祝。"王瑶教授的嘉勉对我自然是一种莫大的鼓励。

　　在此后漫长的儿童文学教学研究生涯中，我对现代儿童文学有了更多的思考，也有了更多新材料的发现，在此基础上再重新回过头看当年的《现代儿童文学的先驱——论文学研究会的"儿童文学运动"》，深感现代儿童文学研究有许多新的题目可以作进一步的探讨与深化，这一深化工作的思维成果之一，就是《现代儿童文学的理论深耕与生命共感》。这篇长文的内容既可与《现代儿童文学的先驱——论文学研究会的"儿童文学运动"》形成互补,又从更宽阔的视野探讨了现代儿童文学始发时期的理论问题与文化语境。

浙江师范大学方卫平教授日前来电话向我组稿,说他正在为河北少年儿童出版社主编一套儿童文学研究方面的书系,每本书的文字量控制在十多万字,他从书系的布局出发,希望我能贡献《现代儿童文学的先驱——论文学研究会的"儿童文学运动"》。出书雅事,自当响应,我马上告以同意。《现代儿童文学的先驱——论文学研究会的"儿童文学运动"》自 1987 年上海文艺出版社出版以来,没有再印行过,坊间早已无迹可寻。借此重版的机会,我对全文稍稍作了一点删节,并将《现代儿童文学的理论深耕与生命共感》作为附篇一并列入书中,以使读者对此论题有更全面与深入的关照。是为后记。

王泉根

2019 年 3 月 28 日于北京海淀之"潜耕堂"书斋

主编小记

方卫平

一

2018年初冬时节，趁着我在北京参加一个活动的机会，时任河北少年儿童出版社总编辑段建军先生（现为社长）、副总编辑蒋海燕女士（现为方圆电子音像出版社社长）、总编辑助理兼文学编辑部主任孙卓然女士（现为总编辑）专程从石家庄来京与我见面商讨工作，包括出版一套儿童文学理论丛书的计划。

许多年来，儿童文学理论、评论著作的出版，包括理论译著的出版，受到了不少出版社的重视。作为最近40余年中国儿童文学发展历史的参与者、见证者，我以为，相对于儿童文学的研究传统而言，20世纪80年代以来的中国儿童文学理论批评在研究领域、观念、方法等方面都有不同程度的发展与变化，留下了一批富有学术价值的理论著作。我想，以"中国当代儿童文学理论文库"的名义，陆续选择、保留这样一些著作，应该是十分值得的。

这个建议，很快得到了河北少年儿童出版社领导的肯定和重视。在各位学者的支持和各位编辑的共同努力下，我们看到了现在这样一套理论丛书。

收入本丛书的著作，有的出版于 30 多年前，有的则于 10 来年前面世。在我看来，这些著作或对当代儿童文学的理论观念有所更新，或于现代儿童文学的研究领域有所开拓，或在儿童文学的研究方法上有所探索。它们学术体量都不算大——考虑到各种因素，本丛书暂未收入"大部头"的著作——但都不同程度上富有学术的灵感、个性或创意，因而，岁月流逝，它们仍然具有相当的学术意义和阅读价值。

对我个人来说，这些著作曾经在不同时期给我以教益，或者成为我在课堂上常常向本科生、研究生们介绍评述的中国当代儿童文学理论著作。

二

此刻，令我感到非常遗憾的是，丛书作者之一的汤锐女士，已经看不到《现代儿童文学本体论》这部她曾经牵挂的著作的再版了。四年前联系、约请她加入丛书时的情景又浮现眼前。

2019 年 3 月的一天，我通过微信与汤锐联系，恭请她携力作《现代儿童文学本体论》加入丛书。她当即答应，稍后又提及，是否可以将曹文轩教授对该书的评论《女性与理性——读〈现代儿童文学本体论〉》及拙文《我们思想舞台上的优雅舞者》（以下简称

《优雅舞者》）收入书中。经与出版社沟通后，这两篇文章以附录形式置于书中。

我由此想起了拙文写作的一些往事。

1999 年秋天，上海的少年儿童出版社拟将该社主办的《儿童文学选刊》《儿童文学研究》合并为《中国儿童文学》继续出版。编辑朋友就刊物编辑事宜征求我的想法。我因此提出了一些建议，其中包括设立一个关于批评家的栏目——每期推出一位评论家一长一短两篇论文，另附一篇同行对该批评家的评介文字。编辑部接受了我的建议，第一期准备介绍我推荐的汤锐女士。10 月下旬的一天，负责栏目的编辑朋友又找我说，既然是你推荐的，汤锐老师的介绍文章就由你来写吧，1500 字左右。我听了之后马上说，1500 字可能太少，只能印象式地点到为止，好不容易开设了这个栏目，建议给4000 到 5000 字的篇幅。

大约是 10 月 29 日一早，我开始集中阅读、梳理汤锐的理论著作和多年来我对她的学术成果的印象和理解。汤锐在我们这一代学术同侪中，几乎是唯一的才女型学者，她的理论文字与她的为人一样，沉静、内敛，诗意、优雅。理清了思路，酝酿好了文气，10 月31 日下午 3 点半，我摊开稿纸，开始写作《优雅舞者》。那时候家里虽然早已买了一台 386 台式电脑，可是我这个"技术恐惧症"患者当时还是更习惯于用传统方式写作。也许是因为比较熟悉汤锐的理论文字和为人处世方式，到次日上午 10 点多，除了吃饭睡觉，算是一气呵成写成了 4500 字的《优雅舞者》一文。

我在这篇文章中认为："《现代儿童文学本体论》是汤锐迄今为止十分重要的一部理论专著。该书将学术触角伸向了现代儿童文学

227

的本质、功能、美学特征、创作机制等一系列重大而基本的理论问题"，并"出示了一个融解、弥漫着良好悟性的精致、绵密的理论构架。在此书中，作者除保留并发展了她充满感性色彩和优美品格的研究个性外，还显示出了相当出色的理性分析和逻辑演绎能力"。

我知道评论汤锐学术工作的文章太少，汤锐对此文是欢喜的。2009 年，明天出版社出版四卷本"汤锐儿童文学理论文集"时，她以此文作为了文集代序。

几年前的那一天，她与我商量将此文收入这套丛书时，用微信语音留言说：卫平，我把你这篇文章放在我书中参考文献的后面行吗？我真的很珍爱你这篇文章。

我非常理解汤锐的心情，这里不仅传递了一份贴心的信任，也是对来自同行的专业呼应的一份珍视和体恤。

汤锐曾经笑着告诉我，她与文友打趣时说过：方卫平那样写我，我有那么小媳妇样儿吗？

这是因为我在文章中反复表达了这样的意思："汤锐在儿童文学研究舞台上的最初亮相显得小心翼翼""汤锐似乎并不乐意在这个舞台上抢风头，直到今天，她仍然是这个舞台上一名小心翼翼的舞者，至少在她的主观心性控制中，她是低调而谨慎的"。当然，我是试图以此来说明拙文开头时出现的一句话："这正好标示了汤锐为人为文沉稳内敛、学术心灵清静大气的特质。"

2022 年 8 月 18 日晚上 10 点 20 分，我接到了曹文轩教授的电话。文轩用透着悲伤的声音告诉我，"卫平，汤锐走了"——汤锐女儿方歌刚刚告知，妈妈在一个遥远的国度飞去了更遥远的地方。

放下手机，一股难抑的震惊和悲伤淹没了我。当晚，我给台湾文友桂文亚女士打了电话。我知道，她们是闺蜜级的朋友。文亚说，汤锐与她告别过，她难过、流泪，已经好几天了。

文亚曾经常年为两岸儿童文学交流奔走，留下了大量与大陆同行往来的信函。近年来，她投入了很多精力和个人经费，聘请助理整理、扫描早年那些保存着两岸儿童文学交流历史和热络体温的纸质信件，并且一一归类入箧，寄还书信写作者本人保存。2021年春，文亚与汤锐商量寄还汤锐数十通手书信函一事。汤锐说，自己不便保存了。她们商定这些宝贵的信件先寄我保存。如今，那些以流丽的手书写就的信函停留在我手中，而斯人已逝，怎不令人怆然涕下！

我也把汤锐离世的噩耗告知了刘海栖先生。在我的印象中，汤锐生前的最后一篇评论文章，可能是为海栖长篇小说《小兵雄赳赳》写的《隐藏的文采》一文。此文对海栖新作的语言艺术做了精湛的分析，其中"看一个作家是否有天赋，要看他对文字的感觉，这一点，也正是我对海栖最认可的地方""他终于在文字中找到了自己""很多时候我们以为，文字的美是与辞藻的华丽程度成正比的，但其实更多时候，文字的美是与表达的准确程度成正比的"——这些分析、判断，真的是深得我心。

三

对于我而言，这套理论丛书的组织和出版，不仅试图保留一段中国当代儿童文学理论发展的历史成果，也是一段共同经历的学术前行和跋涉身姿的投影与存留。

我盼望《现代儿童文学本体论》与收入本丛书的著作，仍然能够在这个时代的儿童文学学术生活里，发挥作用和影响。

　　这也是我们对汤锐女士最好的缅怀与纪念。

　　谢谢河北少年儿童出版社，谢谢各位文字、美术编辑为丛书的出版所付出的心血和劳动。

　　　　　　　2023 年 3 月 2 日于余杭翡翠城